JN060221

文芸社

もくじ

第二章　腹が減っては……

第三章　上級生たち

プロローグ

世界の平和と秩序は、ソフィアの地に住む、ソフィア家の戦士によって維持されてきた。何百年も前に、ソフィア家から、各国の公爵たちに、平和と秩序のために「オーラの剣」になる素材が送られた。それを受けて、それぞれの公爵がオリジナルの剣を作った。

それから年月が経った。公爵位もオーラの剣も子孫に受け継がれてきたが、人民同士の争いが絶えなくなった。争いを止めるべく尽力してきた公爵たちは再び過ちを犯す人間に嫌気がさし、自分のために生きるようになる。公爵たちは悪に染まり、仲間のはずの公爵の間でも争いが激化していき、正義の灯が消えた。戦争が勃発、多くの血が流れ、無意味な戦いは続いた。

公爵の中には、志が同じ仲間と王国に反旗を翻した者もいて、人民を自分の配下に置き自身の領地から官僚を追い出し直接統治するようになり、軍隊を作るまでに発展した。今この時も、大きな戦争が各地で起きて、多くの人や動物が犠牲になっている。

公爵や人民同士の争いも起きて、世界は混乱した。

ライアン公爵によって和平を目指す対話の努力は繰り返されたが、悪に染まった公爵たちは耳を傾けない。頭を悩ますライアン公爵だったが、一つの希望を信じていた。

その頃、ソフィア家に一人の女の子が誕生した。
赤ん坊はすくすくと育ち、その笑顔が大人を癒してくれた。女の子の名前はソフィア・エンドリア。

これは、エンドリアの誕生から十数年後の物語。

第一章　エンドリア

正統なる後継者

私には両親がいない。なぜかは幼かったからよくわからなかった。
だけど、周りの大人たちが温かく接してくれてとても嬉しかった。

ここはソフィアの宮殿。天井が高く広い空間に、カン、カンと木刀を交える音が響いている。

「ライアン公爵様、私はまだ小さいままでいい。大人になんかなりたくない！」

エンドリアは七歳。この日は育ての親、ライアン公爵から剣術の指導を受けていたが、反復練習に飽きて、そう訴えた。ライアン公爵は、エンドリアと同じ目線になるよう膝を折って語りかけた。

「エンドリア、ゆっくりでいいから基礎を学びなさい」

エンドリアは無邪気な目でライアン公爵を見た。

するとそこにアラン男爵が現れた。

「アラン男爵様、エンドリアと遊びましょう？」

「エンドリアの好きなゲームをしようか」

剣術の練習を切り上げて、二人は居間のソファーに座り、遊び始めた。

「ライアン公爵様が、最近厳しく指導するの……」

「ライアン公爵はエンドリアのために正しく生きる道を教えているんだよ」

アラン男爵はエンドリアが幼い頃からよく遊んでくれて、楽しい日々を過ごすことができた。

エンドリアは、物心がつく頃には剣術や武道を学び始めた。

エンドリアは木刀を握り、剣術の基礎練習を毎日二回していた。

ライアン公爵とは立ち会いの練習をする。

「ライアン公爵様、行きますよ！　エイ・エイ・ヤー！」

「エンドリア、腰にもっと力を入れて」

「ヤー！　トランスフォーメーション！」

すると、エンドリアの体から銀色の輝きが少し現れた。

「来い、集中して力を解き放て」

「エイ・ヤー！」

しかし、勢いがつきすぎて木刀を落としてしまった。集中力が切れたようだ。

「……ライアン公爵様、四時間近くも練習したんだよ。そろそろ休憩の時間ですよ。もう本当に疲れたぁ……」

「わかった。エンドリア、休憩にしよう。『トランスフォーメーション』が少しできるようになったな」

「まだまだ、集中できないの。なんか難しい。体と心のバランスがうまく取れないよ」

ライアン公爵家は、遠い昔からソフィア家と親しい関係で、代々側近を務めてきた。エンドリアにとっても、ライアンは唯一の相談できる公爵だ。小さい頃から剣の技術を教えてもらい、練習用のミドルフィンガーリングを着けてトランスフォーメーションの扱い方も教えてもらった。

「トランスフォーメーション」というのは、ソフィア家の子孫しか扱えない特殊能力だ。ライアン公爵は文献でトランスフォーメーションを研究し、エンドリアにそれを伝えた。エンドリアも本を読むことに励んでいた。

やがて、エンドリアは、剣術や読書の他、勉強も大好きな少女へと成長した。

「ライアン公爵様の動きは予想できるようになったの。気配でわかるわ。もう若くないいんだから、無理しないでね」

「エンドリア、生意気になったな」

「目を瞑ってあげましょう、ハンデだよ。……トランスフォーメーション！」

エンドリアは銀色に輝いた。

「見事だ、エンドリア。トランスフォーメーションを扱うのが徐々にうまくなったが、これでも私は現役の剣士だぞ」

「わかりました。これで今年は一一四勝〇敗だからね」

エンドリア一二歳の暑い季節だった。

エンドリアは目を閉じて心と体のバランスを取った。息も乱れていない。トランスフォーメーションの速度を上げ、集中した。ライアン公爵が戦うギアを引き上げ、背後に回った。エンドリアは集中し、ライアン公爵の息の気配でその場を動かずに木刀を背後に片手で振り上げた。見事に命中。ライアン公爵は怯んだ。

「ライアン公爵、この修行もこれで終わりにしましょう。三〇秒で終わらせるわ」

見事な立ち回りでライアン公爵の木刀が宙に浮き、エンドリアはその木刀を奪った。そして公爵の首に向かって木刀を突きつけるようにかざした。

剣術や武道も大人顔負けの腕前に成長していった。

いっぽう、ライアン公爵は、成長著しいエンドリアと本物の剣で戦うことの決断を迫られていた。

爵位を持つ者たちが一年に一度集まる集会が開催された。

誰もがこの世界のバランスを変えることができるか考えていた。今は憎しみや怒りでこの世は成り立っている。損得を気にして、どうしたら金を手に入れられるかということばかりを考えている。恥ずかしいことだ。

集会で、ライアン公爵は皆の前で言った。

「今や動乱の時代、輝く星の存在に誰も気づいていない。だからこそ希望を捨ててはいけない。ここで、真剣でエンドリアと闘うことを皆に問いたい。エンドリアの成長は見違えるほどだ。日々進化している。すでにトランスフォーメーションを自分でコントロールでき、あとはディフェンス・トランスフォーメーションと、パワー・トランスフォーメーション、エレメンタル・トランスフォーメーションを自分のものにできるかにかかっている。そこで、剣で戦う許可をもらいたい」

全員にライアン公爵の本気が伝わった。その言葉には意志の強さが見られた。反対する者など一人もいなかった。ブルックス・オリバー侯爵とエオウィン・アーチ伯爵とロイゼリア・アラン男爵も目を瞑り、黙って発言に聞き入っていた。異論はない。

するとアーチ伯爵が挙手をした。

「私から一つお願いがあります。ダニエル・グレイソンの存在はライアン公爵もご存じなはずだと思いますが、彼を私たちの仲間に加えてもらえませんか？」

「彼はアーチ伯爵が幼い頃から鍛え上げた男だろう。なら歓迎だ。……彼にはもう一つの秘密があるが、今は隠しておこう」

「ありがとうございます。早速手配を進めます」

「それではこれから準備をしていく。皆の者、険しい道だが希望を捨てずに諦めないでくれ。光が輝くその時を辛抱強く待とう。アーチ伯爵とアラン男爵は引き続き情報収集を頼む」

一同は部屋を出て、遠くから剣術の練習をしているエンドリアを見ていた。優秀な戦士に成長している姿を見て感動していた。

ブルックス・オリバー侯爵は武道に精通している、世界でも指折りの格闘家だ。精神面の強化も、武道で鍛錬して磨き上げた。精神面の鍛錬は、トランスフォーメーションを操る上で重要な要となる。

エンドリアは、オリバー侯爵から武道の基本を徹底的に教わった。素手での有利な戦いの訓練をした。また、体力を作るために走り込みをすることや、体の筋肉をうまく使うための基礎を学んだ。

「オリバー侯爵。素手の戦い、私はあまり好きではないよ」

左からのジャブのパンチが飛んできては左手でかわし、右のローキックを入れた。だいぶ板についてきた感触だったが、オリバー侯爵のハイキックでエンドリアの体はよろめいた。剣と合わせての武道の訓練は、とても過酷だった。

オリバー侯爵はエンドリアに徹底的に武道のすべてを教えた。小さい頃から鍛えられていたので、今や普通の戦士となら素手でも戦えるところまで上達していた。

「エンドリア、続けるぞ」

オリバー侯爵は、右のストレートのパンチに左のキックを入れた。エンドリアは持ち堪えている。エンドリアは左のジャブのパンチを使い、右のストレートを打ち、右のフックを入れた。連続攻撃に侯爵が後ろに下がったと同時に懐に入り込み、背負い投げをすると、侯爵は宙に舞った。力には頼らず、体の一部を弓のようにしなやかに使うことで格闘技の技が繰り出された。

エンドリアは指導者に恵まれ、剣以外でも武道も大人に通用するようになっていった。子供の頃に独学で学ぶ必要があるソフィア家の奥義が「エレメンタル・トランスフォーメーション」。エンドリアは必死に本を読んで勉強した。

「エレメンタル・トランスフォーメーション。古の精霊たちよ、力を解き放て――シルフ」

優しく、温かい言葉を唱え、両の指で形を作り、精霊を呼び出す。

エンドリアはひたむきに練習した。十一歳の時にはエレメンタル・トランスフォーメーションの基礎ができるようになった。エンドリアは広い大地で何度も練習した。

「エレメンタル・トランスフォーメーション。古の精霊たちよ、力を解き放て。風の精霊――シルフ」

両手に風の精霊が集まり、辺りは静まり返った。エンドリアは風の精霊を解き放ち、風の精霊によって大地に強力な風が吹いた。

やがて火の精霊・サラマンダー、水の精霊・ウンディーネ、風の精霊・シルフ、地の精霊・ノームのすべてを呼び出せるようになり、そのことをライアン公爵に伝えた。

すると公爵は、とても素敵な笑顔で答えてくれた。

「私には教えることはできないが、何度も練習し、エンドリア自身がコントロールできるようになるまで頑張りなさい。自分で勉強して実践する以外、方法はないんだ」

「うん、コントロールができるようになるまで、頑張ります」

エンドリアはこの若さですでにエレメンタル・トランスフォーメーションを操ることはできていた。あとはパワー・トランスフォーメーションとディフェンス・トランスフォーメーションを操ることができるかにかかっている。

ライアン公爵は、時間をかけてもエンドリアが正しいトランスフォーメーションの戦士になることを望んでいた。

次の日の朝、ライアン公爵はオーラの剣を掲げ、瞑想した。するとソフィアの都市が不思議なオーラで包まれた。ソフィアの兵や民や動物に、力の源を与えた。正当なる正義に満ち溢れた公爵のオーラだ。

朝食の時間になり。食卓にパンや卵焼きとスープが運ばれた。エンドリアも手伝いをした。料理好きの一面はこの頃から現れていた。エンドリアは人に喜んでもらうことがとても嬉しかった。ソフィア家に滞在していた公爵や男爵たち、みんなが集まり、楽しい朝の食事ができた。

このあとは訓練や勉強があるが、エンドリアは好きな大人たちに囲まれ、健やかな時間を過ごすことができていた。

エンドリアが一三歳の秋、ライアン公爵の部屋に呼ばれた。

「明日からは私は剣で戦うことにする。波動や魔法も使うことにする。エンドリアは炎と火で作られた警棒と剣で戦いなさい」

「はい」

緊張が走った。まだ準備もできていない。心と体のバランスが保てるか不安だった。

その夜、エンドリアはソフィア家の先祖の精霊がいる場所に行き、座った。辺りは樹齢何万年も経つ樹々や、ソフィア家に古くから咲き続けている花の懐かしい香りに包まれ、心を落ち着けることができた。

翌日にエンドリアはソフィア家の武具庫に行き、鍵を開けた。炎と光で作られた警棒を出し、練習することにした。警棒は炎のように輝いていた。

早速トランスフォーメーションを引き上げ、ディフェンス・トランスフォーメーションを放ち警棒が青い光を帯びるのを確認した。上空に飛び、降り立ったところでパワー・トランスフォーメーションを使うと、赤い光を纏わせた警棒に力が溢れた。心と体のバランスを保ちながら体力が続くまで何度も練習し、コツを掴み始めた。

その翌日、いよいよライアン公爵と真剣勝負の日となった。

ライアン公爵は白いオーラの剣を振りかざした。

「エンドリア、今までの木刀とは違うからな。警告する。真剣勝負だ」

エンドリアはトランスフォーメーションを最大限に引き上げた。

「ライアン公爵様、望むところです」

エンドリアは警棒を取り出した。剣は右の腰に収めている。

ライアン公爵のオーラの剣が容赦なくエンドリアに襲いかかる。エンドリアの首に剣が迫ったが、わずかに警棒でかわす。上空に跳んで距離を取り、戦い方を考えたが、考える暇もなくライアン公爵のオーラの剣が縦から横に動き、波動が飛んできた。剣を抜きディフェンス・トランスフォーメーションを使い、波動を受けずに済んだ。エンドリアの額に汗がにじんできた。

反撃に出るためパワー・トランスフォーメーションを使い、間合いを取り、剣で対峙したが、白い波動がエンドリアの左肩に当たった。ライアン公爵は白い魔法の「Harden（ハードゥン）」を唱え、エンドリアに向けた。エンドリアは体が動かない状態になり、勝負はついた。エンドリアの完敗だった。

それから、修行の日々は続き、エンドリアは成長し、立派な戦士に成長する。白い魔法を剣で切り裂く技を会得したエンドリアは、ついにライアン公爵の剣に打ち勝つことができた。訓練の日が終わりに近づいていた。

【ソフィア家に伝わる財宝】

●武具

精霊の炎と光で鍛えられた聖剣。扱えるのは正当な子孫のみ。同じ工房であつらえられた槍・弓・警棒があり、エンドリアは普段警棒を持ち歩くことが多い。長さ五〇センチの警棒は、一メートルまで伸びる。シャフトがひし形で、束の部分は円筒形である。

●ミドルフィンガーリング
ソフィア家の者が儀式に臨む際に天から贈られる銀の指輪。名前が刻まれたものが精霊から授けられる。トランスフォーメーションを操る上でバランサーの役目を果たす。持ち主の心によってその性質は正義にも悪にも染まる。
●トランスフォーメーション
【トランスフォーメーション】

心と体のバランスが必要とされる。■銀色の光を纏う。

より速く、より高く、より強く、体の筋肉が鼓動し、人並み外れた力を使い、究極の戦士となる。
●パワー・トランスフォーメーション
攻撃に特化した能力。力を最大限引き出すことができる。剣や警棒に力を纏わせることもできる。■赤い光を纏う。
●ディフェンス・トランスフォーメーション
防御を最大限に引き上げることができる。体全体に防御の力が働き、生命の危険から守られ、敵の攻撃予測もできる。■青い光を纏う。
●エレメンタル・トランスフォーメーション
トランスフォーメーションを操れるようになると、古くから伝わる古の（四大精霊）を操ることができる。「古の精霊たちよ！　力を解き放て」という優しく、温かい言葉で呼び起こす。決まった形を両手の指で作り精霊を呼び出す。古の精霊を呼び起こせば、広範囲まで攻撃ができる。

破壊力は自分で決めることができる。狭い範囲から広範囲まで可能。その地に適した精霊を呼び出す。エンドリアはできるだけ最小限にしていた。人や動物を傷つけたくなかったからだ。エンドリアは独学で学び、幼少期から精霊を扱うことに長けていた。ソフィア家の血筋の中でも最も優秀なエレメンタル・トランスフォーメーションを操ることができる。

サラマンダー　火の精霊
ウンディーネ　水の精霊
シルフ　　　　風の精霊
ノーム　　　　地の精霊

コントロールが難しく体力も消耗する。コントロール次第で大勢の軍勢が来ても破壊できる能力がある。

リング発現、そして儀式の日

訓練の日々が終わりに近づき、エンドリアは一五歳になっていた。トランスフォーメーションを扱える立派な戦士に成長した。一週間後には儀式であるソフィア家の剣士と公爵との闘いに挑むことになる。

エンドリアは一人、ソフィア家の子孫の精霊がつかさどるところに行き、身も心も落ち着かせることができた。精霊が集まるこの場所に優しい歌声が聞こえ始めた。

「強く優しいソフィアの古の精霊よ。私の最後の戦いが近づきました。

本当のことを言うと、戦いで人を傷つけるのは大嫌い。力のコントロールができるかもわからない。なぜ、人々は争いや殺戮を繰り返すの？　私に何ができるかしら。今はまだわからないよ」

エンドリアは座って星を眺めていた。すると、一羽の透明な小鳥の妖精がエンドリアの目の前に現れた。古から伝わるガーロックだ。同時に空からミドルフィンガーが落ちてきて、エンドリアの手の中で暖かく、そして眩しく輝いた。

言い伝えは本当だ。指輪にはエンドリアの名も刻まれている。エンドリアが指輪を付けると、その身体は銀色に覆われた。指輪はトランスフォーメーションを操る上で大切なものだ。

気が付くと精霊の透明なガーロックがエンドリアの肩に飛んで来た。エンドリアは語りかける。

「名前をつけることにした。君の名前は今日からリトーだよ」

エンドリアの優しさと心の広さにリトーは気づき、嬉しそうに鳴いていた。

心が晴れやかな気分だ。もう大丈夫だとエンドリアは自分に言い聞かせた。

一週間後に迫る儀式のために真剣で練習した。トランスフォーメーションの基礎から応用まで反復して剣に力を漲らせた。剣は空を切り、大地を震わせた。


儀式の日、ソフィア家の優秀な戦士二〇人とライアン公爵対エンドリアとの真剣勝負だ。

「エンドリア、準備はいいか」

「いつでも、どうぞ。今日はとても気持ちがよいぞ」

エンドリアが身に着けたソフィア家の鎧がとても輝いていた。聖なる剣を使い戦いが始まろうとしていた。

目を閉じ、深呼吸をした。

「トランスフォーメーション」

エンドリアは今までにない輝きで銀色に光っていた。

ミドルフィンガーの指輪に力が漲っていた。

ソフィア家の戦士は陣営を組み、槍と剣と盾のディフェンスを張り、戦いの準備をした。

まず槍の五人、続いて剣の五人がエンドリアに襲いかかる。エンドリアは右腰に忍ばせていた警棒を取り出し、トランスフォーメーションで高く跳躍して槍部隊の背後に降り立つ。戦士たちのディフェンスは役に立たず、剣を持った戦士も次々と現れたが簡単に倒れた。

残りの一〇人が囲い込みにかかったが、エンドリアは小さく両手を出し、

「エレメンタル・トランスフォーメーション。古の精霊たちよ、力を解き放て。地の精霊――ノーム」

激しい地響きに兵たちは立っていられず、小石が飛び散り、運悪く岩が直撃した者もいた。戦士たちに戦う力は残っていなかった。

最後はライアン公爵だ。戦う前にエンドリアに警告した。

「私は死んでもいい。本望だ」

エンドリアは深く呼吸し、剣を抜き、トランスフォーメーションを引き上げた。大地が震え、空から雷鳴が鳴った。

「ライアン公爵様、全力でいくから」

ライアン公爵のオーラの剣から波動が放たれる。同時にエンドリアはディフェンス・ト

ランスフォーメーションを使い、青い光を纏わせた剣で跳ね返す。

ライアン公爵は白い魔法を唱えた。

「Harden（ハードゥン）」

エンドリアの両手・両足を動けなくする魔法だった。エンドリアはパワー・トランスフォーメーションで赤い光を纏い、この魔法を剣で切り裂き、ピンチを逃れた。白い魔法が再びエンドリアに向けて放たれたが、剣を振り、魔法を跳ね返した。

トランスフォーメーションを最大に引き上げ、一瞬でライアン公爵の背後を捉えた。剣の打ち合いが始まった。

剣の戦いはエンドリアが優勢になっていた。ライアン公爵から波動も出されたが、エンドリアはディフェンス・トランスフォーメーションを使い、それを剣で破壊した。やがてエンドリアの連続剣戟にライアン公爵のスタミナが限界を迎えた。

そしてエンドリアが勝利した。ライアン公爵は喜んでいた。よくぞここまで成長した。幼い頃のエンドリアと重ねて、大人になったことに感極まって涙が溢れてきた。この世界の救世主となるトランスフォーメーションの戦士が誕生した瞬間だった。エンドリアとライアン公爵は泣いていた。

長い年月を共に過ごし、訓練したことを思い出していた。

「この先は私ではできないことがある。今、世界の秩序が乱れ、戦争も起きている。この動乱を救えるかはエンドリア次第だ。もう私が教えることはない。まだ一五歳だがパイロットの勉強をして世界を駆け抜け、正しい道を取り戻して、再び平和を作り上げると私は信じている」

「ライアン公爵様、本当に今までありがとう」

と、その時二人の前にリトーが現れた。ライアン公爵には見えていた。ソフィア家の子孫にしか現れない守り鳥のガーロックだ。ソフィア家の血を引く者を守護する精霊で、小鳥のような姿をしているが、主人と心を通わせるほどに大きく美しい姿になるという。

「これは、言い伝えの精霊ガーロックではないか、初めて見るぞ」

「ライアン公爵様、名前はリトーというの」

リトーは二人の前で小鳥から優雅で大きな鳥の姿に変わった。

鳥はエンドリアに寄り添い、甘えるように鳴いた。エンドリアはその頭を両手で抱きかかえた。ライアン公爵は初めて見る光景に感動していた。リトーはすぐに元の姿に戻った。

言い伝えは本当に存在していた。

ライアン公爵は、エンドリアが誰よりも正義と平和を守る存在であり、リトーはそれに気づいて現れたと考えた。やがて空は紅に染まり、虫の音色が聞こえた。

近い将来、エンドリアにある大事な使命を託さねばならない時がくる。

今はまだ時間が必要だ。人間の温かさを身近に感じ、頼もしい仲間と会い、今の時代を変える若者が必要だ。

「今はまだ早い」

ライアン公爵は呟き、目を閉じた。

夜は屋敷で祝いの宴が開かれた。

素敵な食事が運ばれた。ソフィア家の大人たちはエンドリアの強さと正義に心から感動を覚えていた。

ギドラインへ

エンドリアの旅立ちが近づいてきた。中立国ギドラインでパイロットの資格とエキスパートの資格を取るため、優秀な人間しか入れないグランド・アビエーション・スクールに四月から入学が決まっていた。二年間はパイロットの勉強と飛行実習をして、テストに合格すると一年間のエキスパートの道へ進むのだ。

スクールの受験資格は一五歳（満一六歳を迎えること）から二〇歳までの男女で剣術や銃の資格を取れた者。実技試験もある。多くても一〇名までの生徒しか入学できない難関校だ。

エンドリアは側近なしで一人で生活することになる。

（超楽しみだ。友達ができるかな。青春するぞ！）と、エンドリアは無邪気な一五歳だった。

ギドラインは戦闘禁止区域となっている。ライアン公爵がギドラインの大統領とソフィアを結び付け、今は良好な関係を保っている。

「ライアン公爵様、オリバー侯爵様、ではギドラインへ行ってきます」

「エンドリア、私たちも出かけることになった。迫りくるこの危機に、公爵と、対話か対決かを決めに行くことになった。うまくいくかはわからないが努力してみる。飛行機で旅立つのは三日後だ。連絡はメールで。手紙も大歓迎だ。学校生活を楽しんできなさい」

「うん、不安もあるけど期待もしている。あと一人暮らしが楽しみ。それでは行ってきます。着いたら連絡するね。あとメールもするから返信してね」

ソフィア家専用の空港を歩き、飛行機でギドラインへ向かった。

八時間後にはギドラインに飛行機が着陸し、入国審査でパスポートを見せて、荷物を持ち、出口を探した。

「何よっ。あの入国審査官のおばちゃん、凄い怖い顔でパスポートの写真を見ていたわ。きっと私が可愛いからよ。だけど初めての国は緊張するなぁ～」

高齢の男性がエンドリアに近づいてきた。ライアン公爵と親しいローランである。

「初めまして、私はダージル・ローランといいます。ライアン公爵とオリバー侯爵に頼まれて空港までお迎えに参りました。エンドリア姫、大きくなりましたね。そして綺麗になった」

エンドリアは少し恥ずかしくなった。

ローランは古くからソフィア家と関わる人物だ。空港からエンドリアの新しい住まいへ送ってくれるという。エンドリアは車の後ろに乗り、外の景色を眺めた。

「エンドリア、ここは飛行機の製造やいろいろな製造業に関わる人たちが働いている。真面目な労働者が多く住んでいる。愉快な人たちもいる。きっとこの町が気に入ってくれると思うよ」

「私、グランド・アビエーション・スクールに入りたくて必死に勉強したの。嬉しくて、学校に通うことを毎日楽しみにしているんです」

「あそこの学校は優秀だ。凄い腕のパイロットの卒業生がたくさんいる。エンドリアも頑張りなさい」

「はい。あと、青春も楽しみまーす」

車の中は笑い声に包まれた。

エンドリアの家に着いた。

近くにはローランの家がある。ローランは困ったことがあったら遠慮なく言いなさいと言った。「うちは妻と二人暮らしだからいつでも遊びにおいで」と言われ、何も知らない国だから不安が少し和らいだ。大きい荷物は先に届けられていた。家の前まで送ってもらい、お礼を言った。

ローランはエンドリアに心ばかりの歓迎をさせてほしいと言った。

「夕食の時間に迎えに行くから食事をしませんか？」

「喜んで。ご一緒させてください。ローランおじ様」

二人は別れ、エンドリアは家を眺めた。

住むところはライアン公爵が手配してくれた素敵なアンティークの一軒家だった。庭も十分な広さがあり、学校までも歩いて一五分くらい。緑に囲まれている。

家の鍵を開け、部屋を見渡した。とても素敵だ。ソファーに座り、少し休んだ。テーブルにはアンティークらしいカトラリーが並び、家具や家電も一通り揃っていた。お湯を沸かしソフィア家のコーヒーを淹れて飲んだあと、荷物の整理に取りかかった。

持ってきた服や靴をすべて整理するのは骨が折れた。合間にエンドリアは何度も鏡の前に立ち、可愛いブレザーの制服を体に重ね合わせた。

エンドリアは警棒だけ持参した。棚の上に置いておくことにした。

冷蔵庫の中身はからっぽだった。明日にでも買い出しに行こう。学校が始まるまで一週間あるから街を探検しよう。

シャワーを浴びてさっぱりして、ジーンズとパーカーに着替えた。ローランが一〇分後に迎えに来た。歩いて五分くらいのところの素敵な家に招き入れられた。

「お邪魔します。エンドリアといいます。夕食にお招きいただきありがとうございます」

「私はダージル・キャシーといいます」

おば様がエンドリアの手を握った。とても暖かく穏やかな気持ちになった。テーブルの周りには美味しそうな香りがする料理が並べられていた。早速三人で食卓を囲んだ。ギドラインに昔から伝わる雑炊とお魚の塩焼きをいただいた。

どれも美味しく、雑炊をお代わりしてしまった。ここでパイロットの勉強することについて話をすると、二人は楽しそうに聞いてくれた。おば様がココアを出してくれた。温かくとても美味しかった。

今はこの時間が心地よい。この先のことを考えると不安が大きかったが、ダージル夫妻の温かさでエンドリアの心が穏やかになった。

エンドリアの目に涙が零れた。キャシーおば様がハンカチを渡してくれた。

ライアン公爵と交わした誓いがあり、多くは語れない理由がエンドリアにある。ソフィア家の血筋だからだ。

今はまだ勉強に専念する。そしてパイロットになるため多くを学ぶ必要がある。

エンドリアは家に帰りベッドに仰向けになり、やがて深い眠りに入った。

翌朝、街を散策して見つけたコーヒーショップに入り、パンとコーヒーを頼んでゆっくり過ごした。それから必要な食料を買って一度家に戻り、食料を冷蔵庫の中に入れ、再び街に出た。

ギドラインは飛行機の整備工場が多くあるため、あちこちに関連した会社が多く見られた。空港の近くに行くと大きな整備工場があり、道路の真ん中は飛行機が通れる工夫がされていた。

エンドリアはソフィアにいた時にアーチ伯爵からパイロットの勉強や整備の勉強を教えてもらって、実物の飛行機に何度も乗り、練習を重ねてきた。ギドラインに来たら整備工場でアルバイトをしたかった。

ちょうどアーチ伯爵から教わったニコラス整備工場を探した。

「たくさんの整備工場があるな。本当にアーチ伯爵が言っていた工場はあるのかしら」

看板を見ながらようやく見つけることができた。飛行機の整備をしていた人たちがいて、ニコラス・リースが現れた。エンドリアはおどおどしながら、挨拶をした。

「初めまして、ソフィア・エンドリアです。ここのことはアーチ伯爵から聞いています。紹介状です」

「読ませてもらうとするか」

タバコを吸い、エンドリアに向けてウインクをした。

リースは紹介状を読み終えると、エンドリアに部屋に入るよう促した。椅子に座ると、リースがコーヒーを淹れてくれた。

紹介状には「学生の生活に支障がないよう休日のみ、エンドリアをニコラス整備工場で手伝いをさせてくれないか」という内容だった。ライアン公爵のサインも書かれていた。リースは快く引き受け、エンドリアに整備工場の中を案内してくれた。紹介状には一つ大事なことが書かれていた。

エンドリアはトランスフォーメーションを操るソフィア家の子孫だということだ。今後世界の平和と秩序を取り戻す戦士だと。リースは驚きを胸の中にしまっておいた。さすがに少女の戦士は聞いたことがなかった。

古の戦士は遠い昔に葬られたはずだったが、その血筋が今目の前にいる。グランド・アビエーション・スクールに行くということなら、なおさらだ。自分の孫と一緒に航空機整備を教えることにした。

エンドリアが一機の懐かしいプロペラ機に気が付いた。エンドリアと近そうな年齢の少年がプロペラ機を整備していた。リースが、自分の孫だと言ってその少年を呼んだ。

自己紹介してくれた。エンドリアよりも背は低いが、安心できる人柄が伝わってきた。

「僕の名前はニコラス・レオです。グランド・アビエーション・スクールに入学するんだ」

「私も同じ学校に通うんだ。凄い偶然だ。レオは年いくつなの？」

「一五歳だよ」

「私と一緒。同じ学校で同じ年、よかった。楽しみだね、学校」

「世界各国の優秀な人が集まるらしいよ。特に今年も強い戦士たちがいるみたいだよ」

「レオもやっぱり戦士なの？」

「小さい頃、剣術や射撃とか習っていた。射撃コンテストでは優勝したこともあるんだ。凄いでしょ」

「私は射撃、苦手。武道と剣術を少々くらいかな」

「僕はいろいろな乗り物を改造したりすることが大好きなんだ」

「レオ、凄いよ。私は故郷で少し勉強したくらい」

「いいもの見せてあげるよ。遥か昔のプロペラの飛行機」

レオは設計図を見せてくれた。遠い昔に存在したプロペラ機を再現している最中みたいだ。ギドラインで三年に一度開催されるレースに参加するという。伝統があるこのレースにはたくさんの参加者があるそうだ。

エンドリアが週末に整備の仕事をすることを知ったレオも喜んでくれた。

二人は外の機材の上で、互いの幼少時代や、ソフィアとギドラインそれぞれの話をした。

時間が経ち、日も暮れた。

「レオの母親のユリアと言います。同じ学校に行くと聞いて驚きました。あと、ここで働くそうね。お祝いついでに、よかったら夕飯を食べていかない？」

「ありがとうございます。ご馳走になります」

断る理由もなく甘えることにした。（二日続けて夕飯をご馳走になるなんて、ラッキーだわ）とエンドリアは思った。

夕飯はカレーライスのほかにたくさんの野菜が並べられていた。レオの好物らしい。

翌日は午後からここに来ると伝え、エンドリアは帰ることにした。レオが途中まで送ってくれた。夜になると少し治安が悪いらしい。ここでも貧富の差があるみたいだ。

道中、レオは父親の話をした。レオの父ニコラス・ボールドは戦闘機のパイロットで優秀だったが、Dark Moon（ダークムーン）の戦闘機に攻撃されて戦死した。レオは生まれて間もなかったため、父親のことは知らない。祖父も有名なパイロットで引退後は整備士として工場を作った。工場は新しい技術を取り入れて成功した。各国から部品を供給できるネットワークを持っており、掘り出し物を見つけたりして、改造して販売している。指折りの整備会社で、従業員も二〇人くらいいる。

レオは小さい頃から飛行機や乗り物に囲まれていた。

「レオは本当に整備の勉強をしながらパイロットになるのが目標なんだね。レオは父親を殺した公爵が憎い？　あっ、ごめんね。辛いこと思い出させて」

「父親の思い出はないんだ。だけど寂しくはないよ。毎日楽しいし。今度入る学校でパイロットになり、公爵との戦いに行くんだ。大人たちは口には出さないけど、みんな公爵のこと嫌いなんだ。世の中が全然良くならないし、公爵同士の戦争も起きているしね。平和が訪れるには僕たちみたいな若い者が革命を起こし、平和を取り戻すしかないんだと思う。まだ、何もできないけど」

「私も、公爵同士の戦争も止めないといけないし。私利私欲のために動く公爵が許せない。人間を操ることは断じて許されない行為」

力を込めて言った。エンドリアは、トランスフォーメーションのことや公爵との戦いに挑むことなどレオにいつか話せるかもしれないと思った。

滑走路から飛行機が離陸して大きな音を立てて飛び立っていく。整備工場の終業時間となり、従業員たちが酒を飲んでいるようだ。大きな声が聞こえる。

レオは、近くに屋台と新鮮な市場があることを教えてくれた。二人はこの日だけでいろいろな話をしたが、とりわけ食べ物の話題は尽きることはなかった。

「レオ、送ってくれてありがとう。連絡先の交換しない？」

「うん。いいよ。左手を出して」

腕時計型のデバイスを開き、画面の操作をしてお互いの連絡先やメールに繋がることができた。
「それじゃ、明日この場所で待ち合わせしよう」
「うん、わかった。それじゃ、さようなら」

エンドリアは家に入ると一息つき、机の上のパソコンを開いた。メールが何通か送られてきていた。ライアン公爵の優しい文章もあった。ソフィア家の庭の写真も添付されていた。

感謝を込めた返信をした。
まだ寝る時間には早かったので本を読むことにした。ライアン公爵がくれた魔術書だ。公爵が使うさまざまな色の魔法の属性や、それを見破る方法があり、戦い方をイメージしながら頭に叩き込んだ。眠くなり始めたのでベッドに横になり、眠りに入った。

翌朝、エンドリアは庭で軽めの運動をしてから町中の川沿いをジョギングした。まだ町を十分に把握したわけでなく、油断せずに走った。危険が迫る時以外はトランスフォーメーションを周りの人に見せてはいけないとライアン公爵から言われていた。今のエンドリアには、たとえ何かが襲ってきても、警棒だけで十分に戦えるという自信があった。家に帰り、シャワーで汗を流すと、トーストと目玉焼き、牛乳の簡単な朝食を済ませた。

レオの家に行くのにまだ時間があったので予習していると、レオからメールが来た。お昼一緒に食べない？　という内容で、とても美味しいところみたいだ。もちろん、行くよと返信し、エンドリアの家のそばの十字路で待ち合わせすることになった。

新しい友達ができたことにエンドリアは喜んだ。軽めの服装に着替えて、リュックにはツナギと安全靴を用意して待ち合わせ場所に行った。

「おはよー、天気良いね」

「エンドリア、お昼の場所は決まっているから安心してね」

（決まっているんじゃなく、決めているの方が正解でしょ）とエンドリアは心の中で言い、微笑んだ。

「エンドリアも間違いなく気に入ると思うよ。実はかなり食べ歩きして、アプリを作ったんだ。レオログっていうんだ。エンドリアも使ってみてね。それから最近ハマっているのがロックを聴くこと」

「レオログ⁉　凄いね。今度見とくね。レオは活発に動くタイプか。よかったよ、私一人で不安だったから。レオがいて助かる。ロック、素敵だわ。趣味合いそうだね。町のこともいっぱい教えてね」

二人は電車に乗り、次の駅で降りた。年季の入った古い家が立ち並ぶ町だ。

五分くらい歩いたところに少し人が並んでいる食堂があった。美味しくて安いと評判の店らしい。

店内は整備工場で働いている人や、兵隊で賑わっていた。エンドリアは一番人気の麻婆豆腐定食、レオは中華丼を大盛りにして頼んだ。一〇分くらいで料理が運ばれてきた。

「美味しい。凄い、今までいろいろ食べたり作ったりしたけど、ひき肉とバラ肉と合わせて、豆腐と辛みのバランスも良く、こんなに美味しいのは初めてだよ。今度は中華丼にチャレンジしよう」

レオは勝ち誇った顔をしていた。食べ歩きの友ができた瞬間だった。

帰りにエンドリアがレオに聞いてみたら、その店には週二回くらいの割合で行くと言ったけど、行きたくなる理由もわかる。お腹も満たされてとても満足した。

「エンドリア、まだあそこ以外にも美味しいところあるんだよ。時々一緒に行こう」

レオの行動には特徴がある。美味しいものには目がない。私を太らせる気かとエンドリアは心配になってきた。

二人は電車で帰り、レオの家まで行った。

「こんにちは、エンドリア。昼は済ませた顔だな。レオの食い意地は大人顔負けだぞ」

レオの祖父、ニコラス・リースが笑顔で言った。

「これから時々食べに行くことにしたんだ。美味しくて安ければ最高だよ」

「エンドリアは女の子なんだから……。それに大事な学校もあるからほどほどにしなさい」

エンドリアは微妙な空気を感じていた。

「リースおじい様、とても美味しい中華料理屋さんだったの。麻婆豆腐定食、食べたことありますか？」

「レオに何度も付き合わされとるわ。レオは美味しい定食屋をまだまだ知っているから、半年もあればこの辺りの全店舗行くことになるぞ」

「エンドリア、大丈夫だから、きちんとカロリーを考えて探すから。レオログにカロリーも出ているから、早く登録してね」

言うまでもなくすぐ登録した。不安もあるが、カロリーが出ていれば事前にメニューを決められる。これで重量オーバーにならないように注意できる。

「エンドリア、二階で着替えてきなさい。早速働いてもらうぞ」

レオの母、ユリアが現れ、案内してくれて、エンドリアはツナギに着替えた。

ニコラス整備工場は本格的に点検・整備を行うみたいだ。

ギドラインでは、航空会社はもちろん、一般の会社でも個人でも飛行機を持っているので、得意先が多いという。機体の各部を赤外線のカメラで撮り、二人一組で点検作業を行う。

今日は初めてなので、エンドリアは見学することになった。二等航空整備士の資格がどうしても欲しくて、修行場所としてこの環境は最適だった。チームワークがとても良く、長年の経験が培われた整備士の誇りにエンドリアは感動した。

レオも素早く動き、工具を使い分け、作業していた。使い終わった工具はきちんと所定の位置に置かれていた。使い終わった工具をきちんと見ている人もいる。安全第一とはいうが実際に見学してみると、それはもう芸術的な世界を感じる。

そして、仕事のお手伝いも終わり、来週の月曜からは学校に通うことになる。

結局、夕食はレオの家でご馳走になった。今夜も招かれてというか、日常になりつつある。（いけない、ずっとご馳走になってばかりじゃ）と思ったエンドリアは、ひらめいた。明日の夕食は、庭でのバーベキューにし、ニコラス家を招待したらどうかと。（我ながら、良い案）と満足して、ニヤニヤした。食事の後片付けをするユリアを手伝いながら、エンドリアはバーベキューのことを言い出すチャンスをうかがった。

「本当に甘えてばかりで、今日もご馳走になってありがとうございます」

ユリアは「いいのよ。レオの友達でしょ。遠慮しなくていいの」と微笑む。リースも続けて言った。

「そうだよ。無給でお手伝いしてもらってるんだから、これぐらいでもしないと罰があたるよ」

（無給!!　えっ　そうなの　時給とかお金のことは最初にも言ってなかったし。手紙にも書いてなかった。勉強させてもらう身だから偉そうに言える立場でもないし。まあ、よしとするか。こんなに優しくしてもらってるんだ。レオという素晴らしい友達にも巡り合ったんだ。プラス思考でいこう。あっ、いけない。大事な話をするんだった)

エンドリアの頭は目まぐるしく動いた。

「こちらこそ、楽しい時間を過ごすことができ、感謝申し上げます。そこで私からのささやかなお礼と申しますか。土曜の夕方、私の家の庭でバーベキューをしたいと思います」

「やったー！　いいじゃん。肉大好きだからいくらでも食える」とレオ。

エンドリアは一抹の不安を感じた。レオの旺盛な食欲を忘れていた。一人で調達できる食材では間に合わない。

そこですかさず畳みかける。

「レオは私のお手伝いをするの。いい？　リースおじい様とお母様と従業員の皆様は手ぶらでいいです」

「それは良い提案だ。招待されることにしよう。楽しみだ。レオはお手伝いをしっかりやりなさい」

レオは今の状況が呑み込めていない。

「はい。はい。エンドリア、お手伝いしますよ。ちゃんと計画的に買い物しましょうね」

「はい、は一度だけよ。レオ、大丈夫。こういうの私大好きだから。レオに素直に従いましょう」

夕食の席で爆笑したのは久しぶりかもしれない。ニコラス一家と家族のように打ち解けることができた

帰り道で、またまた良い計画を思いついた。

「ダージル夫婦も招待しよう。きっと喜んでくれる。早速今晩、ダージル家にお邪魔しよう」と。

良いことは続くものとエンドリアは心が躍った。

「ローランおじ様、お休みのところ申し訳ございません。エンドリアです」

ローランは喜んでエンドリアを招き入れた。エンドリアの鼓動が高くなり緊張していた。ソフィア家の生活とは違い、人並みの生活に憧れを抱いていたからだ。

「エンドリア、遠慮はしなくていいんだ。何かあったのか？」

「ローランおじ様、明日の夕方はご予定とかありますか？」

「特に予定というのはない。エンドリアとお話ができるだけで幸せだよ」

エンドリアは褒められ、お礼を言った。

「ありがとうございます。明日の夕方、私の庭でバーベキューするの。よろしかったら、来てほしいんです。友達ができたので紹介させてください。大勢の方が来てくれるので賑やかで楽しいと思います」

「エンドリア、ありがとう。ぜひ参加させていただくことにしよう。明日の夕方が待ち遠

しいな」

計画は成功し、エンドリアは自宅のソファーで寛いだ。

「大事なこと忘れていた。焚き火台、どうしよう」

致命的なことに気づき、物置小屋に行き、探し始めた。

「あったー。やったぞ。この焚き火台で焼ける土台はできた。それに椅子やらテーブルもあるよ。なんて素敵なお家なの」

エンドリアは子供のようにはしゃいでいた。

とりあえず、薪と炭の準備が必要になり、レオに電話した。

「レオ、ごめん。薪と炭を買ってきてほしいんだ。この辺にあるのかな？」

レオは助手という立場に全力を傾けていて、薪の情報をネットで検索し見つけてくれた。

エンドリアはほっとした。星を眺めながら、

「大丈夫。必ず成功させるから。みんな楽しみにしていてね」と呟いた。

エンドリアは翌日買うものをリスト化した。

まずは飲み物から考えた。ジュース、ビール、サワー、ウイスキーなど書いていき、食べ物の工夫が必要だった。

まずは肉だろう。柔らかく誰でも美味しいと言える肝心な主役の存在だ。その存在をネ

ットで調べた。「焼き肉・ギドアニア」でヒットした。近くにあるじゃん。ワンダフルmeat（ミート）という店名らしい。名前が怪しいが、写真を見て安心した。古くからある店らしいのと、肉の豊富さが決め手になり、店にメールした。肉は確保できたから次は野菜だ。近くで見つけた野菜専門店で買うことにした。

楽しいバーベキュー

翌朝早めに起き、準備にかかる。リビングのテーブルを動かして調理台に代え、準備のできたものから庭に運べるようにした。

一台の車がエンドリアの家の前に停まった。リースおじいさんとレオだった。

「エンドリア、おはよう。今日は時間を持て余しているので手伝うことにしたよ」

さすがレオのおじい様、手伝いがレオ一人では不安だったのかな？　だけど冷静に考えると、私とレオだけでは無理かもしれない。

この一大イベントを成功させるには、一人でも多く手伝う人が必要だ。作戦変更!!

早速、車から薪と炭を降ろし、庭の準備に取りかかった。バーベキューの焼く場所、テーブルや椅子の配置を決めた。

「エンドリア、クーラーボックスないでしょう？　一応二つを持ってきたよ」

「サンキューです。レオ。ナイスアシスト。素晴らしい助手だよ」

レオは俄然、やる気を出していた。よしよし、その調子で頑張れとエンドリアは心の中で呟いた。

庭の準備が整い、三人は買い出しに出かけた。まずディスカウントストアで飲み物を選び、精肉店に行った。店員に人数分の肉やバーベキューに必要なものを選んでもらった。とても親切な人でどの部位がいいかなど、わかりやすく説明してくれた。タレもオリジナルで美味しいということで、買うことに決めた。大本命の肉をゲットし、エンドリアは安心した。最後に野菜屋へ行き、無事買い出しは終了した。

家の前に着いたらダージル夫妻とレオの母、ユリアが仲良く話をしていた。

「もう来てくださったのですか？」

「私たちもお手伝いがしたくて早く来てしまったのよ」

「ありがとうございます。本当に助かります」

これは大いに戦力になる人が増えた。

「改めてご紹介させてください。こちらはリースおじい様と友達のレオです」

「初めまして。ダージル・ローランと申します。妻のキャシーです。エンドリアとはご近所のよしみでお付き合いをしています」

「私はニコラス整備工場で働いているニコラス・リースと申します。私共もエンドリアと仲良くさせていただいております」

お互いの自己紹介が終わり、庭に案内した。早速、準備に取りかかった男性陣は火おこしに四苦八苦し、女性陣が食材を切るのを横目に見ながら、エンドリアはとっておきのスープを仕込んでいた。ソフィア家秘伝のレシピだ。

すっかり夕方になり、宴の準備が完成した。エンドリアは逸る気持ちを抑えきれず、心が躍り始めた。

初めての町でこんなに素敵な人々に囲まれた夕食は格別だと思った。

やがて予定の時間になり、ニコラス整備工場の従業員とその家族も集まり、それぞれがお土産を持参し、素敵な時間が始まった。

「今日はお集まりいただき本当にありがとうございます。ささやかな私の気持ちです。飲んで食べて、素晴らしい宴にしましょう」

とエンドリアが言うと拍手が起き、好感度はぐんとアップした。

(完璧シナリオ通りとはいかないが、うまくいった。お手伝いに来てくれなかったら間違いなくこの宴は失敗していた。まだ私も子供ですかね。少し計画性が足りなかったのは、初めてだからしょうがない)とエンドリアは自分勝手に理由をつけた。

まだまだ勉強しなくてはとエンドリアは反省した。

エンドリアやユリアお母様にキャシーおば様は手際よく肉やソーセージや野菜を焼き、皆に振る舞った。

子供の存在を忘れていたが、ユリアお母様が持参した麺類を使って子供向けに料理を用意してくれた。

「ユリアお母様、ありがとうございます」

子供が来るとは考えてもいなかった。反省。

エンドリアが作ったソフィア家のスープも人気で、ほっとした。

大人たちは酒を飲みながら料理を美味しそうに食べていた。この瞬間が大好きだ。素敵な家族と子供たちに囲まれ、笑い合う時間はどんなに貴重なことか。エンドリアはこの宴の光景を写真に収めた。

一人、気になる子がいる。レオの存在だ。もはやコントロール不可能な助手だ。次から次と焼かれる料理を独り占めしている。エンドリアは凍り付いた目でレオを見たが、完全に肉以外見えていない。

レオには最後に片付けを頼むことを忘れていた。今日のバーベキューがうまくいったのとたくさんの人に喜んでもらえたからいいかもしれない。今夜のことは忘れない。人が喜ぶ姿を見るととても気持ちが良く、心の底から平和のありがたさに感謝したい気持ちだった。

「レオ食べすぎ!! 忘れたの？ 今日は私のそばから離れないって約束でしょう。まぁ、バーベキューうまくいったし、みんな喜んでくれたね」

「エンドリア、ごめん。食べ物が目の前にあると周りが見えなくなってしまうんだよね」

この男、ある意味凄いな。レオをコントロールするには食べ物があればいいとエンドリアは確信した。

すっかり夕方から夜に変わっていた。大人たちはエンドリアに感謝し、きちんと片付けをしてくれたため、準備の時とは違い、後始末には手間取らなかった。

参加者たちが家路につき、最後にレオが月曜に学校で、と言って帰っていった。

エンドリアはテラスで座り、宴の余韻にしばし浸っていた。風が心地よく、眠りそうになった時、リトーが現れ、エンドリアの膝の上に座った。エンドリアはリトーに話しかけた。

「ここの街は素敵だよ。みんな親切だよ。よかった、本当に、ここに来て」

リトーは幻のように消えたが、きちんと部屋に入って休めと言われたような気がした。

結局エンドリアは電灯をしぼり、ソファーに座りブランケットを掛けてそのまま寝てしまった。

翌日遅めに起き、洗濯を済ませ外に干した。明日からは学校だ。緊張と不安でなかなか落ち着かなかった。ちょっと気晴らしに街に出て買い物をしようと思った。電車で向かった休日の繁華街は混雑していたが、家族づれや素敵なカップルが楽しそうに買い物をしていた。本屋や文具店に行ったり、お洒落な洋服探しの旅をした。可愛い洋服を眺めていたら店員が近づいてきたが、ここは誘惑に勝ち、早々と店を出た。

少し喉も渇いたので、人気のありそうなカフェを見つけアイスコーヒーを頼み、外のテーブルで飲んだ。ぼんやりと街を眺めていた。お昼が近づき、レオログで辺りの料理店を調べた。美味しそうなパスタ屋がヒットし、そこで、昼食を取った。とても美味しく、レオログの情報はこれからも使えそうだ。

軽く買い物をして帰ると、エンドリアは洗濯物を片付け、きちんとアイロンをして丁寧に畳んでタンスにしまった。淑女たるもの、身だしなみは自分で整える習慣をつけなくては。

「早いけど、明日の準備をしよう」

まず、ブレザーにシャツと靴下を揃え、朝起きたら素早く着替えられるようにした。下駄箱から靴を出して置いた。

可愛い制服を着て素敵な時間を過ごせるなんて楽しみで仕方なかった。

次に授業で必要な本を並べた。事前に教科書は届いていたので目は通していた。明日のカリキュラムを見た。「新入生の挨拶は得意だから心配はいらない」。エンドリアは自信を持って言った。

あとはどんな出会いがあるのかも楽しみの一つだ。イケメンは必ずいるはずだ。しかし、まずは女子と仲良くしなくては。いろいろ想像を膨らませ時間は過ぎていく。

夜になり、エンドリアは慌ててバーベキューで残ったスープを温め、パンを焼き、牛乳を冷蔵庫から出し、テレビを見ながら食べた。食べ終わると食器を洗い、お風呂に入った。ドライヤーで髪を乾かし明日の準備に余念がなかった。八時四〇分からの授業なので八時一〇分に家を出るから朝七時に起きることにした。一〇時くらいになりベッドに入り、眠りについた。

グランド・アビエーション・スクール

翌朝起きて顔を洗い、トーストと牛乳で朝食を済ませた。歯を磨き、髪を整える。髪型は悩んだ末、ポニーテールでいこうと決めた。玄関を出て鍵を閉め、エンドリアの学園生活がスタートした。

「私の素敵なスクールライフの始まりだわ」

真新しい制服に身を包んだエンドリアは目を輝かせて歩いていた。

登校中の女子二人組を見かけた。少し背丈の違いはあるけれど、親しい同級生のようだった。校門をくぐると手入れされた並木が古めかしい校舎まで導いてくれる。校内に入ると、制服を着た事務の人たちが気持ちよく迎えてくれた。

「おはようございます」

もちろんエンドリアもお行儀よく「おはようございます」と言い、事務の人に案内され、教室に入った。

それぞれ席には名前が書かれていた。

エンドリアに続いて女子の二人組が教室に入った。

「この学校、生徒数本当少ねえよな。どうせ大した奴もいねえな」

「かもね。だけど私のことは気に入ってくれると思うよ」

二人の会話を聞いて、お行儀の悪い人も良い生徒も入学するんだとエンドリアは思った。

二人組に続いてレオが入ってきた。

「おはよー、レオ。早かったね」

「うん、母親に少し早めに行くようにと言われて……眠いけど正解だった」

「あれ～、お子様はこの学校に通えるんだ」

近くにいた男子がひやかすように言った。

エンドリアは友達を馬鹿にされたので怒りを覚えた。初日なので、ここは我慢した。

すると男子が入り、さらに険悪な雰囲気になった。

「お前強いのかよ」

「俺か、お前の一〇倍は強いぞ」

「ここでやるか」

一触即発かと思われたところでチャイムが鳴り、各自しぶしぶ席に着いた。

エンドリアはこのクラスで三年も過ごすことを思うと、不安で登校拒否をしてしまいそうだった。

教室の扉が開き、教官と思しき男性が入ってきた。教室はざわついていた。

先生はまず自己紹介をした。

「今年赴任した、ジョセフ・ピーターです。これからの三年間、君たちが立派なパイロットになれるよう最大限サポートしていきます。それでは全員揃っているし、前の席から順番に前に出て自己紹介してくれ。もちろん質問もOKで」

進み出たのは、ロングヘアの女子生徒だった。

「ジュリアート・ルナ、一五歳。オレは双子の姉妹の姉です。性格は男に近いのでみなさん気をつけてください。女だと思って軽く見たら痛い目に合いますので、よろしく」

周りはシーンと静まり返ったが拍手がまばらだった。誰も質問ができなかった。

エンドリアの苦手なタイプ確定。次に、ルナと同じ顔、髪型に、、穏やかな表情をたたえたロングヘアの少女が前に出た。

「ジュリアート・ヘレン、一五歳。ルナの妹になります。私はみんなと仲良く楽しい時間を過ごせたら満足です。特に男の子は気軽にお話ししてくださいね」

男性陣の拍手が沸き起こった。

「ニコラス・レオ、一五歳。小さい頃から整備工場で働き、目標はパイロットになることです。趣味は食べることで、この街の飲食店には詳しいので遠慮なく聞いてください」

ヘレンが拍手し、「私は甘いものが好きなので今度連れてってね」とレオに声をかけた。

レオの顔が赤くなっていた。

エンドリアの番になった。緊張しているが腹をくくり前に立った。ここは無難に済ませよう。

特に女子がやばそうだ。短い挨拶で終わらせよう。

「ソフィア・エンドリア、一五歳。目標はパイロットになり、いろいろな国へ行くことです。そのために精一杯勉強したいと思います」

するとルナが言った。「あんた、弱そうに見えるけど何か特技とかあるの?」

ヘレンは「エンドリア、可愛いね。モテるでしょう。今度遊ぼうよ」と言う。

エンドリアは答えるのに悩んだが、持ち前の頭の回転の速さで返事をした。

「剣の使い方と武道を少し勉強しましたが、なかなか思うようにはいかず、今も頑張って努力しています。私はそんなにモテませんよ。ヘレンの方が断然可愛いと思うよ」

エンドリアはできる限り相手に不愉快な印象を与えないよう、精一杯双子の姉妹をおだてて男子には関心がないよう努め、この場は切り抜けた。ただ、心の中では「私は可愛いんだぞ」と思っていた。双子以外から質問は出ず、エンドリアはホッとした。拍手はこの緊迫の中でも起きた。

「ライズ・オスティン、一七歳。ここで勉強しパイロットになり、誰よりも速く飛べる飛行機でこの時代を駆け抜けたいと思います」

ヘレンがまた質問した。質問というより相手が男子なら誰彼かまわずウケを狙いたくて、この調子らしい。エンドリアはこの子は可愛いだけではなく何かを持っていそうなので、心の中で「特別指定危険人物」にした。

「凄いな、私もこの時代を雲みたいに駆け抜けたいよ」

拍手は一定のリズムで送られた。このリズムはこれからも最後まで変わらないだろう。

「ヘンリー・カーター、一八歳。俺は将来戦士になることとパイロットになることを目標にしている。今はどうしたらいいかわからないけど、自分にできることをしたい」

ヘレンがすかさず「ゆっくりでもいいじゃん。時間はまだあるよ」と言う。

カーターは喜び、ヘレンの大ファンになった。

もはやヘレンが教官で、生徒に答える、この方程式は決まった。さて残すところ二名。

「ニーグル・イーソン、一九歳。答えは簡単、俺がトップになる」

　短い挨拶だが、彼の眼には純粋で人の心を掴むものがあった。

　誰もが強気な態度に驚いた。拍手こそしたが、質問する気も起きないほどイーソンに圧倒され、静かになった。

　最後にハンサム君の登場だ。素晴らしい挨拶を期待した。

「ダニエル・ローガン、二〇歳。この世を変えるためにここに来た。短く話をしよう。簡潔に言うぞ。俺についてこい。きっとみんなの答えは決まっているはずだ。俺がみんなを幸せにする」

　もはや周りは開いた口が塞がらない状態だ。エンドリアもハンサムだと思い期待したが、「俺がみんなを幸せにする」とはなんという人だ。

（今のみんなの挨拶を聞いたら、それぞれの目標があり幸せなんじゃないの。彼はどうしたいんだろう?）とエンドリアの頭の中は混乱し、ローガンへ拒否反応を示す。

　エンドリアはこのクラスの生徒たちとうまくやっていく自信がなくなってきた。レオと友達になってよかった。

　全員の挨拶が終わったのでピーター先生が壇上に上がった。

「みんな個性のある挨拶、とてもよかったです。さて半年間の授業内容を配るので目を通してください」

月曜から金曜までの授業内容だった。主に講義が多く、飛行実習は木曜だった。思わず目を奪われた授業があった。剣術と射撃だ。

（聞いてないよー、学校でも剣術するの。もう十分子供の頃からやったよ）

エンドリアは深いため息を漏らした。

ホームルームが終わり、一五分後にクラスで待機となった。レオが隣から話しかけた。

「剣術と射撃の授業は三年前にできたみたいだよ。なんか戦争が激しくなったからいざという時に備えるんだって」

「うん、それは仕方ないんだけど私の事情が……あっ。今の忘れて」と言い、エンドリアは考え込んだ。

クラスの中は一触即発の雰囲気だ。若さのエネルギーをぶつける相手を探している。時が解決する気もしない。

「私にできること、あるかしら」

悩み考えたが思いつかない。もうどうして、楽しいスクールライフを初日から壊してくれるのとぼやいた。

次の授業は一年生が学ぶ教室をピーター先生が時間をかけて案内してくれた。どの教室も最新のテクノロジーが導入されている。

ピーター先生は「ここでの訓練はとても重要で、戦闘に必要な過去のデータもあります。必ず予習と復習をしておくように」と言い、過去の卒業生の録画を見せた。今活躍しているパイロットや戦死したパイロットである。エンドリアは集中して見た。

ピーター先生が映像を停止し、皆に向かって言った。

「ここの生徒は多くがパイロットを目指して学び、戦士となり戦う。多くの若者が亡くなった。今この時も戦いに参加している者がいる。必ず平和が来るのを信じていてほしい。大事なのはここだ。私のクラスは、仲間と共に平和を勝ち取るために懸命に這い上がっている。一人で悪と立ち向かうのは困難だ。だけど、将来ここで学んだことは必ずみんなの力や盾となる。仲間はいいぞ。将来を語り合い、同じ教室で過ごす時間は宝物だぞ」

最後の映像を見たエンドリアは、この場を去りたいくらい悲しんだ。公爵の争いがいかに悲惨なものか改めて知った。先ほどと違い、クラスの雰囲気が変わった感じがしていた。

最後に飛行実習する場所に案内された。とても敷地は広く、最新の戦闘機や自習で使う飛行機もあった。

ソフィアにいた時の飛行機と同じだった。案内も終わり、教室に戻った。ピーター先生が言った。

「今日の授業はここまで。明日からは普通の授業となります。お昼はお弁当を持ってくる人もいるとは思いますが、この校舎の向かいに学食がありますのでぜひ利用してみてください。他に質問などあれば聞いておきます」

イーソンが「先生は現役のパイロットですよね。今の戦況はどうなんですか？」と聞いた。

「今は各地でレジスタンスが多く立ち上がり、戦いが激化していますが、公爵と手を組んだ人間たちが優勢にいる状態です。もちろん我が校の卒業生も戦っているはずです。この学校を存続できているのは、名前は言えませんがある公爵とギドラインの国が資金を提供してくれたおかげなんですよ。あなた方はグランド・アビエーション・スクールで多くのことを学び、上級クラスへ進学することが最初の目標です」

午前中で学校が終わり、エンドリアとレオは学食で定食を食べた。

予想していたより美味しい日替わりの定食だった。学校帰りにジュリアートの双子に会った。

ルナが話しかけてきた。

「お二人さんはもう食事は済んだ？」

「学食の定食食べてきたよ。ルナとヘレンはこれからお食事かしら」

「ヘレンのお弁当食った」

「ヘレン、料理するんだ。素敵だわ。今度私にも教えてよ。私も料理好きなんだ」

「ルナと違って、子供の頃から料理は私の担当なの。今日のお弁当の写真見せるね」

差し出された端末にレオが食いついた。

「お弁当可愛い。料理も色鮮やかで美味しそう」

「ルナの食べているところの写真見る？　食べている時も可愛いよ」

「ヘレン。絶対駄目だからな。写真見せんなよ」

「はーい。わかりましたよ」

二人はとても仲良く素敵な双子だ。二人と少し仲良くできてよかったと二人は思った。

レオは欲張りなことにヘレンにお弁当を作ってほしいと頼んだが、ルナに「お前図々しい」と言われ、秒でこの会話が終わった。

エンドリアも同じことを言おうとしていた。初めてルナと意見が合った。

エンドリアがこのチャンスを見逃す手はなかった。「もらった」という顔をしていた。

「よかったら、今から美味しいケーキ屋に行かない？」

エンドリアの行動力に双子の姉妹は驚き、目を合わせた。

「私たち甘いもの大好きです。ここに来てまったく食べてないから、レオ、良いところ教えてよ」

レオの目はいつもの輝きを取り戻した。レオログで近所を調べてヒットした店を目指して、四人はレオを先頭に並んで歩いていった。

エンドリアはこの些細な出来事も写真を撮った。ルナの顔は相変わらずムスッとしていたが、とてもよく撮れて満足した。店に着き、四人は中に入った。人気店らしく女の子が多かった。席に案内されメニューを見たけど、どれも美味しそう。エンドリアはレオにお勧めを教えるよう肘でつついたが、あまりピンときていないようだった。空気が読めない男子一号決定だ。

レオはレビューが多くて高い評価のチーズケーキを勧めた。オレンジジュースも同時に頼んだ。

（一五歳の男の子って本当に女の子をエスコートできないよね。昔から伝わる、あるあるランクに必ず入るよね）

エンドリアは内心やれやれ……と思っていた。

チーズケーキとジュースが運ばれてきた。とても可愛い食器が美味しそうなケーキを引き立てている。

ルナの顔を見た。さっきまでとは打って変わって年相応の無邪気な笑顔だ。写真に収めたいな～とエンドリアは思った。

「美味しそうだね」エンドリアは微笑んだ。

「まずは一口」ヘレンは言った。

「美味しい。マジでやばい、これ凄いよ」

ルナもすかさず一口頬張る。

「何これ。濃厚なチーズのコクがいい。レモンとオレンジの果汁も爽やかでとてもいいぞ。レオ、やるなお前。褒めてやるぞ」

レオはここでも勝ち誇った顔でエンドリアに早く食べろと目配せした。

「本当に美味しい。これ」

エンドリアも思わずそうなった。四人はペロリと食べ終わる。年頃の少女らしくはしゃぐ三人をレオは眺め、満足していた。単純な性格の持ち主である。

「レオ、朝はごめん。この性格、直せんのだ」

ルナは言った。レオは全然気にしてないよと笑った。これで和睦が成立した。ルナは打ち解けられた感じがした。心の奥にある重い塊を吐き出せた気がした。ヘレンも同じ想いだった。

今はこの時間を大切にしようとエンドリアは思った。

「たまに来ようぜ。ここ、気に入った」とルナが言った。突然の展開にエンドリアは驚いた。四人は店を出て手を振り、別れた。

「レオ。いい仕事したぞ。最高の友達だ」

エンドリアは心の底から感謝した。レオは照れくさそうな仕草をした。

「なんかワクワクしてきたね」

二人は夕暮れの中を歩いた。レオと別れ、家に着いた。

ベッドで横になって休憩していると、精霊リトーが現れた。今日の出来事を聞きたい様子だったので聞かせてやっているうちに浅い眠りに入ってしまった。

エンドリアはベッドから起き、欠伸をした。すっかり日が暮れて夜になっていた。夕食を簡単に作り、食べて、糸が切れた操り人形のように再びベッドに入り眠ってしまった。

剣術の授業

早めに目が覚めたので、エンドリアはシャワーを浴び、気持ちのいい朝を迎えた。

学校へ行くとレオがジュリアートの双子と仲良く話をしていた。レオの社交的な特技が発揮されたようだ。エンドリアは感心していた。この子はここが特に凄いんだよな。三人が他愛もない話をしていた。

女子の結束力は凄いんだぞ。エンドリアは話の中に入った。レオは確実に陣地を広げていた。それも幅広く。エンドリアは目を丸くしていた。レオの人懐こさに感心した。

その後、男子が次々と教室に入り、この光景を見て驚いていた。

昼時になり、エンドリアとレオは学食で日替わり定食を食べた。一年生の男子たちも学食に来て別々の席に着き、定食を食べていた。男子は変なところでプライド高いからなあ。

カッコつけちゃって。レオを見習ったらいいのに……とエンドリアは心の中で呟いた。

食事を済ませ、二人は教室に戻った。午後の授業が始まるまでの時間をヘレンとルナとの会話に費やした。

午後も学科を中心に進んでいった。ピーター先生の解説はテンポよく、とてもわかりやすい。エンドリアは重要なところにマーカーを引き、付箋を貼り、ノートに書き写した。他の人も同様に自分仕様にノートを仕上げていた。もちろんこの学校に合格するくらいだからとても優秀なんだろうが、人のノートは気になるものだ。

レオのは隣で見ていたけど、女の子のはやはり気になってしまう。あとで休憩時間に見せてもらおう。

「ヘレン、ルナ、授業どう？　心配だからノート見せ合わない？」

変な理由をつけて見せてもらうことができた。

「凄い。綺麗な字だね、ヘレンのノート。ルナの字はなんか可愛くない。うわーやっぱり見せてもらってよかった」

「エンドリアの字は、なんか男の子の書いた字に似ている」

仕返しとばかりにルナが言った。

「そうかな、気が付かないうちにこうなってしまったよー」

他愛ないお喋りのつもりが、エンドリアのノートを見たヘレンからダメ出しが入り、そのままちょっとした講習が始まった。ルナいわく、ヘレンはとても優秀らしいのだ。私の新しい教師が増えたとエンドリアは喜んだ。

ルナも「なんかあったら聞けよ」と会話のキャッチボールができるようになった。このあとも授業の終わりはヘレンに聞くことになって、頼もしい友人ができそうだ。


すっかり忘れていた学科があった。剣術の授業だ。

「もういいよ」というエンドリアの呟きを聞く者はおらず、一同は道場に案内された。男性陣は教室の席に長くいたせいもあり、ここぞとばかりに体を動かし始めた。カーターは筋肉が自慢らしく、女子の前に現れ、自身の体を見せびらかした。

「凄い筋肉ですね。とても強そうに見えますね」

「俺の体は変身ができるんだ。鋼の筋肉で剣とか銃弾も通用しない」

お調子者のヘレンはおだてて、ルナは無視していた。同じくエンドリアも興味なし。

道場を見渡すと格闘技や剣術に必要な装備が揃っていた。ピーター先生は中で講師と話をしていた。早速授業が始まり、新任の先生の挨拶が始まった。

「ブレイク・ジョージといいます。今年配属されました。学校で教えるのは初めてですが、よろしくお願いします。私もみんなと同じここの卒業生です」

短い挨拶だが、エンドリアはジョージ先生の気配が違うことに気づいていた。実戦を積み重ねている人だと感じた。

入学式の朝、ダグラス・ヨハン学長の部屋にピーターとジョージは大事な話で呼ばれていた。ライアン公爵からの直筆の手紙だ。ソフィア家の血筋の戦士、エンドリアのことが書かれていた。ライアン公爵が幼少期から育て上げ、鍛えた戦士だと。

しかも大人の戦士やオリバー侯爵やライアン公爵も歯が立たないという。この現実を受け入れるのに二人は悩んでいた。しかも女の子ときた。戦況が変わる可能性があるとも書かれている。

伝説は本当に存在していた。トランスフォーメーションを操れる最強の戦士。この子をグランド・アビエーション・スクールでパイロットとしても剣士としても育て上げなければならない。

新入生の資料に目を通した。エンドリアと他の生徒をどんなカリキュラムで三年間を勉強させるか、悩み考えた。もちろん他の生徒も優秀な生徒ばかりだ。ピーターとジョージが配属された理由も明白だ。

戦況は公爵が優位に立っている。立ちはだかる大きな山だ。レジスタンスが世界中で小競り合いをしているが、公爵一派に勝てる兵力も乏しい。公爵を打ち負かす絶対的な存在が必要だ。ヨハン学長も考え込んでいる様子だ。

「好奇心旺盛で天真爛漫な女の子。世間を見たくてしょうがない年頃。活発で行動力があり、素敵な普通の生活を楽しみたい子だ」

三人は笑っていた。

「よし、やってみますか」ピーターに続けてジョージも言った。

「新しい時代の幕開けに関われることは誇らしいな」

「いつか必ず彼女にもピンチが訪れます。仲間という宝物を教えてあげてください。ここでのスクールライフが彼女を大きく育て上げると信じましょう」

ヨハン学長が言った。時代が大きく変わる時をこの目で見たいと三人は思い、それぞれの胸の中に大切にしまった。

早速生徒たちに木刀が渡され、素振りの練習から入った。

「よし、初日なので私と簡単な間合いを取る練習をすることにしよう。まずは男子から、順番にかかってきなさい」

オスティンから始まった。間合いを取るのが難しそうだ。前に後ろに次々と距離を取られていく。あっという間に終わった。

カーターの番になり、彼はリズムが取れていた。武道で鍛えた体幹だ。しかし「一分で終わる」というエンドリアの勘は当たった。

イーソンは間合いが取れず、瞬く間に終わってしまった。

ローガンの番。さあハンサム君、どう戦うのかしらと、エンドリアは興味津々。ジョージ先生が戦いの間合いを変えた。お互い一進一退の攻防が続いたが、実戦の経験を積んでいるジョージ先生には敵わない。

エンドリアは「やるじゃん。頑張ったね」と呟いた。

次はレオ。エンドリアは友を応援する姿勢となった。

先攻はレオが取った。いい感じ。しかし横から繰り出す間合いに戸惑い、圧倒され終わった。男子全員が間合いを取れず終わってしまった。次は女子だ。

エンドリアは、先に呼ばれた女子とジョージ先生の動きを見ることに集中し、攻略法を見つけようとした。もちろん、生徒のほうを応援するのは決まっている。

ルナの出番だ。ジョージ先生も手を抜かず、間合いを攻撃に変え、ルナを混乱させた。ルナは防戦一方だが凄くリズムがいい。そして反射神経もいい。男子たちも目を奪われていた。エンドリアは爽快な気分だった。女の子をみくびるなよ。

ここでもジョージ先生の間合いが圧倒し、終了した。

続いてヘレンの番になった。可愛い顔といつも飛び出す言葉と違い、雰囲気がガラリと変わった。この姉妹強いぞ。ヘレンは今までの間合いのイメージを覚えていた。先手に回って動いたが、ここでもジョージ先生が先回りして背後を取り、終了した。

あー、どうしよう。私の出番が来てしまった。

「エンドリア、何を迷っているんだ」とジョージ先生は言う。

「はい。今集中します」

エンドリアは力強く言った。

ジョージ先生が本気で先手を打ったが、エンドリアはそれを先読みして後方に飛び、背後に入った。ジョージ先生も守りの体勢に入った。容赦ないエンドリアの間合いは、ジョージ先生の防御を崩していく。

ジョージ先生は初めて戦うソフィア家のトランスフォーメーションを操る戦士に驚きを顔に出さず、心の中にしまった。エンドリアがほぼ優勢だった。周りの男子は驚き、「凄いぞ」を連発して応援してくれた。ジュリアート姉妹も興奮していた。

ジョージ先生は手を止め、終わらせた。エンドリアの息は乱れていない。ジョージは今まで何度も命を懸けた戦いをしたが、ここまで苦戦したのは初めてだった。暗黒の時代から抜け出す希望が見えたことに感謝した。

エンドリアは剣術を体で覚えているので、無意識に防御と攻撃をしながら戦うことができる。同年代から大人でも敵う相手はいなかった。

最初にしてはいいかもしれないけど、周りの人の態度がエンドリアは不安だった。ジュリアート姉妹が抱きつき、喜んだので、エンドリアは驚いた。周囲は新しいヒーローを見る眼差しでエンドリアを見ているのだ。この瞬間を見逃さずレオが駆け寄った。男子たちからも「俺と間合いの練習をしてくれ」と頼まれた。ジョージ先生は最善の道を探しながら剣術の時間に相応しい訓練を考えていた。

エンドリアが仲間に剣術の正しき道を示すのが一番いい。まだ初日だが困難な日々はこれからも続く。エンドリアを遠くから見守った。

授業もこれで終わり、レオと帰ることにした。明らかに雰囲気が違うことに気づき、エンドリアも困ったが、そろそろレオには説明してもいいだろう。

「レオ、どっかで飲み物買わない？」

「近くにあるかな。調べてみる」レオは検索した。

「できれば人に聞かれない場所がいいな」エンドリアはぎこちなく言った。

「搾りたてのジュースの売店なら、そう遠くないからそこにしようよ」

二人は目的地についた。新鮮なジュースがケースに並んでいた。二人はグレープフルーツを頼み、近くにある公園のベンチに二人は座った。一口飲むと、爽やかなグレープフルーツの味が口いっぱいに広がった。

「レオ、実は私の故郷のことなんだけど、ソフィア家という古くから伝えられる戦士の存在って聞いたことある？」

「あまり覚えてないけど子供の頃にお祖父さんから聞いたことがある。だけど滅びたって聞いたよ。地名だけが残っているんじゃない？」

「人には絶対に話さないでね。それと、今まで通り友達でいること」

レオは頷く。エンドリアは深呼吸して話をした。

「私は正当なソフィア家の子孫で、トランスフォーメーションを操る戦士なの。驚くよね。無理もない。子供の頃にライアン公爵という人物に剣の指導と、オリバー侯爵に武道の指導を受けて育てられてきたの」

レオは目を丸くして口は半分開いていた。頭の中は混乱して、なんとか整理しようとしていた。

「あの有名なライアン公爵とオリバー侯爵に指導を受けるなんて凄くない？」

レオは少しずつこの状況を理解しようとしていた。

「指導は将来のために必要なの。とても許せないことが起きているのは知っているよね。戦争で多くの尊い命が今も失われている。何度もライアン公爵は他の公爵と対話をして和平の道を探っているみたいなの。私もまだ子供だから多くは知らないけど。きっと解決の糸口を見つけると信じている」

今レオに話せることはここまでだ。

「絶対に人に話をしたら駄目だからね」

レオは落ち着き始め、「エンドリアも大変なんだね」と言った。

この男の子大丈夫かな。あまり深く考えていない様子にエンドリアは笑いが出てしまった。

「だけど、公爵のしたことは和解で済む問題でもないと思うな。あまりにも多くの犠牲者が出ている」と呟いた。エンドリアも悩んだ。だけど今の自分に答えは見つからない。今はこの時間や学校の生活を楽しみたいと思った。グレープフルーツのジュースを最後に飲み干した。

「週末はレオの職場でお手伝いさせてね」

「たぶん今週は休みが不規則みたいだから大丈夫かどうか調べてみるよ」

二人は夕暮れの中歩いて別れた。


さて、どうしようかなとエンドリアは思う。周りの生徒から間合いの練習を教えてくれと言われたが、ローガンとカーターは負けず嫌いである。二人はまだ間合いの指導だけでは物足りない状態だった。本格的な指導を望んで私と対決したいと思うはずだ。男の子の扱いは大変だ。エンドリアは肩を落とした。

まだ始まったばかり、きっとうまくいくと思った。家に入り順番に一通りのことを済ませた。机に座り、教科書の、ヘレンから言われたところに目を通し、復習と朝の予習をした。

不思議な子

翌朝は雨だった。傘を差し学校に向かった。ジュリアート姉妹に会い、手を振られた。文句なし友達確定ですよね、とエンドリアは嬉しくなる。

二人は昨日の出来事に驚きの興奮が今も収まらない状態だ。女の子の団結力が一段と固まった。

三人で歩くと男子が振り返る。制服のミニスカートは人類最強の武器だ。エンドリアは一人微笑み、女の子の武器を見せつけた。長い一日になりそうだ。

教室に入るのを待ち構えていた様子の男の子が二人いた。カーターとローガンだ。間違っても恋の告白をする雰囲気ではなかった。二人はエンドリアの強さをまだ信じていないみたいだ。でも、女の子相手に待ち伏せはないぞ。

エンドリアは少しムッとした。案の定二人は、「まだ間合いの指導を受けただけの子供騙しの訓練だ。真剣勝負なら俺たちの方が強い」と言い放ち、二人で教室を出ていった。共通の目的で仲良くなっている様子だ。

誤解を解くのも面倒くさくなり席に着いた。ルナとヘレンがエンドリアに話しかけた。

「男のつまらないプライドが邪魔しているんじゃないの。ああいうの、私嫌いだな」

「気晴らしに今日は帰りにこの間のところ行かない？」

三人は嬉しそうに、ケーキを何にするか頭の中で考えていた。

レオが教室の扉を開け、男子の気まずい空気も気に留めず席に着いた。レオの姿を見て三人は笑った。レオは不思議な顔をしたが、あまり気にせず三人の会話に混ざった。

イーソンとオスティンが現れ、「あまり気を悪くしないでな。エンドリアの間合いの立ち回りを見たら男の意地とかそういうものが前面に出て、ああいう言い方しかできなかったんだと思うよ」と言った。

「イーソンとオスティン、優しいね。二人のそういうところ、私大好き」

ヘレンの特技がここでも効果があり、二人は顔を赤くして手を上げ、お礼のサインをした。ヘレンからは「エンドリアも上手に男の子を使いなさい」と言われたが、箱入りのエンドリアには無理な相談だ。

「私に作戦があるから任せていてね」とヘレンは心強く言い、とびきりのチャーミングな笑顔を見せた。エンドリアは頭を下げ、このピンチをヘレンに託した。

気分の悪い二人も教室に戻り、授業のチャイムが鳴り、いつも通りの時間を過ごし、ヘレンに大事なところを教えてもらう光景は休憩時間中の定番になった。昼に入り、それぞれが昼食に向かう途中にヘレンとカーターは仲良く話をしている様子だ。本人は最高に喜んでいる。

カーターは嬉しそうに話をしていた。ここでヘレンは飛び道具を出した。

「昨日、お料理作りすぎてお弁当を一つ余分に持ってきたの。よかったらカーター食べませんか？　それとも私のお弁当より学食がいいかな？」

ヘレンの予期せぬ行動にカーターは見るからに喜んでいた。ルナは欠伸を隠していた。見慣れた光景なんだろう。双子の姉妹の戦略は昨日のうちに決められていたと思う。ルナは気づいていた。カーターは楽勝で落とせると。女の子の武器の引き出しの多さに驚き、エンドリアは反省していた。

ここではっきりわかったことがある。カーターはヘレンに好意を抱いている。青春のひと時を見ることができた。ヘレンの八方美人は、数々の場所で磨き上げられたものだと思う。凄いの一言だ。

レオとエンドリアは学食でいつもの日替わり定食を頼んだ。

また最後の授業に剣術の指導があった。最初に重い剣のレプリカを持ち、素振りをした。その後、生徒全員が木刀で自分の思い通りに動く、ジョージ先生との実技の対決になった。禁止事項は頭に木刀を入れてはいけないということ。実技時間は一〇分。

オスティンが最初に「frash hand」を仕掛け、手から眩しい閃光を出した。ジョージ先生は手の内を知っていた。目を閉じ、木刀を振る。オスティンが懸命に先手を取ったが閃光は消え、横に入られ、ハイキックとローキックで沈んだ。

イーソンは両手で木刀を持ち、防御の体勢から隙を見て反撃に出た。跳ね返され、木刀が宙に舞った。

レオの出番になった。昔から伝わるライアン公爵の白い流派の剣術だ。ジョージ先生は先手に入り、レオは防御をして反撃に出たがかわされた。攻撃の手を緩めないジョージ先生にレオは苦戦した。レオの息も乱れ、隙ができて体の横に木刀が入り、終わった。

カーターの番。

「頑張ってくださいね。カーター」

ヘレンの声援にわかりやすくカーターの顔が緩んだ。実技が始まった。カーターは木刀を体の横に置き、「Fresh Power」と呟く。

体の表面は黒くなり筋肉も大きくなった。戦いが始まった。うなる拳がジョージ先生の顔に向かった。これを両手でかわした。すかさず蹴りが入ったが蹴りで応戦した。

ジョージ先生の突きがカーターの腹に入り、木刀は粉々に折れてしまった。

「俺の鋼の筋肉は剣や銃も跳ね返すんだ」とカーターは得意顔。

続きは武道の戦いになり、攻防が続いた。ジョージ先生の十字固めで幕が閉じた。

「カーター君の体は鋼の筋肉に変化するけど生身の人間だ。防御がまだ鍛えられていない。身のこなしの訓練も必要だ。続いてローガン」

ローガンはニヤリと笑い「future attack」と唱える。

エンドリアは心の中で「三分かな」と言う。ローガンの姿がいきなり消え、ジョージ先生の利き手を狙った。間一髪で避けることができた。ジョージ先生はこの予測不能な戦いに苦戦した。ジョージ先生が押され気味だったがローガンの息が乱れていた。ジョージ先生は最初から長期戦に持ち込んだなとエンドリアは思っていた。

息を乱して木刀を上げた時、ジョージ先生の木刀がローガンの脇腹に入った。ローガンは崩れ落ちた。

立ち上がったローガンの目からは涙が溢れていた。ハンサム君、よく健闘したと思うよ。イーソンが近寄り、罵声を浴びせていた。

「ローガン、泣くのは今じゃねえだろ。ほらしっかりしろよ」

二人は手を取り合い励まし合った。(男の子が感動するシーンなのか？　私にはわからない）とエンドリアは思う。ジョージ先生はローガンのことを少し褒め、防御も使いながら攻撃する訓練に励むよう言った。

エンドリアは、特に男子の中でカーターとローガンはもっと実技を経験すれば強くなると感じていた。

さて女の子の番だ。ルナが驚異的なスピードでジョージ先生を追い詰めていく。木刀の打ち合う音が響き渡った。さらに続き、ルナは右肩を狙うかのようなフェイントをして、先生の足に木刀が入りそうになるが、ジョージ先生に見破られる。ジャンプし着地しギアを上げ、ルナの木刀を振り落としてしまった。

ルナの顔には汗が滲み出て頭からかぶったタオルに悔しさを隠して佇んでいた。

ヘレンは今までと違い木刀を掲げ、間合いを取った。ジョージ先生が攻撃し、ヘレンは防御し跳ね返す。ヘレンは今までの実技のシーンを頭に入れていた。身長が低く不利なことも本人は理解している。体の柔軟さを最大限に生かして戦っている。

木刀を振り抜く振りをして蹴りが繰り出され、ジョージ先生はそれを軽くガードした。ヘレンの木刀が振り抜かれたが、見抜かれていた。

木刀が弾かれ、ヘレンは息が上がり始めた。最後の力を使い木刀を振り抜いたが、疲れたヘレンは両膝を突いたまま終わった。ルナとヘレンが組めば、相当の戦力になるはずだ。ヘレンは清々しい顔をしていた。まだまだ始まったばかり。私は強くなるぞと目が諦めていなかった。

エンドリアは、この姉妹の双子は必ず強くなると確信した。エンドリアの番になった。

（うわー。なんでいつも最後なの？）と思う。

周りの視線はエンドリアに向けられている。ローガンはハンカチで涙を拭ってイーソンのそばで見ている。ハンサム君とイーソンの姿は男の友情とでも言うんでしょうか。あまり絵にはなっていない気がした。

エンドリアは目の前のジョージ先生に集中した。直感で、まだ何か隠しているとエンドリアは思った。ジョージ先生と木刀の戦いが始まった。エンドリアは回転したジャンプをして距離を縮めた。容赦なく木刀を正面や横から角度をつけ攻撃した。

ジョージ先生は防御に必死だ。エンドリアが木刀を振り抜く瞬間にジョージ先生が「CLONE（クローン）」と呟くと分身が出現し、エンドリアを挟み撃ちにかかった。エンドリア優勢だと思われたが周りの生徒はジョージ先生の姿に驚いていた。

背後を取られ二人の先生と同時に戦うのは不利だが、気配でかわしてレオのそばに行き、「木刀借りるね」と言ったエンドリア。二本の木刀を持ち、大きくジャンプし、再びジョージ先生と戦い、両方の木刀が攻撃と防御をしながら立ち回り、今度はジョージ先生が防御する形になった。

一〇分経過したので終了になった。

（エンドリアが木刀でトランスフォーメーションを使ったら確実にやられていた。噂以上の戦士だ。まだ二日でこの有様だ。強い！　ライアン公爵をも破ることができる力をすでに持っている。あとは予定通り他の生徒を強化し、実践で戦わせる環境を与えれば、さら

にエンドリアと周りの仲間も強くなる）

ジョージは満足した顔でみんなに言った。

「今日の授業はこれで終わることにする。みんなも予想以上に強かった。今後の剣術の授業は、もっとみんなを強くするためにエンドリアと私で特訓をすることを考えた。こんな経験は他ではできない。二人の指導で必ずみんなを最高の戦士にしてみせる。一応聞いておくが賛成の者は手を挙げてくれ」

全員が手を挙げ、「エンドリア先生、よろしくお願いします」とジュリアート姉妹は笑顔で言い、他の生徒も賛成し、口笛まで出る始末だ。ローガンは泣き止み、嬉しそうに言った。

「エンドリアに勝つための訓練だ。必ず超えてみせるぞ」

この男の変わり身の早さは相当だ。エンドリアはジョージ先生の罠にまんまと嵌められた。

「ピーター先生にも話をするので改めて話をさせてくれ」

エンドリアも断る理由もなく、「私の教わったことを全部教えることにしますのでよろしくお願いします」とだけ言い困惑した。さすがに人に教える立場は初めてのことで不安だった。

（みんなの特徴や特技は実技で見たけど大丈夫かな。一番の心配は私のスクールライフだよ。素敵な制服で出かけたり、お洒落も大事だわ。とても気になる年頃なんだぞ）と心の中でぼやく。

ジョージ先生が「明日私の部屋に来なさい、時間はピーター先生に伝えておく」と言ってその場を後にした。

授業も終わり、帰りのチャイムが鳴った。更衣室で制服に着替え、「よし、ケーキ食うぞ」とルナは言い、ヘレンは笑顔で答えた。更衣室を出て教室に戻ったら男子がみんな集まっていた。

オスティンが照れくさそうに「エンドリア、楽しい学校生活になりそうだ。これからもよろしくな」と言い、周りの男の子も笑顔で感謝していた。

少し照れくさかったが、みんなのかけ声がとても嬉しかった。窓の外を見ると朝からの雨が止んで虹がかかっており、一同はしばし見惚れた。こんなに早く仲良くなれたのは、周りの仲間たちのおかげだと心から感謝した。

「さて、みんな帰ろうぜ。今日は男子会することに決めたから、女子は駄目だからな。レオ、いい場所探してくれ」

「オレらも女子会するんだ。三人で仲良くケーキを食べるんだぞ」

からかうイーソンに負けじとルナは口を尖らせて言った。

八人の若者たちは歩きながらも談笑が絶えることはなく、やがて校門に辿り着き、男女に分かれて別方向に歩きだす。それを、校舎の窓からピーターとジョージが微笑みながら眺めていた。分かれる寸前、レオはエンドリアに「土曜・日曜の仕事OKだよ」と言い、エンドリアは「サンキュー」と答えた。

「エンドリアは不思議な子だな。周りを惹きつけるものを持っている」

ピーターは言い、ジョージも同意した。二人には青春を送っている若者たちが輝いて見えた。

女の子の放課後

レオは美味しいハンバーガー屋を調べ、みんなに写真を見せた。全員の賛成をもらい、男子は目的地まで行った。その頃、可愛い制服の似合う三人の女の子は前に行ったケーキ屋に着き、悩んだ末、定番のショートケーキとオレンジジュースを頼んだ。

ヘレンが「最近可愛い服見つけたの」と言うと、「私も洋服欲しいな〜」エンドリアは甘い声で言い、洋服を想像した。

「ヘレンはどんなのが好き?」

「ワンピースに最近ハマってる。ショートパンツも好き。可愛いブラウスにミニスカートも良いな」

「イイね。ヘレン似合いそう。ルナはどんな洋服が好きなの？」

「オレか。ボーイッシュな洋服。あとは普通にジーンズにラフなTシャツとかだな」

「うん。いい。ルナの性格に合いそう」

「飾り甲斐がなくて悪かったな、エンドリア」

「そんな意味じゃないよ。ルナは背が高いし、スタイルもいいからなんでも似合うよ。素敵じゃん」

　三人の会話はエスカレートしていく。ようやく人気のショートケーキとオレンジジュースが運ばれてきた。もはや三人の目にはショートケーキしか映っていない。ケーキをフォークで切り、口の中に入れ、三人は目を合わせた。ふわふわのスポンジに甘い生クリームはとても美味しい。三人は「キャアー」を連発した。オレンジジュースを飲む。三人の呼吸は合い、ケーキのてっぺんにフォークを入れる。苺の酸味が口に広がり、会話が止まった。三人はケーキの最高のメインイベント（ショートケーキ上の苺）に到着し、感動し、言葉など出ない。そこから惜しむように完食し、呼吸を整えた。

　途中でレオからメールが入り、ハンバーガーと、それを頬張る男の子全員の賑やかな写真があった。男性陣は人気店の店でハンバーガーを頼み、各々食べて楽しんでいる。みんな意外と仲良く、楽しんでいたみたいでよかったとエンドリアは思う。ルナとヘレンに写真を見せた。

「美味しそうじゃん。なんかお腹空いてきた。帰りに寄るぞ」

エンドリアはレオログでそこのハンバーガーのカロリーを見せた。

「駄目、駄目、私たちは素敵なスクールライフを送るんだから、体重も気にしないと素敵な男の子も逃げていくわ」

ヘレンは言い、三人は思い思いに憧れている男性を想像した。

「エンドリア様は何ニヤニヤしているのかな？」

エンドリアに二人の視線が向けられる。

「ルナとヘレンと一緒だよ」

三人は笑った。

店を出て近くに可愛い雑貨屋を見つけ、三人は入った。店内の正面に並べられた可愛い縫いぐるみやポーチ、コンパクトミラーに心を奪われてしまう。

「可愛いな～」

エンドリアはポーチを手に取り、完全に狙いを定めた。ルナとヘレンも同じように考えていた。とりあえずこれはキープして、アクセサリーなども気になってしまう。あれもいい。三人は魔法の家に迷い込んでいた。ケーキ屋さんで素敵な男の子の話をしていたことは、もう頭の中にはなかった。

ルナは縫いぐるみのコーナーで立ち止まっていた。意外に思い、エンドリアはヘレンに聞いた。

「意外と可愛い一面があるの。ルナがああなったら大変。出る時間を決めましょう。二〇分後に外に出ることにしようよ」

ヘレンはルナの行動パターンを理解していた。ヘレンは何でもテキパキとこなしていく女の子で、エンドリアも助かっていた。ヘレンはルナに時間を言い聞かせ、戻ってきた。

「ルナは今、周りが見えなくなるくらいハマってる。あの子は放っておいて私たちもお宝を物色しましょう」

エンドリアはひとまず店内でも女の子が集まっているところを覗きに行った。可愛いキーホルダーだ。一目惚れしてしまった。鞄に付けよう。何個買うか悩んでいる。隣にヘレンがいることも気づかなかった。

「私、この二つに決めた」ヘレンは言った。

「鞄につけようよ。私も買う」

エンドリアは喜んで三個も買うことにした。可愛いポーチの存在を思い出して、慌てて正面のコーナーに戻った。

ポーチとキーホルダーを持ちレジに並んで買い物を済ませ、外に出ると、ヘレンが手を振ってくれた。お互いの買ったものを見せ合った。時間ギリギリにキラキラした目をしたルナが、縫いぐるみを入れた袋を持ち、現れた。ヘレンとエンドリアが笑うと、ルナが頬を膨らませた。

「だって、可愛いぞ。この縫いぐるみは。見せてあげる」

可愛いが、謎の生き物の縫いぐるみだった。三人は駅までの道のりを軽快に歩いた。

「また行こうぜ。あの店。季節限定のものもあるみたい」

「もちろん。いいとこ見つけたね。私たち」

ルナは今にも空高く舞い上がりそうだ。駅に着き、ルナとヘレンと別れた。

家に着いたらリトーが大きく羽根を広げていた。エンドリアは敬意を払いお辞儀し、リトーを抱きしめた。今日の出来事を知り、満足した様子だった。やがて姿が消え、エンドリアの体の一部になった。

部屋のソファーに座り、買ったばかりのキーホルダーを鞄に付けた。ポーチはとりあえず洗面所に置いて次の出番を待つことにした。素敵な時間を過ごしたあとは何事もうまくいく。夕食とお風呂の準備など一通りのことは終わらせ、机に向かい復習と予習を終わらせた。学校で友達と会うのが今は一番の楽しみ。ベッドに入り、今はこの楽しい日々が何事もなく続いてほしいと思いながら眠りについた。

飛行実習、射撃訓練

翌朝、登校中にカーターと会ったエンドリアは、昨日のハンバーガー屋の出来事を聞きながら歩いた。

レオの食べ歩きの仲間が増殖していく。男子の結束力は食べ物から始まっていく。レオが中心となり周りの人が集まるようになるとは想像もしていなかった。

レオの人懐っこい性格は周りを安心させるのだろう。

そんなことを考えていたら、カーターが言った。

「ヘレンはどんな男性がタイプなのかな？」

ついにこの時が来た。カーターはヘレンのことを最初から意識していた。本人に直接聞くのが確実だと思い、エンドリアは正直に答えた。

「タイプは聞いたことがないよ」

「そうだよな。出会ったばかりだし、まだ時間が必要だよな」

カーターは勝手な解釈をして何か自分に言い聞かせる感じだった。ヘレン人気は続きそうだ。学校に着き、イーソンと挨拶を交わし、変な空気を感じながら教室に入った。

レオに会うとニヤニヤした顔で見ていたので、エンドリアは軽く彼の頭を叩いた。口笛でも吹きそうな素振りを見せた。（何かあるな。しかも自信たっぷりなこの表情）と不思議に思うエンドリア。憎たらしかったので、もう一回頭を叩いた。

今日は飛行実習の日なので更衣室で着替え、外に出た。あとからジュリアート姉妹が来たので挨拶を交わした。

ほかの生徒は全員飛行機のパイロットの経験を持つエキスパートの集まりなので少し不安だった。ピーター先生が飛行場に現れた。みんな緊張している。一人だけを除いては。

「みんなは飛行機の経験を持っているので、今日は自由に飛んでもらう。みんなの実力も見たいし。乗るのは非常に扱いやすい一人乗りの飛行機だ」

飛行機の説明を受け、実技に入った。Aチームはエンドリアとルナ、カーター、ローガンが順番となり、それぞれ乗る飛行機の点検をした。ヘルメットを着けコックピットに座った。久しぶりに乗る飛行機にエンドリアはワクワクしていた。

それぞれが飛行機を滑走路のある所まで動かしていく。滑走路に入り、向きを変えた。ピーター先生から無線が入り、ヘレンが最初に離陸した。

続いてエンドリアの番になり離陸し、空へ飛んだ。空は気持ちよく、自由に飛び回った。ピーター先生から無線が入った。

「みんないい腕前だ。私のところに来なさい。信号を送るから。これで全員の位置がナビでわかるぞ」

ナビで位置を確認し、ピーター先生のところに着き、戦隊を組む形を取った。やがて時間となり、それぞれが指示通り滑走路に着陸した。

Bチームと交代で教室に入り、モニターを眺めた。Bチームのヘレン、レオ、イーソン、オスティンが滑走路から離陸していった。それぞれが機体を自由に操っている。

一人だけ飛びぬけてセンスがあり、機体を知り尽くしている人物がいた。よく見たらレオだった。飛行機のスロットの出力を上げ、飛び回っているのはレオだった。

「レオ。機体をよく知っているし、凄い腕だな」

ピーター先生は言った。あの朝の態度とはまったく違う真剣な表情をしてコックピットで操作している。大人顔負けの腕前だ。ここにいる生徒も全員驚いていた。Bチームも滑走路に着陸し、教室に戻ってきた。大きな拍手がレオに送られた。

休憩時間になり、レオの周りに人が集まってきた。みんなでジュースを買い、日陰で飲みながら、レオの今までの経験談を聞いた。

エンドリアもレオのパイロットの腕前に関心があったが、昼はジョージ先生に呼び出されている。

「失礼致します。ソフィア・エンドリアです」

大きな声で言い、ジョージ先生が示すソファーに座った。

先生の部屋って緊張するな～などと思いながら部屋を見回すエンドリアに、ジョージ先生がソファーに座って話しかけた。

「エンドリア、学校の生活は馴染めたかな」

「はい、友達もできたので毎日楽しいです」

「それはよかった。ところでライアン公爵から手紙が届いた。手短に話すと、時間がなくなってきた。公爵同士の話し合いは決裂した」

エンドリアは涙を流した。ライアン公爵が和平の道を探り、対話を何度も重ねたのに最悪の結果になってしまった。

「エンドリア、私はライアン公爵の命で戦場に行き、情報を集め、各地を飛び回っていた。ライアン公爵は私の生涯の恩師だ。私は幼い頃に戦争に巻き込まれ両親を殺された。白いオーラが私の意識を呼び戻し、再び立ち上がることができた。行き倒れていた幼い私にライアン公爵が手を差し伸べてくれたんだ」

ジョージ先生は淡々と話してくれた。トランスフォーメーションを操る最後の戦士エンドリアのことも聞かされていたみたいだ。ライアン公爵様が遠くから見守ってくれていることに感謝した。

ジョージ先生がアイスティーとお菓子を用意してくれた。エンドリアはアイスティーを一口飲み、心を落ち着かせた。剣術の話になり先日の件をお詫びした。ヨハン学長やピーター先生に話はしたそうで思いは同じみたいだ。

「一年の生徒をより強く鍛えるために、エンドリアを講師として改めて迎えたい」

エンドリアは剣術を人に教えたこともなく不安が大きかったが、ジョージ先生やピーター先生にヨハン学長も強く望んでいたので承諾することになった。話が終わり、ジョージ先生に礼をしてから部屋を出た。

気持ちは曇り時々雨というところだ。飛行実習の続きが始まった。午後も良い天気なのでこの空を思い切り飛ばせば気を晴らすことができるだろう。

レオは相変わらず機体のことも含めパイロットに相応しいテクニックを持っている。Aチーム・Bチーム共に空の実技が終わり、皆が名残惜しそうに空を見上げた。

次の授業までに時間があったので更衣室で着替えたあと、お喋りに花を咲かせた。校庭のテーブルに座り、話題の中心はレオだった。女子もしくはクラス内でのレオの存在感が増したのは確実だ。

「エンドリアは特別気になった男の子とかいる？」

ヘレンの質問に悩むことなく答える。

「残念、いない。そういうヘレンはどうなのよ」

「私は嫌いな子はいないよ。みんなそれぞれ良いところがあるわけだし、一緒にいて楽しいよ」

うまい回答だ。ヘレンみたいなことは私にはできないけど、教わることがたくさんありそうだな～とエンドリアは思う。

「オレには聞かないのかよ」

「ルナ、いい人いるんだ」とヘレンは目を見開いた。

「お前な。昔からそういうとこあるけど、オレたち学生だぞ」

「勉強も恋愛も大事なこと」

ヘレンは言い返した。ルナは完敗して言い返す力は残っていなかった。

「私も素敵な男の子探し頑張ろう」とエンドリアは言った。


次の授業は地下での射撃訓練だ。エンドリアは剣術と武道に力を入れていたので射撃は得意ではなかったが、ソフィアで練習し、未経験ではなかった。

教室でレオの横に座ると、またも妙な笑顔を浮かべたので、エンドリアは頭を軽く叩いた。ジョージ先生が教壇に上がり、射撃の説明をした。

「もう、戦場での戦い方が変わってしまっている。特にディフェンスシールドのシステムの向上により銃の攻撃が通用しないことが挙げられる。ディフェンスが張れる時間は四〇分くらいだと思ってくれ。特に射撃は正確性とスピードが求められている。いろいろな角度を変え、銃の扱いに慣れていくことにする。今日は各自が三〇メートル先の標的に向けて銃を撃ち、練習することにする」

飛行場で分けたAチーム・Bチームと分かれて始めることになった。エンドリアにとって一番自信のない科目だ。

早速、練習用のリボルバーの銃に銃弾を入れた。ルナ、エンドリア、カーター、ローガンの順で始まった。ルナは標的に向けて撃った。見事に中心の付近に当たり、次々と撃ち続けた。エンドリアの番になり、標的に向け両手で撃った。枠には入ったけど難しく、何度撃っても同じように少し外れる。

カーターとローガンもエンドリアと同じくらいのレベルだった。ルナは見事な腕だった。エンドリアはかなり落ち込み、本当に上達するのか心配だった。ジョージ先生がカメラに収めているので、あとで見ることになる。

Bチームはヘレン、レオ、イーソン、オスティンの順だった。ヘレンも恐ろしくうまく、標的の真ん中付近を次々と片手で撃っていた。

次にレオの番だ。ヘレンと同じく標的中心の位置に撃ち続けた。イーソンとオスティンもヘレンとレオには及ばないけどエンドリアよりもうまかった。しっかり銃の勉強もするんだったとエンドリアは反省した。

一巡したのでビデオチェックの時間に入った。

「銃の中心線が手首を通るようにしていないのがわかる。それと親指の位置も不安定だ。軽く前傾姿勢で重心は前に、肘は伸ばし切らず少し曲げる。体は標的に向け正面を向き、腰は両足の間で安定する。膝は伸ばし切らずに若干曲げる。両足は肩幅程度に開くのが銃の基本だ」

鏡に向かって銃の構えの練習を何度もした。構えが終わり、射撃の練習をした。今度はかなり的の中心から離れているが、少しホッとした。

授業終わりのチャイムが鳴り教室に戻った。

「ルナもヘレンも射撃得意なのね」とエンドリアが聞くと、

「オレは以前通っていた学校で射撃コンテスト二位だった。ヘレンは一位だぞ」とルナ。

ヘレンは舌を出して笑った。

「エンドリアは剣術と武道が凄いじゃん。銃の練習も絶対、戦士にとって必要だと思うよ。相手から銃を使われた時に身を守ることも学べると思うよ」

エンドリアも頷いた。教室に戻ると落ち込む仲間たちにイーソンが声をかけていた。

「まだ俺たち一週間しか経っていないんだぞ。まだまだ時間はある。みんなで乗り切ろうぜ」

カーターとローガンも少し元気を取り戻したみたいだ。エンドリアはルナがイーソンを見ているのに気付いた。イーソンはローガンの面倒くさいところもコントロールしている。少しずつだけど、みんな前を向いている。そして恋の予感もありそうだし素敵だわ。エンドリアは一人ウキウキしていた。二度と来ない青春を楽しむんだ。心の中で叫んだ。

今日はレオと帰ることにした。レオの希望で再び搾りたてのジュースの売店に行くことにした。メロンジュースを買い、この間のベンチに座った。

「僕、飛行機のパイロットが大好きなんだ。いつかここを卒業したら平和を守るため戦うつもりだ」

「そしたら私とパートナーになろうよ」

「エンドリアとコンビだったら大歓迎だよ。楽しくなりそうだね。料理を作るのはエンドリア担当で僕はいろいろな国の美味しいところを探してみせる」

二人は笑った。最強のコンビの誕生だ。

空を見ながらレオは、エンドリアがパートナーだったら何でもできそうだと思った。

二人は笑い、ジュースを飲み干し、帰ることにした。明日はよろしくとレオに言い、エンドリアは家に帰った。

野菜中心のメニューにして夕食を済ませ、授業の復習をしてお風呂に入り、ソファーに寝転んだ。

ジョージ先生に言われたことを思い出した。公爵同士の対話は事実上決裂したみたいだ。もし事実ならいつ戦争が始まってもおかしくない。パソコンからメールの着信音が鳴った。ライアン公爵からだ。

エンドリアへ

グランド・アビエーション・スクールで楽しく過ごしているか？　ジョージ先生から聞いたぞ。剣士の講師を任せられたみたいだね。人に教えるのも立派な役目勉強だ。また、人に教えることは自分自身の成長にも繋がる。友達が成長する喜びはとても言葉に表せない。時間をかけ丁寧に、相手の気持ちになりしっかりとやりなさい。

ジョージ先生から聞いたとは思うが公爵同士の対話による解決は残念ながらできなかった。しかし休戦協定を結び、公爵に話をすることにした。期間は四年くらいが限界だと思う。少し長い旅になる。エンドリアはスクールライフを十分楽しんでくれ。仲の良い友達もできたみたいで安心した。また会える日を楽しみにしている。

返信は無用だ。

アンソニー・ライアン

エンドリアはソフィアで過ごした日々を思い出していた。リトーが現れ、膝の上に座った。エンドリアの気持ちを察したみたいだ。本当に賢い子だねと頭を撫でた。

翌日はニコラス整備工場で仕事のお手伝いをした。機体の外部の状態や油類の交換、各部の清掃、部品の交換などを主に行う点検作業をした。パイロットから言われた場所も異常がないかを調べた。

レオはエンジンを外部からポァスコープという光学器具やテレビ・スコープ、またエックス線を駆使して細かく調べていた。またエンジン・オイルを分析してエンジン内部の状況を確認した。

レオは飛行機の特徴を幼い頃から勉強していたんだ。だからあんなに凄く空を早く飛べるんだと、エンドリアは納得した。

昼になりレオは仕事を止め、エンドリアのところに来た。

「エンドリア、行くよ」

はいはい。お気に入りの店に行くのね。私がカロリーを気にする女の子なの忘れずに、とエンドリアは声を出さずに言った。

また、電車で一駅のところにあったそこは中華ではなく洋食屋らしい。中に入ると家族づれや恋人らしい人たちが座って食事を楽しんでいた。席に案内してくれた年配の女性がレオに声をかけた。

「レオ、珍しいね、今日は二人なの？」

「うん。学校の友達なんだ。おばちゃん、ポークソテー二人前、僕はライス大盛りね」

私はメニューも見てないぞ、というエンドリアの心の叫びがレオには届くはずもない。優しそうなおばさんは「レオに肉の美味しいところを使ってあげるね。ポテトも多くしとくよ」と言い、厨房に戻った。

レオは常連らしいので何かとサービスがつくみたいだ。一〇分くらいしたらポークソテーが運ばれてきた。口の中に入れた肉は柔らかく、脂はとても甘かった。あっさりしたデミグラスソースが脂を抑えて甘みを引き出し、肉の旨味を引き立てている。すぐにライスを口に入れた。

「間違いないでしょ、ここのポークソテーは有名なんだ」

レオは満足した様子でエンドリアを見ていた。こんなの食べたら、もう止まらない。エンドリアは食べ終わり、満足した。さすがレオだ。間違いない店を探す特技は誰にも敵わないだろうと思った。

工場に戻り、引き続き機体の点検をした。明日の納入日に間に合ったみたいだ。帰りの晩御飯にお呼ばれした。魚や野菜のヘルシーな食卓で、ガッツリ系だった昼食と対照的な優しい味が胃にしみていく。

レオはがっかりしていたが無理矢理料理を口に入れた。帰る際に明日の仕事は午前中だけと言われた。

家に帰ると、ヘレンから電話が入った。

「明日、予定とかある？」

「午前中は用事があるけど、午後からは空いているよ」

「時間は明日連絡する」とヘレンは言い、駅で待ち合わせすることになった。

楽しみが増えて明日の午後が待ち遠しい。何着ようかな。ハイチェストの前とローチェストに洋服を出したり引っ込めたりして、気づけば三〇分経過。

悩んだ末、ジーンズのショートパンツにインナーはVネックのTシャツに赤色のパーカーをセットした。これで行こう。これなら今どきの女の子でしょう。靴どうしようか？スニーカーにしよう。

完璧すぎて自分が怖い。ルナもこんなの好きそうだな。ひとり妄想を膨らませるエンドリアだった。

第二章　腹が減っては……

美味しいものがいっぱい

次の日の朝は早く起き、昨日やりそびれた洗濯をしたりバタバタしていた。ニコラス整備工場に行き、昨日終わらせた飛行機のコックピットにレオが座り、その横に大人たちが最終チェックをしているのを見学した。

リースが機体を自分の手で触り、ひとつひとつチェックし、最後にエンジンを念入りに見ていた。持ち主のパイロットらしい人物が現れ、挨拶をした。

リースに部屋に案内され今回の飛行機の診断書を見せ、説明していた。一五分くらいが経ち、部屋から二人は出てきた。パイロットは自分の目で機体やエンジンを見て最後のチェックが終わり、みんなに笑顔でお礼を言い、整備士全員と握手した。もちろんエンドリアともだ。

整備工場の格納庫から信号音が鳴った。飛行機を運ぶトーイングトラクターが誘導していく。ゆっくりと格納庫を出て道路に向かう。左右の道路の信号が赤になり、飛行機は真ん中の道路に入り、ゆっくりとギドラインの飛行場に向かい飛び立った。みんなで手を振った。

エンドリアは、早々と家に帰りシャワーを浴びた。あとは着替えて鏡を見て完璧な自分を見て微笑んだ。鞄を持ち、念のため警棒を忍ばせた。靴を履き、玄関を出て戸締りして駅に向かった。

メールで一時の待ち合わせになっていた。休日にルナとヘレンに会えるのはとても楽しみだった。待ち合わせの駅に着き、ルナとヘレンが手を振った。エンドリアも気づき手を挙げた。初めて見るお互いの私服姿を褒め合う。

ルナが言った。

「腹へったよ。エンドリアもまだ昼食べてないんだろう」

「食べてないよ。もうお腹空いてまーす」

エンドリアのぐったりした様子を見かねてヘレンが言った。

「料理に必要な材料を買い物しようよ。家で私が料理するから」

「えっ、外食じゃなくヘレンが料理するの？　何作るのか教えて」

「ヘレンは間違いなくプロのコックになれるんだぞ。エンドリア、びっくりするぞ」

ヘレンは店に入ると素早く野菜を眺めたりして手際よく買い物をした。ルナはカゴを持ち、次々と食材を入れた。慣れた感じで二人は売り場を動き、買い物を済ませ、レジに行き、袋はルナとエンドリアが持った。

　二人の住まいは駅から近く、とてもいい家だった。腹の虫が食べ物を要求していた。ヘレンは台所に行き、買ったばかりの材料を調理していった。エンドリアも手伝おうとしたが、客人としてルナに案内され、リビングのソファーに座った。縫いぐるみが所狭しと並んでいた。

　エンドリアとルナがお喋りに興じていると、いい香りが漂ってきた。ヘレンがダイニングテーブルにオムライスとサラダを人数分用意した。それとヘルシーなネギとわかめの春雨スープも用意した。

　エンドリアは一口食べ、「美味しい。美味しい。何これ、滅茶苦茶に美味（うま）い。端っこの卵の閉じ込め方が綺麗に輝いているよ。チキンライスと卵とトマトソースが見事に合っている。ヘレン凄い」と言い、夢中でオムライスを食べた。

「女子のためにヘルシーなことも考えています。カリフラワーにライスとピーマンを炒めていますからカロリー計算もばっちりだよ」

　エンドリアはネギとわかめの春雨スープを飲んだ。これも美味しい。さっぱりして塩気もちょうどいい。ヘレンと同じ暮らしがしたいと思った。お弁当もきっと凄いんだろうと考えていた。

　三人は食べ終え、各自お皿を洗い、リビングに座った。

「ヘレン、ほんとにコックさんになれるよ。私ここまでうまくできないよ」

エンドリアは言った。

「ううん。ただある材料で調味料を加え、美味しい料理を作るのが趣味なだけだよ。外出して食べる料理もいいけど、手間はかかるけど自分で作ってみんなと食べるのも楽しいよ」

「オレも野菜炒めくらいはできるぞ。たまに魚料理も、ヘレンの助手でキッチンを手伝っている」

ルナが言い、相変わらず二人はとても仲が良さそうだ。やがて話題はエンドリアが剣術の指導をすることになったことへと移った。

「エンドリアはどうしてあんなに剣術がうまいの。しかもまだ本気出してないよね？」

「幼い頃からライアン公爵という人に教わっていたから。朝から夕方まで練習したんだよ」

「ライアン公爵って有名な公爵じゃない。凄い強い人だよね」

驚くのも無理はない。レオに続いて二人にも自分の素性を明かしてもいいかもしれないとエンドリアは思った。頼もしい友達だし、きっといい仲間になれそうだ。

「私の故郷はソフィアという国で、私はそのソフィア家の血筋を受け継いでいる戦士らしいの。両親も知らないし。生まれた時から養女として育てられ、小さい時から剣や武道を大人たちから教わり、訓練を重ねてきた。だからライアン公爵に『本気を出して戦う時は、相手がお前と同じくらい強くないと駄目だぞ』と言われたの」

「ジョージ先生も強かったのに、それ以上ってオレには想像できない」

「ライアン公爵と戦って、勝ったわけね？」

ヘレンが鋭い質問をした。レオとは大違いだ。

「うん、戦って勝ったよ。だけど今は普通の女の子と変わらない生活を望んでいるよ。今は公爵や人間の争いが発展し戦争まで起きているから……今後どうなるのかな」

エンドリアはため息をついた。

「ライアン公爵より強いとなると、エンドリアは他の公爵にも勝てるはずだよね」

ヘレンの興味はそこにあった。

「他の公爵は、戦わないとわからないけど、波動や色の魔法があってそれぞれ違うの。長くなるよ。

ソフィア家から送られた代々伝わるオーラの素材で、それぞれ好みの剣を作った。剣を持つ時は攻撃と同時に防御の自分で決めたオーラの色を持ち、攻撃や防御も操ることができる。オーラの剣は公爵にしか扱えないの。オーラの剣の色も本人次第で変えることができる。

攻撃方法もそれぞれ違うの。オーラの剣には特殊な波動があり、そして、波動にも種類があり、良い波動と悪い波動がある。オーラの剣は悪い波動も受け付けてしまう。公爵とオーラの剣が悪い道に行くとより一段と危険なオーラになるの。悪い波動を使うと相手を殺傷できる脳力が普通の倍以上になる。一〇〇メートルくらいの距離から相手を傷つけることができるし、波動は攻撃範囲を広める力がある。ライアン公爵は正しい道を歩いているから攻撃の波動より防御のオーラが強いの。だからライアン公爵に勝てたからって他の公爵に勝てる保証はないの。攻撃の波動の強さを私はまだ知らない」

エンドリアは包み隠さずに二人に話した。

「古い本で見つけた言い伝えだと、ソフィア家の家臣は地上の生き物たちをオーラの剣で温かく見守っていた、と」

話をしたら急に不安が和らいだ。ルナとヘレンは魔法でもかけられたみたいに静かに聞いていた。

「本当かよ。理解が追いつかないぞ」

ルナ、そりゃそうだよとエンドリアは呟いた。

「エンドリアはもしかして公爵との戦いに備えているの」

「今はまだ、ライアン公爵にグランド・アビエーション・スクールで勉強を学びなさいと言われている」

「エンドリア、剣術の授業、お手柔らかにお願いします」

ヘレンが茶化してその場を和やかにしてくれた。忘れていたレオからメールが入っていた。

カーターと一緒にいるらしい。休日の飯友が確実に増えていく。例の中華料理屋の料理の写真付きだ。見ているだけで胸やけしそうな量も若い男子の胃袋には無関係らしい。

二人に写真を見せた。反応は冷めた感じだった。青春はそんなに甘くない。ヘレンが本屋に行きたいと言い出し、家を出た。

三人で並んで話をしながら歩いた。こんなに可愛い女の子が三人歩いていれば男子が放っておくわけもなく、声をかけられた。ヘレンが「ごめん、彼氏いるの」と即答し、ルナは動じない。エンドリアは二人の手際の良さに圧倒された。

その後も何度か声をかけられたが丁重に断り、その場を去った。もちろん戦っても負ける気はしないが、いたずらに暴れ回るのは淑女のすることではない。

目的地に着き、ヘレンは本を探した。エンドリアは洋服の雑誌をペラペラめくり、気に入った写真はバーコードで記録した。

ルナは何見てんだろう。気になるな。好奇心には勝てず、エンドリアはルナのもとに行った。何やら楽しそうに読んでいる。そっと背後に近寄ってみると、ルナは夢中でハムスターの写真集を見ていた。エンドリアに気づき、小さな声で可愛いだろと連発するので頷くしかなかった。

「ヘレンはどこに行ったの」

「あいつは本屋に来ると時間がかかるぞ。気長に待つのが一番いいぞ」

ルナの言った通り、一時間経過した頃、ヘレンが現れた。お目当ての人気がありそうな小説を二冊買い、満足した顔だった。ヘレンの違う表情が見られたのが嬉しかった。

三人は本屋を出て近くのカフェに入り、コーヒーとクッキーを頼んだ。

「ヘレン、お願いがあるんだけど聞いてくれる？　ハムスター飼いたいんだ。オレきちんと育てるからさ」

とルナが切り出した。

「駄目だよルナ。何度も言っているよ。動物は飼えないの。私たちはここに勉強しに来ているんだから。駄目なものは駄目」

ヘレンは母親のように優しく諭す。コーヒーとクッキーが運ばれてきた。コーヒーを一口飲み、ルナはいつもと変わらない印象だった。このやり取りは以前もあったのだろう。ヘレンがきちんとルナの性格を知っているからできることだった。

「エンドリアは読書とかしないの？」

「ソフィアにいた時は時々読んでいたくらいかな」

「駄目だよ。本は大切なことを教えてくれるんだよ。まず発想力が豊かになる。癒し効果にストレス発散と人生のヒントがたくさん詰まっている。それに教養がたくさん詰まっているんだから」

エンドリアは頷き、ヘレンに感心していた。まず料理がうまい。そして読書好き。最後に可愛い顔立ちをしている。どれをとっても男の子にモテる要素が十分だ。エンドリアは一口コーヒーを飲み、クッキーを口の中に入れた。ちょうど蜂蜜だけで味付けした優しい甘さのクッキーがコーヒーと共にほどけていった。

今日も夕飯を三人で食べることになった。三姉妹のように仲良く献立に悩んだ末、ポークシチューに決定した。

三人はヘレンを先頭に食材の買い物に出かけた。こんなに楽しい買い物は初めてだ。野菜を買い、美味しそうな豚肉を選び、家に戻った。

ヘレンがリーダーで、野菜を中心とした担当をルナとエンドリアが任せられた。ルナとエンドリアは玉ねぎ、じゃがいも、ニンジン、パセリをちょうど良いサイズに切っていった。ヘレンは一番大事な豚肉に塩胡椒をし、フライパンで焼いた。次に野菜をフライパンで炒める。基本通りの作業が終わり、あとは豚肉と野菜を合わせて再び煮込む。素敵な香りが部屋に広がり、三人は体で表現し喜んだ。あとはパンを焼いて出来上がるのを楽しみにした。料理が出来上がると歓喜の声が部屋に響いた。友達と作った料理は素晴らしい。お喋りをしながらポークシチューを食べた。この味は最強だ。

楽しい時間が経ち、お別れの時を迎えた。双子は駅までエンドリアを送っていった。

エンドリアの実技指導は……

翌朝、教室に入ると男の子の輪が固まりつつある。レオがリードして話が盛り上がっている様子だ。間違いなく食レポの話だ。机に鞄を置き、廊下に出たらルナとヘレンに会い、挨拶を交わした。自動販売機で水のペットボトルを買い、教室に戻った。

授業が始まりピーター先生が教科書の内容を丁寧に説明して必要な情報はノートに書いた。昼に入り、いつものように学食に行った。エンドリアとレオは定食を頼んで席に着いた。

ローガンも学食派で定食を頼んでいた。二人を見つけるとローガンは近くに座った。近くで見てもやはりカッコいいけど、泣き虫とユニークなキャラのギャップがあり近寄りがたい存在になっている。レオはローガンが年上なので敬語で話をしている。

「レオ、頼むから敬語はやめようぜ。今日から禁止だ」

座ってもなお存在感のあるローガンと目を合わせるには上向きになる必要があり、レオは首が痛そうだ。

学食に次々と男子が入ってきて定食を頼んでいた。席は賑やかになり、イーソンがローガンと会話を始め、カーターはエンドリアを女子としてではなく、偉大な剣士を見る目で話をしてきた。

今日から剣術の授業を講師として手伝うことなど忘れていたのに思い出してしまった。人に教えることなんてできるのかしらとエンドリアは思う。考えても仕方ない。一同食べ終わり、外に出た。

男子たちと自然と話している自分にエンドリアは驚いていた。ローガンがポケットからタバコを出し口にくわえ、ライターで火をつけた。

「駄目じゃん。タバコは二〇歳からだよ。先生に言います」

「俺、二〇歳だぞ。エンドリア」

忘れていた。この男二〇歳なんだ。反撃に出た。

「でもタバコは体に悪い。それと校則違反だ」

エンドリアの一撃でローガンは泣きそうになった。

「駄目なんだ。タバコは俺の心の安らぎなんだ。頼む、エンドリア見逃してくれ。それと校則には二〇歳未満の飲酒・喫煙は禁止としか書かれてないよ」

やれやれ、仕方ないな。ルナとヘレンが現れ、カーターは歓迎した。やはりヘレンは華がある。周りの人に合わせるコミュ力は最高だ。話の中にルナも入り、ムードも良くなった。ルナは相変わらず男勝りの話しかたで男子も慣れたみたいだ。

みんなと仲良く教室に戻り、午後の授業が始まった。最後の授業は剣術だ。エンドリアは久しぶりに緊張した様子で教室に入った。ジョージ先生が笑顔で迎えてくれて少し緊張が和らいだ。

エンドリアは前に出て木刀を振り、体の中にあるトランスフォーメーションに意識を集中した。素振りも終わり、剣術の組手が始まった。最初はローガンと立ち合いになった。珍しい相手に気を引き締めた。

お互い礼をしてから始まった。

「future attack」

ローガンは呟いた。未来に動くことができる。ならば私は予測不能な動きに出る、とエンドリア。ローガンが木刀を振り下ろし、エンドリアは体勢を崩された。

ローガンが優勢で序盤は進んだが、エンドリアは対処ができるようになった。ローガンの息も上がり、エンドリアはハイキックでローガンが体勢を崩したところに腰を突いた。

ローガンは人目も気にせず泣き始めた。イーソンがローガンに向け、罵声を浴びせた。軽めに突いたんだけど、まあ一応講師なのでアドバイスもしておく必要がある。

木刀に力を入れすぎているので腰に力が入ってない。素振りと筋トレをするように勧めた。素直にローガンは聞いてくれた。よし、いい子だ。頑張るんだぞと声をかけ、立ち合いは終わった。

カーターとの対戦になった。序盤はカーターが蹴りの連続技を繰り出し、エンドリアも防御に回って反撃を狙った。

カーターはFresh Powerを唱え、皮膚の強度を引き上げた。パンチが繰り出されたところをエンドリアは見抜いた。背負い投げでカーターが宙を舞い、倒れた。カーターは立ち上がり木刀を振り抜いたが、簡単にかわされる。エンドリアは木刀を左右に振り続け、肩の急所を的確に狙い、カーターは倒れ込んだ。

ローガンと同じようなアドバイスでいいと思う。みんなの前でエンドリアは、「男子は力を頼りにしているので基本がなっていません」と言った。

ジョージ先生は他の生徒たちと何度も立ち合い稽古を続けていた。

ローガンとカーターは素振りの練習を言われた通りにしていた。ちゃんとできているかエンドリアは確かめた。力を入れすぎているので木刀から出る音が響かない。無理・無駄が多い。所作の提刀・帯刀・蹲踞・歩き方・姿勢を見せた。何度も同じことを繰り返した。

幼少期に徹底してライアン公爵に教わったことが生かされた。

「剣は人を正しく守るためにある。決して己の欲望や邪悪な存在に操られるためではない」

エンドリアは力を込めて言った。

生徒も同じように始めた。ジョージ先生はその光景にほんの少し希望を見た。みんなが同じような動きをして基本から学んだ。

「大丈夫、みんな。基礎がしっかりできていれば応用の幅が広がり、強くなる」

エンドリアは皆を励ます。

ジョージ先生とエンドリアは立ち合いをした。エンドリアは目を瞑り、気配だけで立ち合いをした。周りの生徒は息を潜め、戦いの行方を見守った。ジョージ先生は三人の分身を使いエンドリアはそれを無駄のない防御で軽く受け流した。初めてトランスフォーメーションを使い、ジョージ先生は威圧で飛ばされた。誰もが想像できない出来事だった。

エンドリアは基本動作をして呼吸を整えた。

ジョージ先生は笑った。こんなに強い戦士を預けさせたライアン公爵を恨んだ。この子はどこまで強いんだ。底が見えなかった。

授業は長引いたが、それぞれの目標に向けてクラスが一丸となっていく。エンドリアを除いた生徒たちがジョージ先生の前に集まった。エンドリアは集中して木刀を振り、空気を切り裂く音が響いた。

更衣室で着替え、教室に戻った。窓から見える夕暮れが綺麗だ。

ローガンが「それじゃ。みんな帰ろうぜ」と言った。

周りにお前が言うなと言われ、

「俺、年上だし当たり前のこと言っただけだぞ」

機嫌を損なうと面倒くさいので、イーソンは引き下がった。ローガンが先頭に立ち、ジュリアート姉妹とエンドリアにレオが並び、後ろにカーターとオスティンにイーソンと続き、歩きながら会話を楽しんだ。

校庭を出てそれぞれが別れの挨拶をした。

ローガンは家に帰る途中でタバコを買い、箱を開け一本火をつけ、美味そうに吸った。ハンサムなのでとても絵になる。

タバコをくわえたまま「エンドリアは強えーな」と呟いた。弁当を買い、家に着いた。部屋に入り、まずリビングに飾っている母親と妹の写真を見てただいまと言った。

「ナーシャル、俺にも友達できたぞ」

写真に向かって話しかけた。

「みんないい奴で、特にエンドリアという女の子は剣術が強いんだ。今日立ち合いをしたけど、まったく歯が立たなかった。しかも本気出してないぜ。ナーシャルが生きていれば同い年だな」

ローガンの目にはナーシャルとの懐かしい思い出が蘇っていた。

俺は強くなるぞ。もっともっと鍛える。見ていてくれよ。ナーシャル。

その頃、エンドリアは適当に食事を済ませ、射撃の教科書を読んでいた。どうもうまくできないんだよな。銃の勉強はどうしても必要な課題で遅くなってきたのでベッドに入った。

朝教室に入ったら、誰もいなかった。どうしたんだろう。職員室に行き、まだ生徒が来てないみたいです。とピーター先生に言った。

「そうか、エンドリアは知らなかったのか。他の生徒が自主的に朝練したいという申し出がジョージ先生にあり、承諾したそうだ。エンドリアの剣術を間近で見たら少しでも強くなりたいと。いい心がけだと思うよ」

エンドリアは昨日のアドバイスがよかったのかな。出すぎた真似をしたか不安だった。

教室に戻ると、他の生徒が教室に入ってきた。

「みんなで昨日エンドリアに教わったことを毎朝することにしたんだ」

ローガンが照れくさそうに言い、ヘレンもルナも一緒で笑いながら言う。

「エンドリア、あんなに強くなれたのは、相当な訓練をしたんでしょう。だったら私たちも基礎を最初から勉強して強くなりたいの」

「良い心がけです。剣は日々の基礎の練習が大切。その訓練がやがて自分のためになるからね。私も明日から付き合うよ」

エンドリアもみんなと共に頑張る決意をした。

レオがすかさず今日の学校の帰りは決起大会をしようと言い、反対する者はいなかった。

エンドリアはレオの肩を突いて「場所はヘレンとレオが決めてね」と牽制した。

授業が終わったら、ルナとヘレンに聞き逃していないかなどチェックしてもらった。

午後の最後の授業は射撃だ。ジョージ先生は前と同じA・Bのチームに分けて射撃の練習を何度もした。

射撃が不得意であったが、エンドリアは持ち前の集中力で少し的に近づくことができた。

ルナとレオが決めた決起大会の場所は老舗のパスタ屋に決まった。恐らくヘレン主導で決めたのだろう。レオに任せるとカロリー高めの場所を決めるのに間違いはなく、ヘレンは不満げな男子にカロリーの制限も剣術に必要だと言い聞かせた。

八人は駅に向かい歩いた。男子五人に女子三人。いろいろある年頃だ。カーターはお気に入りのヘレンと会話をしていた。ルナとエンドリアはイーソンとオスティンと歩き、一番楽しそうなのはルナだった。

ローガンとレオは先頭で歩いて駅まで行き、電車で二つ目の駅に降りた。歩いて七分くらいのところにまだ新しそうな木造の家に着いた。中にヘレンが入り人数を言い、運良く席に案内された。

まず、店員がメニューの特徴などを簡単に説明してくれた。糖質五〇パーセント削減の自家製麺で具材もこだわり、ヘルシーさに力を入れている店で人気みたい。男子は頷き頭では理解しているけど、お腹を満たせればなんでも良いみたいだ。

「レオログの料理はヘルシーさ優先で選ばないと駄目でしょう。みんな女の子に嫌われるよ」

ヘレンの説教に男子はきちんとお利口に話を聞いた。エンドリアはそんなヘレンを眺めていた。手懐けてる。先生でもここまでできないはずだ。凄いの一言だ。

話が終わるとみんながメニューを見ていたが、レオの「ミートソースにしようよ。間違いないから」という一声で全員が決めた。さてはヘレンにガッチリコントロールされているな。ヘレンは涼しい顔で外を見ていた。

男の子は大盛りにして、食後のジュースを頼んだ。さすがに八人もいると賑やかだ。ミートソースの香ばしい匂いに食欲が増す。

一口食べたら「美味しい」と口を揃えた。ひき肉の旨味と、濃厚なトマトソースが絶妙に合う。麺のもちもちの食感がさらにソースに絡み美味しい。

もちろんルナもヘレンも喜んで食べた。ヘレンはみんなから感謝された。レオはそんなこと気にせず食べている。君はヘレンの助手だぞ。ハートの強い男なのか鈍感なのかわからない。食後のジュースを飲みながら、エンドリアに男子からの質問が集中した。桁外れに強いからだ。

「そのうちきちんと話をするから、今は基礎を学んで反復練習をすること。特に男子の場合合力を頼りにするから、軸となる体の一部一部をよく理解することが必要。諦めずに練習を積み重ねれば強くなるよ」

エンドリアはうまく言えたと自分を褒めた。六時になり、それぞれ帰宅した。

エンドリアは家に着き、ソファーに寝転がった。食事を済ませたばかりなので、起き上がる気力もなく眠りに入った。二時間くらいで起きてお風呂に入り、洗面所で歯を磨いた。明日は朝練をするので復習と予習を済ませ、ベッドに入った。

翌日、ジョージ先生が教室に入り、挨拶をみんなと交わした。

今日、エンドリアはこの授業を有意義に使うため基本動作をしっかりやることにした。全員が一定の距離を保ち、二列で素振りをした。

エンドリアは、ルナとヘレンにはきちんと腕を振り下ろし呼吸も整えるよう伝えた。レオとイーソンとオスティンには、もっと腰に力を入れるように指示した。

素振りは計三〇〇本を二セット行った。さすがにみんなも力のある剣士なので順調に進み、五分の休憩を取った。みんな座って息を整えている。ローガンから質問された。

「エンドリアはこの練習をいつ頃から始めていたんだ」

「四歳くらいかな。逃げ出したい時もあったけど、今思えば必要な練習だったのかも。しかも朝と夕方の二セットもだよ」

「二セットも本当に凄いな。この練習を続ければ強くなれるかな」

「もちろん、基礎ができていない人って意外と多いよ。しっかり体で覚えれば攻撃だけではなく防御も強くなる」

　エンドリアは強く言った。

　次のレッスンはエンドリアとジョージ先生に向かって、一人ずつ剣の技を出す稽古を行った。休む間もなく技を出し続ける、ハードなレッスンだった。

　全員終わったら仰向けになっていた。ちょっとやりすぎたかなとエンドリアは顔を青くしたが、ジョージ先生が私も同じ練習をしたんだぞと言った。なんとかみんなも気力が取り戻せたみたいだ。

「大丈夫。最初はきついけど一週間もすれば慣れるから大丈夫」

　さあラストは校庭をランニング一〇周ですとエンドリアは言った。ローガンがこの鬼女と言ったので罰としてプラス三周にしようかと言ったら、子供のように謝られたので仕方なく許してあげた。

　エンドリアはランニングを終え、更衣室にあるシャワーを浴びて髪を乾かした。ルナとヘレンは更衣室に座って動けない様子だ。シャワーを浴びれば気持ちよくなるからと言うと二人はなんとか立ち上がった。声も出ない様子なので仕方なく教室に戻った。

チキン煮込みの夜

清々しい朝だ。久しぶりの基礎の練習に小さい頃のライアン公爵との練習を思い出していた。けど、みんな来ないぞ。

心配になり廊下に出たらルナとヘレンがお互いの肩を手で持ち支えて歩いていた。男子もなんとか立って歩いている。全員が教室に戻ると、成り行きをジョージ先生から聞いていたピーター先生がストレッチを指示した。悲鳴のような声があちこちで聞こえた。

少し回復したみたいなので授業が始まった。隣のレオは体が動くたびに声が出ていた。前の席のルナとヘレンや他の人も同じ行動をしていた。

エンドリアはレオが苦しんでいたので軽く叩いたら飛び上がった。もちろん悪気はない。昼になるとみんなの筋肉痛は収まりつつあった。

昼を食べ、外の校庭を散歩した。木陰にルナとヘレンが座っていた。エンドリアは二人のそばに行き、同じように座った。

「今日の朝練きつかったかな?」

「心配いらないぜ。なんのこれくらいの練習、耐えてみせるぜ」

「ライアン公爵に基礎を教わったんだよね。エンドリアに教えてもらうのは光栄だし、この基礎の朝練は必ず役に立ちそう」

「午後の剣術の授業も基礎の練習をしようと思うんだ。最初は辛いけど基礎を体が覚えれば、応用に強くなる。だから基礎の……」

二人はしばらく動く気配がない。エンドリアも寝転がり、雲を眺めた。

「男子たちが、今日も同じ基礎特訓だと知ったら暴動が起きるかもしれない」

ルナが倒れながら呟いた。

「みんな強くなりたくてここに来ているから大丈夫だよ」とヘレン。

「さあ午後の授業が始まるから教室に戻ろうぜ」

最後の授業は剣術だ。着替えると道場に向かった。

「今朝した基礎の練習を続ける。何度も言うが剣術のレベルを上げるには基礎を徹底的に練習し、体が覚えるまで何度も行う」

ジョージ先生の言葉を真剣に聞く男子も基礎の大事さを理解してくれたみたいだ。朝より動きが良くなっている。一人ひとりの素振りを見た。たぶん三日もすれば慣れるはずだ。

朝のメニューをこなしジョギングをして、最後はストレッチをした。初日にしては上出来だ。心配だったローガンも真剣に取り組んだ。剣の技術ではセンスが一番いい。本人には言わないけど。それぞれが教室に戻り、帰り支度をした。

「エンドリア、いい汗を流し気持ちがいいぞ。まだ体は悲鳴を上げているけどね」

イーソンのジョークに皆笑った。この時間を大切にしなくては。恋をする暇はなくなったけど、まだ時間はたくさんあると言い聞かせた。

校門を出てそれぞれ別れを言い、エンドリアはレオと途中まで歩いた。

「大丈夫かい。レオ」

「まだ息が上がっているよ。この間見たトランスフォーメーションって凄いな。まだ本気出してないんでしょう？」

「基礎が一番大事。トランスフォーメーションを操ることができるのは基礎のおかげ。本気を出すのは、この世界を破壊させようとする人にだけ」

エンドリアは強く言った。

その頃、カーターとオスティンは公園にいた。

「俺、武道の練習を積み重ねたけど、こんな練習がきつかったのは生まれて初めてだよ。今も腕が上がらない」

二人は笑った。

イーソンとルナとヘレンは駅まで歩いていた。ルナは緊張気味だ。姉思いのヘレンは、ルナの恋がうまくいく方法を考えていた。

「イーソンさ。ローガンに優しいね」

「あいつとは何度か飯食いに行ったりした。俺の口からは言えないけど、あいつ本当にいい奴だぞ。ユニークなキャラと泣き虫のギャップがあるけど頼もしい先輩だよ」

それ以上は聞けなかった。ルナは悩んだ。

「イーソンの家族は元気か」

「父も母もグランド・アビエーション・スクールの卒業生だよ。だから俺もこの学校を選んだ。今は父が戦闘に参加している」

ヘレンは収穫があったのでワクワクした。イーソンの背景を知ることで、アプローチの作戦を練ることができるからだ。三人は駅で別れた。


ローガンは缶コーヒーを買い、タバコを吸って体を落ち着かせていた。俺の師匠はあそこまで徹底してなかったな。基礎の訓練を重ねて鍛え上げるぞ。そしたらfuture attackで未来への戦いに磨きがかかる。

それぞれの想いは一つ。強くなること。


翌朝の朝練も終わり、みんなも慣れてきたみたいだ。今日は飛行実習の日。飛行機に乗れるのは週一回なので楽しみな授業だ。

レオからいい知らせがあった。ニコラス整備工場の飛行機に週末乗せてもらえるみたいだ。レオが友達でよかった。

ピーター先生が教室に入り、飛行の座学をしてから実技に入った。

Aチームはエンドリアとルナ、カーター、ローガン。Bチームはヘレン、レオ、イーソン、オスティンだ。最初にAチームとピーター先生が飛行機の点検をして、管制塔から指示を待った。それぞれコックピットの中で待機していた。

管制塔の許可が下り、連絡誘導路部に向け機体を動かした。光る矢印が管制塔から送られた。

滑走路に入りエンジンの出力を上げた。エンジンの動作に異常はなく、ギアのブレーキを解除した。同時にオートスロットルのスイッチを入れる。スラストレバーが自動的に動き、エンジン出力が離陸に適した推力まで自動的に上昇し、離陸滑走を開始する。

機首を持ち上げた。飛行機は空高く上昇し、安定高度まで辿り着いた。ピーター先生から指示があり、この高度を維持しカーターとローガンを待った。相変わらず気持ちがいい。

Aチームが揃ったのでピーター先生を先頭に順番で並んだ。高度を下げたり上げたり、横に旋回したりした。

時間になり滑走路の上空を旋回した。管制塔から着陸の許可が下り、高度を下げ着陸寸前に、失速速度を下げるためフラップと車輪を出し、滑走路に着陸した。動力で地上を移動し、制動は操舵ペダルを踏み込んだ。方向転換が必要なため前輪もしくは尾輪を操舵した。機体は最初の位置に戻った。タラップが付けられ飛行機から降りた。

続いてBチームの番になり、Aチームは教室のモニターを見ていた。レオが離陸していく。もちろんうまい。

ルナにカーターにローガンはレオは空だと別人だなと口を揃えた。エンドリアも同意見だ。

授業も終わり昼に入り、学食で昼食を取り、午後も飛行実習をした。やはり空はいい。最後の授業は射撃だ。地下の射撃場の入り口で手帳を見せた。ロッカーにある射撃用ベストを着てヘッドフォンを着け、銃の点検をして弾薬が装填された弾倉を銃に取り付ける。弾倉はばねの力で弾丸を銃の内部に押し上げた。

ジョージ先生が合図すると射線の位置に立ち、姿勢を整え、引き金を引き、撃鉄、撃針が作動して弾丸が発射される。的の中心から外れた。本当に難しいな。エンドリアの順番になり引き金を引いた。的の真ん中にはいかないが、最初の頃より上達していてルナに聞いてみた。

「大丈夫。これからもっとうまくなるよ」

授業が終わると男子勢が放課後の食事場所で盛り上がっていた。話題の中心はやはりレオだ。週一回が二回になっているみたいだ。

女の子三人は、いつものケーキ屋に行くことに決めた。もはやチーズケーキはお気に入りだ。素敵な時間を過ごし、ヘレンから明日の夕食のお誘いを受けたエンドリアは、喜んでその話に飛びついた。ルナとヘレンの夕食は前に体験済みだ。エンドリアは毎日が充実していることを実感していた。

夕食のごはんが炊け、焼いた魚と一緒に食べた。バター焼きにした魚はとても美味しくごはんが進んだ。食べ終わり、食器を洗い綺麗に並べた。性格は几帳面だ。

翌朝エンドリアは鞄を持ち、部屋の鏡を見た。髪の毛をツインテールにしてみた。鏡を見ながら、いいじゃん似合う、似合う。可愛くできたと自画自賛して家を出た。

途中でオスティンに会い、挨拶をした。

「どうだい、オスティン、朝練慣れたかい」

「最初はきつかったけど、だいぶ慣れたみたいだよ。しかし基礎の練習で気づいたよ。今まで力に頼りすぎてたって。けっこう反省してる」

「大丈夫、気づいたってことは、前進している。何度も言うけど基礎を体で覚えれば応用の幅が広がるよ」

二人は校門に着き、ローガンと会った。

「エンドリア髪型変えたの？　気分転換か。俺も変えようかな」

ローガンは一応女の子の気分が上がることは言える。

「ローガン、きちんとネクタイを締めなさいよ。ボタンも外れている」

エンドリアはローガンのだらしなさを注意した。

「いいんだよ。俺二〇歳だから」

これ以上は無駄だと思い、諦めた。朝練の道場に向かった。みんなの木刀を振る音が少し変わった気がする。いつものメニューも終わったが、まだ息が乱れている。

焦るな。ゆっくりと時間をかけて基礎を学ぶの。エンドリアは呟いた。

更衣室で着替え胴着を洗うため、家に持って帰ることにした。授業が始まり真剣に聞いていた。一週間の最後の金曜日は頭も使い。けっこうしんどいな。

休憩に入り、ルナとヘレンに髪型を褒めてもらった。どこの美容院がいいか二人に聞いた。今日の夜調べようとヘレンに言われた。

その夜、ジュリアート姉妹の家でチキンのトマト煮込みの夕食を堪能したあと、三人はヘアスタイル談義に花を咲かせていた。

「ヘレンはショートボブとか似合いそう。ルナはこれがいい、ロングボブ」

「カラーもできればしたいね。いろいろ考えたいな」

「オレもカラーをしたい。それと、一度短めに髪切りたいな」

ネットであれこれ情報を見ながらこの写真も可愛いねと言い合い、近辺の美容院を選んでいるうちにすっかり夜になっていた。

「美味しかったな〜、ヘレンの料理」

チキンのトマト煮込みが忘れられず、エンドリアは危うく道を間違えるところだった。

家に着き、明かりを点け、ソファーに胡坐をかいて背にもたれた。リトーが現れ、膝に座り気持ちよさそうな声を上げていた。少し休んだあとお風呂に入り、今日の復習をしてからベッドで目を閉じ、そのまま眠った。

ニコラス整備工場の飛行チェック

朝は忙しく掃除と洗濯を済ませて制服をクリーニングに出してからレオの家に向かった。

ニコラス整備工場に着くと、みんながパイロットの飛行服を着ていた。ユリアが笑顔で迎え、エンドリアの飛行服を用意してくれた。

「今日は一ヵ月に一回の訓練なんだ。整備も重要だけど、飛行機に乗ることでいろいろ勉強することもできて、どこの部品の具合がいいか調べられる。いいから早く着替えてきな」

エンドリアが着替えて全員揃い、二台のバンで飛行場へ向かった。三〇分くらいしてギドラインの空港に着いた。

三つある滑走路のうち、主に整備工場が使う一つにニコラスの倉庫があり、最新の二人乗りの戦闘機があった。リースの指示で、エンドリアとレオで二人乗りすることになった。

「レオ、ここで戦闘機の練習をしていたんだ？」

「子供の頃はよく後ろに乗せてもらった。今は一人で乗ることもあるよ。今日は後ろでよく見ていてね」

エンドリアは頷いた。戦闘機の点検をして異常がないか確認し、タラップから戦闘機に乗り込み、レオはエンジンマスタースイッチをＯＮにし、ＪＦＳスイッチをＯＮに入れた。コックピットの各種警報をチェック。エンジンをスタートさせアフターバーナーを点火。ターボエンジンの音が大きくなった。管制塔の許可が下り、連絡誘導路部に向け機体をタキシングし動かした。機体は動きメインの滑走路に入り、管制塔から指示を待つ。了解のサインがコックピットに送られ、スロットルレバーでエンジンの出力を上げ、戦闘機の速度が上がり操縦桿を握り、機首を上げた。

ターボエンジンの音は静かに空に向かって飛んだ。レーダーを見ながらラダーペダルを踏み、機体のラダーが動き、左に旋回した。エンドリアはレオの手慣れた操作に驚いた。上空で飛行機の姿勢を変えるための舵は三種類ある。エルロン、エレベーター、そしてラ

ダーだ。どれも重要で難しい。エレベーターはスティックを使い、機体を上昇させる。リースから無線が入った

「レオ。張り切りすぎるなよ。エンドリアはどうだ」

「レオが凄い腕前なので勉強になります」

「しばらくはレオのそばでいろいろと教えてもらいなさい」

レオは少し出力を上げ、機体を反対の向きにした。燃料や計器を確認して空を十分楽しみ、操縦桿を握り機首を下げ、管制塔の上空を旋回して着陸した。倉庫に着くとニコラス整備工場の従業員も清々しい顔で迎えてくれた。

倉庫でそれぞれ機体のデータを調べた。レオも自分の乗った戦闘機を調べていた。一応データは取り終わり、昼になった。警備員に手帳を見せ、外に出ることができた。昼休憩は全員で定食屋に行った。実質整備工場の貸し切りだ。

エンドリアは野菜炒め定食ライス小盛り、レオはスタミナ定食ライス大盛りを注文した。野菜と炒めたキャベツがとても美味しく、肉も脂が少なめでヘルシーな感じで美味しい。

午後は工場に戻り、整備する飛行機を待っていた。飛行機と共に現れたパイロットは、リースと部屋で話をしていた。

自動のトーイングトラクターで飛行機を整備する場所に移動した。パイロットは整備士

の社員に挨拶をして鞄を持ち、宿泊先のホテルに向かった。

エンドリアは診断書のコピーをとりながら、状況をレオから聞き出した。ディフェンスの防御システムが故障しかけているそうだ。戦闘の爪痕が飛行機に残っている。

「直すのにどのくらい時間がかかるの？」エンドリアはレオに聞いた。

「機体を赤外線のレーダーで見てからじゃないとわからない。ディフェンスの故障は交換が必要かもね」

まずは機体に二つのロボットで赤外線を当てて、三台のパソコンで解析していく。レオと従業員は損傷箇所を慎重に調べた。飛行機全体の写真で損傷箇所の具合を確認し、リースが担当を振り分けた。エンドリアはレオと一緒だ。機体の一部を任された。

二人はプリントアウトした機体の状態を一枚ずつチェックし、気になる場所は赤く線を引いた。損傷箇所がある部品は注文リストに書いていく。データは揃った。日も暮れ、エンドリアとレオは飛行機を眺めていた。壊れた物を直す、地味だがやりがいのある仕事だ。

ユリアが現れて言った。「夕食の準備ができたから。エンドリアも食べていくでしょう？」

エンドリアはもちろん頷いた。着替えて手を洗った。

その日の献立はサバの塩焼きと中華風ナスのおひたしだった。サバは綺麗に焼かれ、ナスは旨味が溢れ、お酢の酸味とラー油がアクセントになってごはんが進む。レオは相変わらず脇目も振らず食べまくっている。食欲旺盛で彼にはストレスや心配事はなさそうに見える。

ここに来るとレオから教わることが多い。パイロットの技術もたくさん教えてもらわないといけない。頑張るしかないぞ。エンドリアは気を引き締めた。

夕食を済ませ、レオと途中まで歩いた。途中にあるホットドッグ屋に行きたそうな目をしていたが、エンドリアは気づかないふりをして歩を進めた。

レオは歩きながらクラスの男子たちのおかしい話をエンドリアに聞かせた。エンドリアは笑いがとまらない。家の近くまで来て、二人は別れた。

エンドリアは家に入ると洗濯物を取り込み、シャワーを浴びた。すっきりして冷蔵庫からレモン水を出して飲んだ。

レオから借りた整備士の本を開き、気になるページに付箋を貼っているうちに時間も経ったので寝ることにした。

翌朝早く起き、買い物に出かけた。肉や野菜などを買い込み、途中にクリーニング屋に行き、ブレザーを受け取った。家に着き、買い物したものを冷蔵庫に入れ、レオの家に出かけた。

レオの家で飛行服に着替え、車でギドラインの空港の飛行場に着き、昨日と同じく戦闘機の後ろに座り、レオの技術を学ばせてもらった。戦闘機のデータは正常で問題なかった。

「レオ、まだ本気で飛んでないよね」

「もちろん、本気出したらエンドリア気絶するよ。まずは戦闘機に慣れ、徐々に加速した体で覚えればいいと思う。あとは学校にある重力訓練用の遠心機の練習をしてみればいいよ」

この男はさらりと言うな。悪気がない分怒れない。エンドリアはため息をついた。昨日と同じ定食屋で腹を満たし、ニコラス整備工場に戻った。二人はパソコンのデータを見ながら、必要な工具を用意し機体の作業に取りかかった。まずは電動ドライバーで機体を外し、慎重に赤外線で調べながら悪い場所を探しスパナで外した。内部の電気系統を調べて正しく電圧が流れているか調べる。悪そうな場所にマークを入れ、写真を撮りパソコンに落とし込む。二人は汗をかき、時間が経過した。

夕方のアラームが鳴り、リースが作業の終了宣言した。今日は疲れたので、エンドリアはレオにお別れを言って帰った。

夕食の準備をする力はなく、エンドリアは帰りの途中で見つけたお洒落なレストランに入った。中に入り素敵な空間で居心地が良さそう。可愛い店員さんが席まで案内してくれた。一人でも気軽に入れる。嬉しい。他の席を見てとてもお似合いの恋人の二人を見た。

私も早く素敵な出会いが来ないかな。エンドリアは一人楽しいことを考え、胃袋が食事を求めていた。

凝ったデザインのメニュー表とにらみ合い、結局一番人気と書かれたロールキャベツを頼んだ。

五分後にロールキャベツとライスと副菜がきた。早速ナイフとフォークでロールキャベツを一口切り、口に入れた。

コクのあるクリームスープに浮かべたロールキャベツがエンドリアの五臓六腑にしみた。なんていい店を見つけたんだろう。レオの悔しがる顔を思い浮かべた。秘密の隠れ部屋を見つけたみたいで軽い足取りで帰路に就いた。

家に着き、すぐにシャワーを浴びてリビングでリラックスした。ロックの音楽を聴きながら貴重な時間をのんびり過ごした。「今日はいいの」と呟き、好きなことをして夜を過ごした。

ライブハウスと夜の公園

月日が経ち、飛行実習に重力訓練用の遠心機の訓練が始まった。この遠心機はパイロットにかかるGを再現していて、耐Gスーツを着用してGへの耐性を身に付けられるよう毎日行われた。最初は頭の血圧が下がってしまい意識を失いそうになったが、毎日の訓練で慣れてきて飛行実習のプログラムもより精度が求められた。

Ａ・Ｂチームの飛行機の訓練も激しくなった。レオは相変わらずの腕前で、一人飛びぬけてうまかった。エンドリアも含め他の生徒も必死に勉強をした。

射撃の実習が終わり帰る途中で、ルナとヘレンはイーソンに会い、駅まで一緒に帰ることになった。ヘレンから見て、ルナとイーソンの距離はずいぶん縮まったように見える。この調子で応援しなくては……とほくそ笑む。

「俺さ、週末の日や気晴らしが必要な時、ライブハウスに行っているんだ。今度行ってみない?」

「イイ、オレもロックとか好きだよ。行こうぜ」

二人で、とルナが続ける前に、イーソンからせっかくだから、みんなで行こうよと言われてしまった。こっそり舌打ちしたヘレンの顔は、彼女に憧れる男子勢にはとても見せられないものだった。

金曜の昼、エンドリアはルナとヘレンと外で食事をしながら、土曜夕方にライブハウスに行かないかと誘われた。今度の土曜はニコラス整備工場は休みで一日空いている。早めに合流してヘレンが見つけた美容院に三人で行くことも計画した。

同時刻、学食でイーソンも男子たちに同じ話をしていた。

ローガンは「渋いな。俺もそういう場所大好きだぜ」と言った。

カーターも「最近、ストレス溜まっている。ガンガンに響くロックは体にいいぞ」と言い、オスティンやレオも賛成した。

土曜日、エンドリアは洋服を選んでいた。

黒のワンピースにするかデニムにするか悩んだ末、やはりここは黒のデニムと白いロングシャツで行こうと決めた。髪型は玉ねぎポニーにした。

よそ行きの靴を履いて待ち合わせ場所に着くと、ルナは黒いワンピース、ヘレンはストライプ柄シャツワンピースで二人ともよく似合っていた。昼食はレストランで軽く済ませ、美容院に行った。

男子たちはレオログで調べて人気のハンバーグ屋に行っていた。熱い鉄板の上で湯気を立ち昇らせるハンバーグはジューシーで柔らかい。男子は大好きなハンバーグとライスを簡単に食べ終わり、飲み物が運ばれてきた。オスティンがオレンジジュースを飲みながら言った。

「このあと、どうするよ。なんか遊べる場所ないのか、レオ」

「プールに行こうよ」

レオの意外な提案に誰も反対する者はいなかった。一同はレオを先頭にプールがある施設に向かった。

「俺たち水着とかタオルも何にも用意していないけど大丈夫かよ」

「大丈夫だよ。全部レンタルできるから」

動じないこの男は凄いとみんな感心してついていく。プールは人出も多く賑やかだった。レンタル用品は豊富でとりあえずホッとした。ローガンはサングラスを借りた、プールに欠かせないビーチボールも借り、楽しくなりそうな予感がした。

男子全員プールに飛び込んだ。ひとしきりはしゃいだところでAチームとBチームに分かれ、ビーチバレーで盛り上がった。

ローガンだけはレンタルしたサングラスをかけて、ベンチで優雅に寝転がっていた。

他の者は泳ぎ疲れ、トランプを始めた。トランプは盛り上がり楽しい時間みたいだった。

時間になり、一同は着替えて待ち合わせの場所に向かった。

その頃、女子三人は美容院に入り、それぞれ髪を整えてもらった。鏡の中の三人は別人のように洗練された姿になり、みんな満足だった。

すでに待ち合わせ場所に男子五人は集まっていた。

「ごめ～ん、少し遅れました」とヘレンがあざとく頭を下げたのをローガンは見逃さない。

「三〇分待ったよ。ヘレン」

「嘘でしょ」

「ローガンは少しお黙りなさい。女子に嫌われるぞ」

ローガンは三人をまじまじと見た。

「三人とも私服だと別人に見える。髪型変えたのか？　とても似合っている。今日は三人をお姫様と呼ぶことに決めた。俺を下僕扱いしても構わないから」

三人はほんのり頬を染めた。

「ローガンは口がうまいから。ウフ」

「話の続きはライブハウスでしようぜ。ルナ、似合うよ」

イーソンの一撃でルナはますます赤くなり、ありがとうと言うのがやっとだった。男子五人女子三人は仲良くライブハウスに向かった。

「ルナ、今日はいつもと違う雰囲気だね」

イーソンに続いてローガンもルナを褒め、ルナが可愛い笑顔で応えた。

ヘレンが攻撃態勢に入った。

「ローガン、私たちの下僕なんだよね。余計なことは言わないの。下僕さん」

ローガンはバツが悪そうになり、イーソンの肩を取り、口笛を吹いた。

ライブハウスに到着した。

「大きいし、なんか洒落た感じがいいな」

カーターが言った。中に入るとロックの音が響いていた。イーソンが受付を済ませると、体の大きなこわもての男性に案内された。各々ドリンクを頼むことになり、一人ビールを頼んだのはローガンだ。

イーソンが乾杯の音頭をとり、「音がでかいな。今日はこの時間を楽しもう！　乾杯」それぞれのグラスを合わせた。

バンドのドラムの音が響いた。ギターが合わせに行く。鳴りやまぬ音楽に驚いた。生で聞くのはいい。

「カーターたち、昼間は何していたの？」

ヘレンが気を使い、話しかけた。もちろんカーターは呼ばれたことに少し緊張した。

「プールにみんなで行った」

思いもよらぬ返事が来てエンドリアとルナとヘレンは大笑いしていた。続いてオスティンが言う。

「レオの提案で行ったんだけど面白かったぜ。ビーチバレーとか、流れる滑り台も乗った」

三人の笑いは続く。レオは目を輝かせ、

「それがハマるんだよ。プールは子供のようにはしゃげるよ」

「姫様も今度行こうよ。エンドリアの水着見たいな〜」

ローガンは酔いが回ってきたらしい。

「このスケベ。変態野郎。来週お仕置きするから覚悟してね。下僕さん」

「いいね。プール、今度行こうよ」

こういった会話に慣れないエンドリアをヘレンがフォローする。

カーターの様子が変だとエンドリアは気づいていた。ここでも恋の駆け引きがあるんだ。

ローガンはビールのジョッキを一気に飲み干し、ビールを追加した。

「メニュー、適当に決めるから」

と言ってイーソンが注文したのは、チーズ盛り合わせ、生ハム、ピクルス、マスタードポテトサラダ、シーザーサラダ、ナポリタン、ピザマルゲリータ、カレーピラフ。

ボーカルが歌い、激しく髪をなびかせた。二階から下を覗くと完全にノリまくっている人が集まっていた。エンドリアはロックも大好きだ。みんな声を出して盛り上がった。一〇分の休憩に入り、食べ物が運ばれてきた。適当に料理をつまんだ。

「イーソン。ライブハウスって初めて来たけど楽しいぞ」

そう言うルナにイーソンは笑顔で応えた。ローガンはビールを飲み続ける。少し酔ったみたいだ。

イーソンが下に行こうよと言い、みんなで下のホールに行った。次のバンドが来て盛り上がりが絶頂になり、ルナもヘレンも楽しそうにリズムに合わせた。全員ストレスが発散できたので満足した。

楽しい時間も終わり、ライブハウスを出た。みんな高揚していた。ちょっと飲みすぎたらしい一人を除いては。

繁華街を歩き、ローガンが兵隊とぶつかった。兵隊は怒った。

「ガキ、ここで何しているんだ」

「俺の自由だ」

兵隊はローガンに殴りかかったが簡単に避けられてしまった。

「ローガン喧嘩は駄目だよ。あなたたちも、もし、撃ったら私が許さない。警告する。あなた方に勝ち目はない」

エンドリアは鞄から警棒を取り出した。

「私の大切な仲間は一人も傷つけさせない」

エンドリアの目は本気で臨戦態勢になっていた。兵隊が何人か集まり囲まれたがエンドリアは動じない。

「今ここでつまらない争いをするな。戦う相手が違うだろ」

一人が言うと兵隊は銃を下ろした。

「すまない、楽しいところを邪魔して悪かった」

エンドリアは敵意がないことを確認し、警棒を下ろした。

「みんなすまない、気分を悪くさせて本当に申し訳ない」

頭を下げるローガンにエンドリアは笑って見せた。

「もう、ドジなんだから。よかった、何事もなく無事でよかった」

「気にするな、一応今日はここで別れることにしよう。ローガンとエンドリアとルナにヘレンは残って」

イーソンの提案に反対する者はなく、レオとカーターにオスティンは別れることになった。レオが軽く飯行きますか。と言うと二人は先ほどのこわばった顔はどこへやら、レオの後ろをついていった。

「さて、ローガン、近くの公園に行くぞ」

公園のベンチに座り、ルナが水のペットボトルを買ってきた。ローガンはありがとうと言い、水を飲んだ。

「フー、生き返った。エンドリア悪かったな」

「大丈夫、気にしないで」

「今が話すチャンスだぞ。ローガン」

肘でつつくイーソンに、ローガンは空を見上げ、重い口を開いた。

「俺が一六歳の時に母親と妹が公爵の戦いで空襲に遭い、死んだんだ。妹は年が少し離れていたけど小さい頃はいつも遊んでやった。生きていればエンドリアたちと同じ歳だ。君たち三人を見ていると時々妹を思い出す」

エンドリアの目から涙が零れた。

「実は私たちの両親は『赤い刃』の公爵の幹部に殺された。家に帰ったら息はなく、何回も蘇生したけど生き返らなかった」

続いて過去を明かしたルナの瞳からは涙が溢れており、ハンカチを差し出すヘレンの手も震えている、

「絶対に許さない。いつか必ず倒してやる」

ヘレンは力強く言った。

「ルナ、ヘレン、ごめんな、辛い思いをさせて」と言うイーソンに、「ありがとう。大丈夫」とルナは答えた。

エンドリアは下を向いたまま泣き止まない。こんなに身近にいる人が、苦しい思いをしてきて精一杯生きている。戦争を許せない気持ちが強くなった。ルナとヘレンの手がエンドリアの膝にのせた手に重なった。とても暖かく救われる気持ちになった。

「エンドリア、心配するな。俺もルナとヘレンと同じ気持ちだけど、今はここで仲間と勉強したりビール飲んだり、タバコを吸って楽しいスクールライフを送れているぜ」

ローガンはそう言って笑った。

エンドリアは決意した。思い出したくない記憶を打ち明けてくれた仲間たちの信頼に応えたい。

「レオとルナとヘレンには話をしたんだけど、私はソフィア家の子孫でトランスフォーメーションを操れる戦士なの。幼い頃からライアン公爵やオリバー侯爵に剣術や武道を教わったの。公爵同士や人間同士の争いをライアン公爵が何度も対話で解決しようと試みたけど無理だったみたい」

ローガンとイーソンは真剣に話を聞いていた。

「ライアン公爵とオリバー侯爵に教わったのか、強いわけだ。トランスフォーメーションのことは聞いたことないな。エンドリアは公爵の味方なの？」

「味方とか敵ではなく、今は許せない気持ちが強い。今はライアン公爵が知恵を出して考えているところだと思う。今は学業に専念しなさいと言われている」

「話をして、少し気持ちが楽になった」

ルナとヘレンは言った。

「ローガン、エンドリアは私たちの味方だよ。仲間だもん」

エンドリアも頷いた。みんな気分が和らぎ、心も落ち着いたので帰ることにした。エンドリアは暗い気持ちが心から消えなかった。

家に着きパソコンを開き、悩んだ末にライアン公爵にメールを送った。


ライアン公爵様　季節の変わり目が近づきましたね。

今頃ソフィアではラベンダーが咲いているでしょうか。鮮やかな紫色と心地よい香りが懐かしいです。

学校での生活にも馴染み、この生活にも慣れてたくさんの友達もできました。心を打ち明けてくれた友達の中には戦争で傷を抱えた人が何人もいます。胸が張り裂けそうです。

私も答えが見つからず悩んでいます。公爵たちは平和の誓いを忘れ、私利私欲に走って争いを起こし、無関係な民を傷つけている。それは許されません。

毎日が楽しく勉強も大変ですが、仲間と共に励まし合い、日々を過ごしています。

ライアン公爵様も大変だとは思いますが、体調には十分気をつけてくださいね。

　ソフィア・エンドリア

エンドリアは包み隠さず今の心境を綴った。

ソファーに寝転がったエンドリアを包み込むようにリトーが現れ、ソフィアの光でエンドリアの心身を癒してくれた。そしてそのまま深い眠りについた。

みんなの成長

翌朝、エンドリアは気持ちよく目覚めた。シャワーを浴びて、パンにチーズと野菜をのせて焼き、牛乳と一緒にダイニングテーブルの椅子に座って食べた。今日はレオのところに行くので早めに出かけた。

ニコラス整備工場で、修理中の飛行機の最後の点検作業だ。リースと従業員が飛行機をパソコンと繋ぎ、正常に作動するかチェックする。機体を回り、念入りに確認する。リースが力強く言った。

「大丈夫だ。飛行場で試してみよう」

午後に飛行機を滑走路に移した。リースの操縦する飛行機は滑走路からゆっくりと飛び立った。リースは高度を上げた状態を、倉庫にいる従業員と無線で交わしていた。レオも隣で機体の状態を見ていた。異常はない様子で、滑走路に戻り着陸した。

飛行機をニコラス整備工場に戻し、さらにコックピットと機体の状態を見た。

帰宅したエンドリアは炒飯と簡単なスープの夕食を済ませた。

机で明日に備え勉強した。剣術の基本の練習も音を上げずに全員が付いてきた。効果は表れている。木刀を振る音が最初と違うのは明らかだ。

ジョージ先生が言っていた。

「明日は実践の練習を行う。強者の兵士を呼び、木刀で戦う。今までの基礎の訓練を思い出し、真剣にやること」と。

練習が終わり、教室に戻った時、カーターが心配そうに言った。

「俺たち強くなったのかな。エンドリアはどう思う?」

「大丈夫だよ。どんなに強い大人でも基礎を忘れ、力任せに戦う人が多いから。カーターはFresh Power、ローガンはfuture attack、オスティンはflash handを使わないでね。もう最初の頃とは違うから安心して戦ってね」

エンドリアはそう言って励まし、みんなが成長した姿を見たいと思った。

翌朝、道場には兵士たちが現れ、ジョージ先生と話をしていた。生徒たちは挨拶をして木刀を取った。エンドリアは全員にアドバイスをした。

「普段通り基礎を守り、そこから応用ができる。落ち着いて戦いましょう」

立ち合い一人目はルナだ。兵士が振るう木刀をルナは簡単に木刀で跳ね返した。何度も木刀を振ったがルナには当たらない。ルナが反撃に出た。木刀を跳ね返した瞬間に横に動き、木刀が兵士の腹に入った。

立ち合いが終わった。近くにいた兵士の顔色が変わった。

ヘレンはルナの戦いを見たので、それを参考に、兵士の木刀を振った瞬間に間合いに入り、足を払い、体勢を崩した兵士の肩に木刀が入った。

エンドリアは興奮し、ルナとヘレンと喜び合った。兵隊の上官が、生徒に負けた兵士に腕立て伏せを命じた。

エンドリアは男子には片手で戦う指示を出した。

レオは木刀で兵士の力任せの振り方を簡単に跳ね返した。片手で間合いを読み、兵士の木刀が振り落とされ、終わった。

次のイーソンとオスティンも片手で相手を圧倒した。カーターは兵士が木刀を構えた瞬間に脇腹に木刀を入れた。

ローガンは木刀を構えない。兵士が木刀を振るが当たらない。ローガンは未来が見える分、感覚で避けることができる。兵士が力尽きて終わった。みんなはエンドリアに感謝した。ジョージ先生も遠くから正座をしながら戦いの行方を見ていた。

最後はエンドリアだ。相手は、若い兵士ではなく、彼らを引率した教官だ。エンドリアは木刀を持ち、目隠しをした。全員が息を潜め、この立ち合いを見た。教官は木刀を連続で振り回した。エンドリアは相手のリズムを読み、背後に入り肩に木刀をかすめた。

全員が終わり礼をした。兵士たちは全員肩を落とし、道場の教室を出た。ジョージ先生が拍手をして生徒を迎えた。

「みんな、基礎を忘れずに戦いましたね。ここまでよく頑張りました」

ローガンはエンドリアの立ち合いが頭から離れなかった。目隠しをしてリズムよく立ち回り、簡単に大人の兵士を負かしてしまう。ローガンが「みんな、基礎の練習しようぜ」と言い、稽古が始まった。

剣術の稽古も終わり、みんなは教室に集まっていた。

「エンドリア、稽古を毎日続けてきてよかったよ」とカーターが言った。

「基礎の練習は大事でしょう。みんな頑張ったもんね。凄かったよ立ち合い」

エンドリアは本当によかったと心の中で呟いた。この間の公園でのことは胸の中にしまっておいて、今日の出来事が少し気持ちを軽くさせた。

この日をきっかけに、全員の剣術の進歩が速くなったのだ。

帰りはレオと一緒だった。二人は最初に出会った頃の話をした。バーベキューの話は盛り上がった。

二人は別れ、エンドリアは途中でダージル夫妻に会った。

「エンドリア、今日の夕食が決まってなかったら私の家に来ませんか」

「もちろんお邪魔します」

エンドリアは一度家に帰り、着替えてダージル夫妻の家に行き、食卓の席に座った。美味しそうなクラムチャウダーとパンが運ばれてきた。優しいスープで、どことなく懐かしい食事で満足した。

「エンドリア、私はソフィアの大臣として、ライアン公爵と共に平和の世界にするため対話を続け、努力している最中だよ」

ローランは優しく透き通った声で話をした。

「友達や一般の人まで巻き込まれ、尊い命が失われている。公爵が許せない」

エンドリアは怒りに満ちた目をしていた。ローランおじ様は、「今は大切な友達と過ごす時間を大切にしなさい」と優しく言った。キャシーおば様が冷たいココアを運んできた。ココアの甘さは魔法のようにエンドリアの気持ちを鎮めてくれた。

ダージル夫妻にお別れをして家に帰った。家に着き、シャワーを浴びてゆっくりくつろいでいたらメール受信の音が鳴った。パソコンに向かい、メールを開いた。

ソフィア・エンドリア姫
返事が遅くなり申し訳ない。直接会いたいところだが、仕事が忙しく時間が作れない。

学校での生活は楽しそうでよかった。頼もしい友達もできて毎日が充実しているみたいだね。

あまりにも多くの人が犠牲になり、私も心が痛む。公爵の名のもとに懸命に和解の道を探している。定例の会議で進展があった。ここ三年は休戦をすることとなり、少しの間、平和が保たれそうだ。

憤りは心の中にしまっておきなさい。怒りで難局は乗り越えられない。

ソフィアの教えを守り、一日一日を大切に過ごしてほしい。

アンソニー・ライアン

エンドリアはとても気が楽になった。机に向かい、勉強に集中できた。グランド・アビエーション・スクールに通って三ヵ月が経ち、じきに短いバケーションが待っている。

やった！　しばらく休みが取れるのが待ち遠しい。周りの生徒も同じ気持ちだ。

パーティー！　パーティー！

翌日の昼、エンドリアは学食で定食を食べた。

「エンドリアは休みの間は何するの？」

「うん……何しようか悩んでいる」

レオの質問にエンドリアは言った。

「一週間って長いようで短いよな」とローガンとオスティンが言った。

「だけど、俺たち少しの休みは必要だよ。十分に勉強し、辛い朝練にも耐えた」

みんなは爆笑した。

「明日の授業の終わりに先生とバーベキューしないか？」

カーターの提案に、食堂は盛り上がった。エンドリアの役目は、一刻も早くヘレンに報告することだ。ルナとヘレンがいる場所に駆け足で走った。

「ヘレン。報告します。休みに入る明日、バーベキューをすることが決定しました」

ヘレンは立ち上がり、指を鳴らした。

「私の出番が来たよ。ルナとエンドリアは今日できること考えて、私に教えて」

三人の女の子の目は輝き、イベントの準備を考えた。

午後の授業も終わり、教室に生徒一同は集まった。

「バーベキューは大賛成だけど、買い出しとか場所とか先生にお伝えをする係とかを決めない？」

「賛成だね。言い出した責任もあるから、まずヘレンと俺がバーベキューのリーダーでいいんじゃないかな」

ヘレンが発案し、カーターは強引に手柄を持っていった。ヘレンも仕方なく賛成した。早速ヘレンがテキパキとリードして事が進められた。レオがエンドリアの家でバーベキューを成功に導いた話をした。エンドリアは笑いを堪えた。食べている時間の方が長かったのに。

会場は学校から近いエンドリアの家に決まった。買い出しはAチームとBチームに分かれることになった。

連絡係はイーソン、ルナ、ローガン、エンドリアに決まった。ヘレンが気を利かせお誘いの手紙をピーター先生とジョージ先生の二枚分を書いた。

早速イーソン、ルナ、ローガン、エンドリアは、先生がいるオフィスに向かった。ドアをノックして名前を名乗り、部屋に入った。少し緊張したがエンドリアが手紙を渡した。

「読ませてもらうよ。バーベキューか、賑やかでいいですね。もちろん参加しますね。明日が楽しみです」

部屋を出たらジョージ先生と鉢合わせした。今度はローガンが直接手紙を渡した。突然で驚いた様子だが、手紙を見て参加することになった。教室に戻り、他の生徒に迎えられ結果を伝えた。みんなは口笛や拍手で喜びを表した。


さて一同はエンドリアの家に着いた。

「素敵な家だね。庭も広くていい」

「アンティークでお洒落だね」

素直に褒めるイーソンとルナに、エンドリアは恥ずかしくなってきた。バーベキューに必要な焚き火台や必要な椅子やテーブルも見せながら庭を歩いた。部屋の掃除も一応しておかなくては、とエンドリアは思う。

エンドリアがよく行くスーパーに行き、ヘレンはメモに次々と食材をリストアップしていく。次に、またワンダフル meat（ミート）に行き、肉の品定めをするヘレンシェフのあとを全員が追った。

次は飲み物だ。飲料水を扱うディスカウントストアに行って、炭酸飲料やジュースを購入した。

これで一通りの買い物の予定を組み、明日の本番に備えた。薪や炭にクーラーボックスはレオに用意してもらう。うん、完了だね。ヘレンは一人呟いた。

解散してエンドリアは部屋の掃除を念入りにした。キッチンよし。リビングよし。お手洗いよし。

遅くまでかかり、簡単な夕食を作り食べて明日のことを考えた。

楽しみだな。みんなと仲良くバーベキューができる。エンドリアは胸が弾む。

ソファーで横になり、久しぶりに夜更かしをした。


翌日、午前の授業も終わり本格的な準備が始まる。

Aチームはエンドリアとルナ、カーター、ローガン、Bチームのヘレン、レオ、イーソン、オスティンと分かれ、買い出しが始まった。エンドリアは責任重大だ。ヘレンから渡された追加の買い物リストを握りしめた。

四人は歩いた。エンドリアの落ち着かない様子を見たローガンが、「大丈夫だよ。気楽にしようぜ」と無責任なことを言う。

ルナが近づき応援してくれた。カーターは一応リーダーらしいので頑張っている姿はなんとなく伝わる。スーパーに着いた。

その頃Bチームの代表ヘレンは手際よく肉やソーセージを選んでいた。レオが全力でサポートして早く買い物が終わり、エンドリアの家に向かった。レオがエンドリアから家の鍵を渡されていたので、Bチームは家主より先にエンドリア宅に足を踏み入れた。

ヘレンは悪い気はしたが、リビングはエンドリアらしいクラシックな印象で、好感が持てた。キッチンも使いやすそうだ。早速、愛用のエプロンを着けた。

エンドリアの班は言われた野菜や果物を買い、荷物はカーターとローガンに任せた。最初の任務を終え、家に着いた。続いての買い出しは追加の飲み物だ。再び買い出しに行く。飲み物の量が多そうなので男子はレオを除いて全員連れていった。

ヘレンはスペアリブやグリルドチキン用の肉に調味料を加えたり、ソーセージに切り目を入れたりと軽快に料理の段取りをしていた。

ルナはキャベツ、ニンジン、ピーマン、ナス、玉ねぎをバーベキューサイズに切り、トウモロコシも三等分にした。

ヘレンはレタス、キャベツ、ニンジン、キュウリ、大根、ブロッコリーをちょうどいいサイズに切り、水切りをして調味料と塩を入れ、二通りのサラダが完成した。少し多めの方がいいだろう、と。レオが用意した大きなボウルにサラダを入れた。最後にバーベキューソースに取りかかった。

その頃エンドリアはディスカウントストアで追加の飲料を選んでいた。ローガンもニコニコしながら買い出しを楽しんでいる。何か企んでいる顔だな。カートを見たらお酒があった。

「コラー、ローガン、お酒があるぞ」

「だって先生も来るんだぞ。日頃の感謝の気持ちを込めないと悪いと思うぞ。……違うんだ、エンドリア、目が怖い。そういう女の子嫌いだな。『飲みニケーション』だよ。こういう時しか腹を割って話せない」

「私はローガンに嫌われても平気だよ。素敵な出会いが待っているもん」

　エンドリアは舌を出した。

　家に着いたらレオが庭でリースが運んでくれた薪と炭を準備していた。ルナとヘレンが来てテーブルに皿を並べた。

　レオが一番関心あるのは肉、肉しか見えていない。スペアリブを焚き火台に置き焼いていく。エンドリアたちは飲料水をクーラーボックスの中に入れた。エンドリアがしたバーベキューと違い、本格的だ。ヘレンは肉のソースも、野菜や調味料を変えて何種類か作ったらしい。

「凄い。ヘレン様。なんでもできちゃうんだね」

「エンドリア、ごめん、家にあった醤油やワインやみりんとバターや……とにかくいろいろ借りたからね」

「相変わらず、本格的だね。ローガン、飲み物はクーラーボックスに入れてね。あと、氷も入れてよ」

　ローガンはタバコを吸いながら手を振り、イーソンやオスティンも手分けして飲み物をクーラーボックスに入れ、冷やした。三〇分が経ち、スペアリブが食べ頃になった。ピーター先生とジョージ先生が到着した。

「一年生のみんな、お邪魔するよ。うわ～、凄く美味しそうなお肉だな。量も凄い。これは誰が料理したの？」

「お肉の調味料とかソースとサラダはヘレンです。野菜は私とルナで切りました」

「ヘレンは料理が上手だと聞いているから食べるのが楽しみだよ。エンドリアとルナもありがとう」

「先生、バーベキューには冷えたビールです。さあどうぞ。みんな、飲み物は用意できたかな。乾杯の音頭、誰がするんだっけ？　俺でいい？　年上だしな。さあ、今日は飲んで食べて盛り上がりましょう。乾杯」

ローガンの進行にみんな不意を突かれた。このお調子者は……とルナとエンドリアは呟いた。ヘレンはまあ、いいんじゃないと言った。エンドリアは冷たい目でローガンを見たが、彼はビールを飲み、笑いながら先生と話をしている。

そうこうしているうちに肉が焼けてきたので順次取り分け、ヘレンがソースをかけて手際よく配っていく。エンドリアはサラダを運んだ。

「これは美味い。こんなお肉久しく食べてないよ。このソースもいい。きっと結婚したらいい奥さんになるよ」

ジョージ先生の賛辞にヘレンと、なぜかカーターの顔が赤くなった。女の子が焼き肉を焼いたりしているのを見て、イーソンとオスティンやカーターも女子を手伝うふりをしながらつまみ食いして「美味い」を連発した。レオは肉しか見えておらず、子供のように食べていた。

「今日は無礼講だ。ローガン。楽しい仲間ができてよかったな」

ピーター先生にそう言われたローガンの目から涙が零れた。泣き上戸のスイッチが入ったがジョージ先生が肩を叩き、すぐにいつもの笑顔に戻った。この変わり身の早さは彼の特技でもある。

レオは空になった取り皿を持って次の獲物を手に入れに行く。ヘレンはグリルドチキンとソーセージを焼き、エンドリアとルナが先生のところに持っていく。イーソンがルナ、ヘレン、エンドリアに席に座るよう勧めた。

遠慮なく席に座り肉とサラダを食べながら、先生の会話に入り楽しんだ。エンドリアは、食事に夢中すぎるレオの足を軽く蹴とばした。レオは驚く気配もない。

やがてすべての食材を焼き終わり、全員に配り終えた。

先生の若い頃の話がとても面白く、微笑ましかった。焚き火台の火も消え、デザートにヘレンが選んでおいた果物が用意された。

もう十分すぎるくらい食べて、男子生徒は満足した。

「本当に今日はお招きいただいて楽しかったよ。料理が最高に美味しかった。みんな、ありがとう」

先生はみんなにお別れを言い、帰った。

「盛り上がってよかったね。みんなの協力がなければできなかったよ。カーター、ありがとう」

カーターは感心した表情で言った。

「ヘレンがいなければ、こんな素敵なバーベキュー成功しなかったよ」

エンドリアとルナが睨み、カーターは慌てて付け足した。

「も……もちろん、ルナとエンドリアにも感謝しています」

「よろしいぞ。カーター」

エンドリアとルナは笑いを堪えた。

「はい、十分心が籠もったお言葉ありがとうございます」

二人はニヤニヤ笑った。ローガンはタバコをくわえ火を点けた。

「明日からの休みの間は何するの？　海とか観光したいね。レオ、なんかいいところないの？」

「ギドラインの南に行ったところに海水浴場があるよ。あとは遊園地とかかかな」

ローガンはクーラーボックスのビールを取りに行った。

「この三ヵ月は勉強や飛行実習に剣術の訓練ばかりだったから、この休みの間は思いっきりリフレッシュしたい」

イーソンをはじめみんなも口を揃えて同じことを言った。オスティンがそろそろ片付けをしようと言い、みんなで片付けた。

「エンドリア、俺、家に帰れそうにないから今夜泊めてよ」

「馬鹿‼　ここは男子禁制。早く帰って寝ろ。この変態男」

ローガンは涙目になったが無視した。男子は帰り、ルナとヘレンはエンドリアの家に上がり、ソファーで寛いだ。

ヘレンはさすがに疲れた様子で、エンドリアとルナでマッサージをしてあげた。回復するなりガールズトークが始まる。ヘレンがカーターはいい人だけど恋愛対象には無理かなとか、ルナはイーソンのことを夢中で話した。エンドリアはローガンの態度と泣き虫をなんとかしてくれとか、レオは食いすぎだとかマシンガントークが絶えない。三人は笑いっぱなしだった。

エンドリアは前々から計画していたことを思い切って口にした。

「ルナ、ヘレン、休みの日に家に泊まらない？」

「楽しそうじゃん。明日は私の家に泊まりに来ればいいよ」

ルナが乗り、ヘレンも喜んだ。三姉妹になるみたいで嬉しくなり、明日が待ち遠しかった。エンドリアとしてはこのまま泊まってほしかったが、準備が必要だと二人は帰った。

庭に出て星を見た。とても綺麗で心が安らぐ。

入学から三ヵ月が経ち、楽しい日が続いてエンドリアはいろいろ振り返った。最初に会ったレオ。何でも相談できる友達のルナとヘレン。それにローガンやカーターにイーソンとオスティン。いろいろあったけどとても大切な仲間だ。

期待の方が大きく、今は何も心配しない。部屋に戻るとリトーが現れ、部屋を飛び回ってエンドリアの肩に降りた。全部のことを知った様子なので消えてしまった。


翌朝、エンドリアは着替えを詰めた鞄を持ってルナとヘレンの家にお邪魔した。二人の歓迎を受け、中に入り鞄を置いた。

「エンドリアは朝何も食べてないでしょう。簡単な料理作ったからそこでルナと待っていてね」

ヘレンは台所に行き、料理をしていた。ルナと話をしながら何するか考えた。なかなか思い浮かばない。ほどなくしてヘレンが料理を運んできた。

「青唐辛子とレモンのさっぱり冷麺です。昨日は重たいものを食べたから、食べやすいものにしたよ」

「ありがとう。食欲が正常に戻りそう」

エンドリアは言い、一口食べた。レモンの酸味と爽やかな香りと青唐辛子がなんて美味しいんだろう。昨日の肉が消化できそう。ヘレンが、この時期花が綺麗な公園を知ってるからエンドリアに見せたいと言い出した。

電車に揺られ、大きな公園に着いた。三人は歩きながら写真を撮った。アジサイ、ユリ、カスミソウ、クチナシ、スターチス、シャクヤク、ラベンダーなどが池を囲むように咲いていてとても綺麗だ。

公園の真ん中にあるカフェに入りアイスコーヒーで喉を潤しながら、花に囲まれたテラスに座り、休息を楽しんだ。

帰りに買い物を済ませ、三人は笑いながら野菜をヘレンに言われた通りに切っていく。あとはヘレンが料理していく。

食卓には鮭の味噌バターホイル焼きが香ばしい香りを漂わせた。玉ねぎ、鮭、ニンジン、しめじ、ほうれん草も入っていて、ごはんが進む。優しい味の卵スープと共にエンドリアは夢中で食べた。

こんな楽しい食事はいいなと思った。

「ルナ、毎日美味しいごはん食べられていいな～」

ルナは目を輝かせながらごはんを食べていた。

食べ終わり、リビングで会話を楽しみゆっくりした。順番にシャワーを浴びて三人で寝ることにした。

翌日、少し寝坊してリビングに向かうとルナが起きていた。

「おはよー、エンドリア。よく眠れたか？」

「うん、ぐっすり眠れた。ルナ、洗面所借りてもいい？」

「うん、いいよ。タオル持ってくるよ」

洗面所で一通りのことを済ませ、持参した服に着替えてリビングに戻ると、ヘレンも起きていた。昨日のお礼にエンドリアがフレンチトーストを作り、冷蔵庫にあったヨーグルトをテーブルに並べた。美味しいとヘレンは言ってくれた。

食後はルナがコーヒーを淹れた。目覚めにちょうどいい。三人は家を出てエンドリアの家に向かう。家に着きルナとヘレンは鞄を置き、庭のベンチに座った。バーベキューの話で三人は盛り上がっているとレオからメールが来た。

「午後からボウリング行くけど来ない？」

昼は簡単なサンドイッチをヘレンが作ってくれた。天気も良いので外で食べた。ハムや卵、チーズに野菜を挟んだサンドイッチは色鮮やかでどれも美味しい。

昼食を済ませ三人はボウリング場に向かった。レオが手を振る待ち合わせ場所に着いた。残りのメンバーは現地で集合することになっている。ボウリング場に着き、ローガンとオスティンに会った。中にはカーターとイーソンがいるみたいだ。さて楽しいボウリングになりそうな予感がヘレンはしていた。受付で靴を借り、ヘレンがチーム分けをした。ルナ、イーソン、ヘレン、ローガン対、エンドリア、カーター、オスティン、レオとなった。八人の熱い戦いが始まった。ボールを選びに行き、レーンの席に座った。掲示板に名前が載り、早速ルナとエンドリアは一〇本のピン目がけて投げた。ルナは一本を残し、エンドリアはストライクだ。

「エンドリア、ナイス」

「ルナ、どんまい」

拍手で迎えられハイタッチした。次はイーソンとカーターだ。二人は投げた。イーソンは二本を残しカーターは三本残した。次はヘレンとオスティンだ。二人は投げた。ヘレンは二本残しオスティンは一本を残した。

最後にローガンとレオだ。ローガンはかっこよく投げようとしたが転んでしまい、ボールはそのままガーターになった。みんなは大笑いをして「イイ作戦だ」「ローガン、いい腕だぞ」「その調子」と言われる始末だ。

当の本人は気にも留めず、爽やかな笑顔がさらに笑いを誘った。レオも笑いを抑えて集中して投げた。ストライクだ。なぜか大型テレビにローガンが転んだ映像が流され、大笑いになった。

ゲームは進み、エンドリアのチームが勝った。ヘレンとオスティンが飲み物とポップコーンを買ってきて八人は会話をした。休日はこんな過ごしかたも素敵だと、皆が感じていた。

エンドリアとルナにヘレンは、オスティンのことをよく知らなかった。もちろん興味はある。彼はヘレンが気になるみたいだ。

すっかり時間も経ち、それぞれの家に帰ることにした。オスティンに夕食を一緒にと誘われ、エンドリアとルナにヘレンは笑顔で答えた。ヘレンはどことなく嬉しそうだった。

歩いていたら見覚えのある店に着いた。

「ここのロールキャベツが絶品なんだ」

と言うイーソンにエンドリアは来たことがあることを伝えた。とても喜んでいた。中に入り、席に案内された。オスティンの横にヘレンが座った。相変わらずカップルや女性客で賑わっていた。四人はもちろんロールキャベツを頼んだ。素敵なお店だなとルナとヘレンは言った。

もちろん味も保証しますよとエンドリアは鼻が高い。

料理が運ばれてきて、ロールキャベツを一口大に切り、食べた。この間食べた優しい味だ。

とても美味しいとオスティンは微笑んでロールキャベツを食べた。食後のドリンクを飲みながらヘレンが切り出した。

「オスティンのご両親はご健在ですか？　私の両親は小さい頃亡くなったの。辛かったら話さなくていいよ」

「母は病気で亡くなった。父は政治家で昔はとても優しかった。今は公爵のそばで大臣を任せられている。昔の僕は父のように政治家を志していたけど、公爵が現れ、国を支配して多くの人が血を流すのが許せなくなった」

エンドリアがそっと聞いた。

「どうして、ここに来たの？」

「一〇歳の頃、同い年の友達が反逆した両親を殺され、その子は捕まり、行方がわからなくなった。もちろん父にも頼んだけど、反逆の罪に問われる恐れもあるから手を貸せなかった。その頃に『ここには偽りの平和があるだけで本当の平和がない』と思い、グランド・アビエーション・スクールに通うため勉強や剣術を習い始めた。僕一人は小さい存在かもしれないけど、強い意志を持つ戦士になると決意をした」

三人は真剣に耳を傾けていた。

「だけど、ここに来て正解だった。頼もしい仲間に巡り合い、毎日が充実している」

「話してくれてありがとう」

ヘレンの言葉は優しく包み込む温かさがあった。

店を出てオスティンと別れた。ルナとヘレンはエンドリアの家に泊まるので三人で帰った。家に着き、リビングに案内した。冷蔵庫からレモンジュースを出し、ルナとヘレンにコップとストローを渡した。レモンジュースには蜂蜜が入っているので甘くて美味しい。オスティンの話が気になっていた。少し重苦しい雰囲気だ。ヘレンが悩んでいた。

もちろんエンドリアも考えていた。大きな力を使い支配する公爵やそれに関わる人たち。もう頭の中が整理できない

「もし、エンドリアが公爵相手に戦いを挑んだら勝てる望みはある？」

「今は戦えないかな。もう少し時間が必要だよ。ライアン公爵が必死に対話を重ねて休戦協定が結ばれているんだよ」

ヘレンも同感の様子だ。

「それと、戦うには多くの仲間が必要。公爵だけではなく他にも爵位を持つ存在がいて、より力を持っている者もいる。今は正確な情報をライアン公爵の仲間が集めている」

ヘレンが口を開く。

「今は学業に専念しないと。まだ早い気がする。いつかはわからないけど大きな風が吹き、私たちみたいな同志が現れて正しい道が開ける時がきっと来るわ」

ヘレンもライアン公爵と同じ見方をしている。今は目の前にある目標に向かいやり遂げるしかない。自然と心が落ち着いた。もう迷う必要はない。突き進むのみ。エンドリアは

固く拳を握りしめた。

翌朝ルナとヘレンは帰る準備をしていた。二人と仲良くなれてよかった。

エンドリアは大きく手を振り、ルナとヘレンに別れを言った。

午後になり運動しやすい洋服に着替えた。警棒を持ち、空き地で素振りをした。基礎の構えから応用までの動作を確認した。警棒が光り輝きエンドリアの体の一部となった。

その頃、ローガンとイーソンは木刀で素振りをして汗を流していた。毎日練習していたので体が自然と動く。汗をかいた二人はペットボトルの水を飲んだ。

「イーソン、付き合ってもらってありがとうな」

「遠慮はいらない。俺も練習したかったから」

ローガンはタバコを出しライターで火を点けた。満足そうにタバコを吸った。

「しかし、エンドリアの力は底が見えない。どこまで強いんだ」

レオはニコラス整備工場の倉庫から戦闘機を出し、滑走路に向かい管制塔の指示を無線で聞いた。離陸の時速は約二〇〇キロ。戦闘機が瞬く間に空に向かい、飛んだ。

レオは安全を確かめながら、空とレーダーを見つめた。心行くまま飛行を楽しんだ。今、できることを懸命に学び、真の心を磨き上げれば未来は自分の手で変えることができる。

そんな思いを抱いて今を生きていく。

海へ行く

エンドリアは夜の静寂の中、テラスで目を閉じて深呼吸してトランスフォーメーションの力を引き出し、銀色に輝いた。不思議な感覚が体に伝わる。目を開け、リトーを呼び出した。透明な鳥が目の前に現れ、穏やかな空気を作ってくれた。不穏な世の中だけどリトーは正しい道に導いてくれる。

部屋に戻り冷蔵庫からレモンジュースを出して飲んだ。ソファーに座りのんびりした。ここまでの楽しい出来事を思い出していた。

次の日は早く起きた。いつもと変わらない朝の風景だ。朝の散歩をして、昼ごはんを作り食べた。午後は出かける予定だったので、ラフな格好にした。

ショッピングモールがセールをしていたので寄り道して買い物を楽しんだ。似合いそうなワンピースを見つけて買ってしまった。

昨日調べたお目当ての雑貨屋に着いて店内を歩いた。可愛い縫いぐるみがある。ルナが見たら大はしゃぎするだろう。写真に収めた。いろいろ見て使えそうなアイテムをゲットした。

とても気分が良く、体も軽く、それに天気もいい。カフェに寄りアイスコーヒーを頼んだ。町中の楽しく過ごしている家族や恋人を眺めるのが大好きだ。こんな日常が普通なのに。いろいろな悩みを抱える友達がいて必死に立ち向かっている。その勇気に元気をもらえた。

帰りはいつものコースで食材の買い物をして家に着き、夕食の準備をした。エンドリアはきっとこの先もっと素晴らしい出会いがある予感がした。休みも残すところ二日になった。

図書館で勉強会をする三人の端末が一斉にメールを受信した。

三人のお姫様、私もこの休みを満喫しています。お姫様方が日々綺麗になっていく姿を間近で拝見できて楽しくてたまりません。この先、どんな大人に成長するのか楽しみです。

さて早速本題に入ります。明日、海にいこうと考えました。最後の日にバカンスを海で過ごしましょう。思い出作りはとても大切です。ちなみに男子は全員参加ですよ。

もし企画に文句があるなら遠慮なくお申し付けください。返信楽しみにしています。

ダニエル・ローガン

大爆笑。周りを気にせず三人は図書館で大笑いした。さすがに居心地が悪くなり外に出た。三人はメールの内容を読み直した。

「ローガンの野郎、けしからん内容だけど笑えた」

「あいつ、こういうの得意そうだよ」

ヘレンはお姫様扱いを密かに喜んだ。だって私は可愛いもん。

三人は公園を歩き、カフェでアイスティーを飲みながらローガンに返事した。

Re：三人のお姫様
　メール読ませていただきました。とてもユニークな文章で驚きました。
愛情たっぷりのローガンが素敵な大人に見えます。私たちもお姫様に相応しい大人を目指しています。明日を楽しみにしています。
　ジュリアート・ルナ　※三人の写真付き

返信。三人は寄り添いメールを見届けたローガンはメールを見てガッツポーズをした。勢いのあまり足を机にぶつけた。とりあえずすぐに返信。

Re：Re：三人のお姫様
　メールありがとうございます。全力でこのイベントを成功させます。
　　お姫様を守る会　会長　ダニエル・ローガン

　すぐにメールが来た。

「お姫様を守る会って何？　笑えるんだけど」

「何。会長って。キモイんですけど」

　三人はメールを読み返し笑い続けた。ローガンは早速男子にこのことをメールで報告した。ヘレンが水着を買いに行こうと提案し、ネットで近辺の店を調べた。インポートものを取り扱うお店が三軒あった。

　近くの店から攻めることにして三人は店へ向かう。店内は大人気。お洒落上級者向けで着るにはハードルが高いデザインも多い。

（ハイレグ水着。ワンピース型やビスチェビキニにフリルショルダーが可愛いもの。オフショルダービキニ。うーん悩むな。肌の露出は控えめに）

（ワンショルダービキニ。いいな。ふむふむ）

（三角ビキニは駄目だー。男子が気絶するよ。ワンピース水着は無難）

　三人は真剣に悩んでいた。椅子に座り、今まで見た水着を復習した。三人の意見は一致した。ここで買おう。

フリルショルダーが可愛いワンピース水着。おそろいの色違いで揃えて、双子コーデならぬ三姉妹風。

「いいじゃん。似合う。似合う。可愛い」

少女たちを見ていた店員さんは水着のサイズを調べてくれた。可愛いサンダルと帽子も忘れずに。

「任務完了」

三人は袋を持ち、明日の準備に余念がない。近くの店で日焼け止めと可愛いバスタオルを買い、時間も遅くなり家に帰ることにした。

「楽しみだな。明日の海」

三人は明日のイベントを待ちきれない様子で家に着き、夕飯は簡単なパスタを作り食べた。

明日の用意。ビーチバッグに水着にビーチサンダルにバスタオルと、念のため羽織るものも入れた。

翌朝、鏡に向かいポニーテールを結った。ショートパンツに大きめのTシャツを着て待ち合わせ場所に向かった。

「おはよー、エンドリア」

待ち合わせ場所にはすでにルナとヘレン、男子たちも全員お揃いの様子だ。

「お姫様。おはようございます。今日は何なりとお申し付けください。何でも叶えます」

ローガンの白い歯がキラリと眩しい。エンドリアとルナとヘレンは大笑いした。この大袈裟なリアクションはしばらく続きそうだ。

駅で電車に乗り、目的地の海に着いた。白い砂浜に青い海。解放された感じがいい。ロッカーのある海の店に案内したのはレオだった。この会はどうも役割が与えられているみたいだ。ロッカーに貴重品を入れ、水着に着替えた。三人は初めて着る水着を鏡で見て予想以上に似合うことに驚いた。

海に行くと、レジャーシートにビーチチェアとパラソルが用意されていた。三人は座って、日焼け止めを塗って紫外線から守る。飲み物まで用意され、お姫様気分。

イーソンはCDプレーヤーを出し、海にピッタリのセレクトした気分が上がるメドレーを流した。

オスティンがカメラ担当らしい。

エンドリアとルナとヘレンは浅瀬で遊び始めた。なんとも絵になる光景だ、と男子たちは横目で追った。

さて男子はビーチバレーを始めた。審判はレオで、ローガンとイーソン対カーターとオスティンでなかなか盛り上がっている。ローガンのアタックが何発も決まった。本人は喜びを体で表現していた。カーターが悔しそうに吐き捨てた。

「まだまだ、始まったばかりだローガン。調子に乗るなよ」

エンドリアとルナとヘレンはビーチバレーを見物した。

「イーソンにオスティン頑張れ」

三人の声援にローガンとカーターが「俺の名前がないぞ」と悲しそうな眼をしていた。ラリーが続いたがローガンがまたしてもアタックをして、試合は一方的有利になったところで、レオに選手交代を伝えた。カーターに代わりエンドリアが参加した。イーソンがサーブを打ち、エンドリアが絶妙なレシーブ、イーソンがトスをしてエンドリアは思いっきりボールをアタックし、ローガンはそれを防ごうとジャンプしたが、ボールが速すぎて顔面に当たってしまい、そのまま倒れた。

「ナイスブロック、さすがはローガン。気迫が伝わったよ」

ローガンはよろめいて倒れ、なんとか立ち上がった
「これもお姫様のためを思ってしたことだ。なんともない」

エンドリアは謝り、「ローガン、顔、真っ赤だよ」と言った。

言うまでもなく、この瞬間はカメラに収められている。ヘレンが氷をもらってきてローガンは顔を冷やすことになった。相変わらずこの男は何かをしてくれる。ローガンは顔に

氷を当てながらタバコを吸いに行った。

レオとカーター以外のみんなは気持ちの良い海に泳ぎに行き、お昼になり浜に戻った。

レオとカーターが昼食のハンバーガーを買いに行き、袋を持ち、戻ってきた。

「人気ある店で、並んだけど美味しいよ。食べたことがあるから間違いない」

レオはそう言って、まずはお姫様たちにハンバーガーとポテトフライを渡した。飲み物もカロリー低めのペットボトルを買ってきた。

「ありがとう。皆様。美味しくいただかせてもらうわね」

「う〜ん。美味しいね。バンズとパティの具もいい。手作りハンバーグの味にチーズが合う」

「もちろんカロリー控えめだよ」

「よく考えましたね。レオ、学習したね」

レオはホッとして自分のハンバーガーを食べた。ポテトも細くカリッと揚げたてで美味しかった。

ローガンはやはりビールを飲んでハンバーガーを食べていた。

「海を見ながら飲むビール最高!!」

食べ終わり、片付けはイーソンとオスティンがしてくれた。お姫様を守る会会長のローガンはビールを飲み、満足していた。

ビーチチェアをリクライニングした。エンドリアとルナとヘレンが「ローガン会長、気分は最高だよ」と言うと、ローガンはビールで乾杯のポーズを取った。

三人はローガンに指示し写真を撮るよう命じたが、会長は動かない。指示を出しイーソンに写真を撮らせた。本人はタバコを吸いに消えた。ルナがイーソンに、

「おい、大丈夫かよ。あいつほとんど動いてないぞ」

「気にするな、こうなることも考えて俺たちが動いているんだ。一応、年上じゃん。自分で名前をつけた『三人のお姫様を守る会』がえらく気に入ったみたいで、あいつがやりたいように俺らがサポートすればうまくいきそうだし、ローガン以外はみんなわかっているよ。一応名ばかりの会長だしな」

三人は大笑いした。

「みんな優しいんだね」

「仲間だもん」

もういいから写真撮るよ。は～いと返事した。ヘレンが隙を見てイーソンとルナの写真を撮った。恥ずかしそうな二人の写真が撮れてヘレンは喜んだ。ローガン会長不在で写真は次々と撮られた。

「レオ、一緒に撮ろうよ」とエンドリアが言い、二人はカメラに向けてポーズを取った。

カーターもなんとかヘレンと仲の良い（？）写真を撮ってもらった。

さてエンドリアはカメラを持ち、オスティンとヘレンの写真を撮った。なんかお似合いじゃんと呟いた。

ローガン会長がビールを片手に持ち、戻ってきた。先ほどと変わらない光景に戻っていて、本人は気づいていない。

一息ついたエンドリアはゆっくり座りながら目を閉じて波の音を楽しんだ。ヘレンがルナとエンドリアの足をくすぐった。二人は笑い声を立ててヘレンのお腹をいたずらした。男子たちは海へ行き、三人はローガンに砂風呂にしてもらい気持ちのいい汗をかいて海で冷やした。夕暮れまで遊び、冷たいシャワーが気持ちよかった。着替えも終わり、海で記念撮影。

この写真は大切な思い出の一ページになった。

「明日から学校だぞ。みんな遅刻するなよな」とまだ会長気分の抜けないローガンが言って解散となった。

途中でロールキャベツを食べに行きたい誘惑を振り払い、エンドリアは家に着いた。夕食はたっぷり野菜のチャプチェ。玉ねぎ、ニンジン、しいたけ、ニラを切り、フライパンに水を入れて調味料を混ぜ、春雨を入れて次に野菜を入れ、最後にニラを入れかき混ぜた。

副菜は、クリーミーかぼちゃサラダ。甘くてホクホクのかぼちゃをシンプルにマヨネーズで和えたサラダ。多く作って明日の朝のごはんにする。

早速テーブルに座り、食べた。我ながら美味しい。昼はハンバーガーを食べたので夕食にはカロリーはかなり低めで、ちょうど良い。美味しくいただいた。

学校へ行く準備も終わり、ソファーでゆっくりした。写真を見ながら「楽しかったな～」と声を出した。海に入ったせいか眠くなり、ベッドに入った。シャワーは朝にしようと眠りについた。

剣士との手合わせ

新学期。朝は早めに起きてシャワーを浴び、ドライヤーで髪を乾かし整えた。昨日の夕食の残りを食べて、制服に着替えて学校に向かった。

途中でオスティンと会い、ヘレンのことを聞いたら顔が赤くなっていた。駄目押しに二人の写真を見せた。オスティンがヘレンを気にし始めたのはこの頃だ。ローガンはいつもより気合が入っていた。体が朝練を要求しているみたいだ。

着替えて道場で朝練をした。久しぶりなのに息を乱す者はいなかった。

午前中の学科も終わり、学食に向かった。いつもの顔ぶれだ。日替わり定食を食べ終わり教室に戻ったら、校内放送が鳴り響いた。

「ソフィア・エンドリアは至急ブレイク・ジョージ先生の部屋に来てください」

部屋のドアをノックして名前を言い、入った。

「やあ。エンドリア、突然申し訳ない」

ソファーに座り、話を聞くことになった。

「生徒の成長率が格段に上がった。これも朝と午後の剣術の基礎の練習の成果だ。改めて礼を言う。ここから実戦に近い練習も入れようと思う。ギドラインでは、世界各地から剣術の戦士が集まるイベントがある。そこに生徒を参加させることにした。エンドリアからみんなに話した方が、よりやる気も起きる」

「賛成です。基礎を学んでいるみんなは普通の兵士より強いです。早いうちから実践の経験を積めば、応用の幅が広くなり、今まで学んだ基礎が生かされます」

「私も同感だ。ありがとう」

部屋を出て教室に戻ったエンドリアをみんなが取り囲んだ。

「最初に言うよ。みんなが真面目に基礎の練習をして力が予想以上についたと思う。ジョージ先生も同じことを言った。これからは、基礎の練習もして、外で実戦に近い訓練もすることになったの。大丈夫、自信を持ってね」

「よし、みんな、今までの成果を見せてやろうぜ」

とローガンが言い、みんなもやる気になった。

午後の最後の授業は道場で基礎の練習をしてから、車を走らせて全員で剣士が集まる場所に行った。

中は広く、多くの剣士が腕を磨いている。ジョージ先生は受付を済ませ、一人の二〇代の戦士に声をかけ、実戦に近い剣術を教えてほしいとお願いをした。青年は大丈夫ですよと答えた。道場に入り、木刀が渡された。

ヘレンが初めに戦い、善戦したが相手は現役の戦士で、守るのに精一杯だった。時間切れになり勝敗はつかなかった。

ルナも防戦一方で、次から次へと木刀が襲いかかるが時間切れだ。

次にレオとイーソンにオスティンも同じ結果だった。みんな汗を流していたが息は乱れていない。

エンドリアの番になり、みんなのお手本になるよう心がけた。相手の攻撃を巧みに木刀で防御していく。特に力も入れず、相手の隙を見て攻撃を見せた。そこから木刀で相手の手を狙うと見せかけて、力を入れて脇腹に木刀が入り、終わった。

全員が集中して見ていた。「負けました。強いですね」と言い、剣士は汗を拭き、息を切らして立ち去った。エンドリアは、

「防御は最大の攻撃準備。相手が攻撃してくれば、その攻撃の癖とか特徴がわかり、次の反撃に繋がるの。戦い方はいろいろあるけど、初めて戦う相手には有利」

ジョージ先生が次に連れてきた人は傭兵のような人だ。カーターとの闘いが始まった。冷静に防御していき、相手の癖を見て攻撃に出たが、かわされた。

なんとか善戦したが時間切れになった。相手は数秒で決着がつかなかったことを悔しがる。

次のローガンは集中して、次々に木刀が襲いかかるが動じなかった。攻撃したところに隙があるのに気づき、木刀を打ち、相手が怯んだ。今度はローガンが攻撃の手を休めず相手の肩に木刀を当てて終わった。相手は息も乱れ、汗が止まらない。ローガンは集中できていた。相手の攻撃をかわし、反撃を狙っていた。最初にしては上出来だ。

剣士たちとの手合わせはこれで終わった。ジョージ先生も満足した様子だ。

「これからは、実戦に近い戦いも覚えていき、同時に基礎訓練もする。週二回は外での稽古をする。大変だと思うが、ここでの勉強は他の剣術の練習より何倍も力がつくと考えなさい。今日の戦いは録画しているから、あとでみんなに動画を渡すのでよく見ておくように」

学校に戻り更衣室で制服に着替え、教室に行った。戻った一同は自分の映像を真剣に見ていた。エンドリアはみんなにさよならを言い、教室を後にした。

大丈夫、この経験はこの先必ず役に立つ。

翌日も重力訓練用の遠心機の練習をした。徐々に体も慣れ、Gに対応できるようになった。学科も最初と比べると理解が早くなり、エンドリアは適切なアドバイスをくれたヘレンに感謝した。

問題は射撃の授業だったが、何度も練習していくうちに的に当たる回数も増えてきた。

飛行実習はドッグファイトから始まり、ピーター先生とレオが敵機役で空中戦が行われた。近接戦闘では相手を追尾する態勢が有利で、敵機を早く見つけレーダーで追跡し捕獲する練習を何度もした。

休みの日はレオの家で整備を手伝う日々が続き、エンドリアは人並みに整備ができるようになった。

一六歳の誕生日

「忘れてた、九月二五日は私の誕生日だ。一六歳になるよ」

エンドリアは学校の帰りに気づいた。特に予定らしいこともなく、考え込んだ。去年はソフィアでお誕生日会をしてくれた。ルナとヘレンに会い、近くのジュースがテイクアウトできる店へ行った。人気らしく賑わっている。三人は無糖のアイスティーを選んだ。近くのベンチに座り、紅茶を飲んだ。

「爽やかな香りがして豊かな旨味、クセのないすっきりとした後味で美味しい」

エンドリアは言い、ルナとヘレンはたまに帰りに寄るのだと話した。

「ねえエンドリア、お誕生日会しようよ」

エンドリアは照れて下を向き、頷いた。あまりにも直球で心の準備もできていなかったので驚いた。ルナとヘレンは様子を見ながら優しく言った。

「私たち友達だよね」

二人の温かい言葉が胸に突き刺さった。頬に涙が零れた。

「うん、大切な友達だよ」

小さく声を出した。無糖のアイスティーを飲み、心を落ち着かせた。

「ありがとう。楽しみにしてるね。ルナ、ヘレン」

「任せて。エンドリアの家でやることにしたから、部屋綺麗にしてね」

ヘレンは言い、三人は笑った。ルナとヘレンと別れ、家に帰った。誕生日は日曜日だ。念入りにお掃除するぞ。

翌日の土曜日は大忙しだ。洗濯をして、リビングのお掃除をしてキッチン周りと食器も綺麗に磨いた。やばい、もう昼だ。エンドリアは朝ごはんも食べずに掃除に集中していたのだ。

胃袋が凄く怒っている。ロールキャベツを食べたい。体は軽く、歩くテンポも速かった。お店に着き、人気のロールキャベツを食べた。いつもと変わらない味がとても美味しい。通いたくなる理由がわかる。土曜日なので比較的人が多い。

少し街を歩き、ショップ巡りを満喫した。途中でアイスコーヒーを買い、可愛い椅子に座り、街中の人を観察した。

「楽しそう」

さて、明日はお誕生日会だ。家に帰る途中に買い物を済ませて帰った。

翌日の午後、ルナとヘレンとが荷物を抱えて訪れた。荷物をリビングに置き、ルナとヘレンはキッチンを占領した。

「誕生日なんだから、今日の手伝いは無用だ、エンドリア」

エンドリアは恐縮してリビングからキッチンを何度ものぞき見た。ヘレンは相変わらず手早く料理していき、ルナに指示を出したりした。気になるな。

時間は経過して次々とテーブルに料理が運ばれた。

「うわ～凄い料理だ」

ヘレンがわざとらしく咳払いをする。

「コホン。本日のメニューはローストビーフ、ズッキーニのカルパッチョ、生トウモロコシとじゃがいもの冷製スープ、バゲットはどれにも合うから」

「それでは、エンドリア、一六歳のお誕生日おめでとう」

クラッカーが鳴った。

「ありがとう、ルナ、ヘレン」

「さあ、食おうぜ」

エンドリアはローストビーフを一口食べた。

「美味しい。ジューシーでとても柔らかい。ソースも滅茶苦茶合うよ」

「ありがとうございます」

次にズッキーニのカルパッチョを食べた。生ハムとチーズにレモンがかかっている。バケットと一緒に食べた。これも美味しい。

気になる生トウモロコシとじゃがいもの冷製スープは、なめらかなスープにオニオンチップとオリーブオイルの風味が利いている。ルナは夢中で食べていた。

「ヘレンの料理は一流のレストランで食べるより美味しい」

どれも美味しくいただいた。ルナとヘレンは食べ終わった料理を片付けた。

お楽しみのデコレーションケーキにロウソクを一六本立てた。部屋の電気を消して、火を灯す。みんなで「ハッピーバースデー」を歌う。

「エンドリア火を消してー」

「フーーーー」

すっかり火が消えたことを確認し、電気をつけた。ヘレンがデコレーションケーキを切って皿にのせ、エンドリアに渡した。

「私たちより早い一六歳おめでとー」

「ありがとう、照れますね」

「これ、誕生日プレゼント。私とルナの二つ。開けていいよ」

可愛く包装された箱を開けた。

「うわ〜。欲しかったリップクリームだ。今まで買うのに悩んでいたんだ。あ〜これも良い。ロングTだ。本当にありがとうね」

「ロングTはオレたちとお揃いだ」

ルナが「そろそろ来る頃かな」と言って、エイドリアを驚かせた。

イーソンとオスティンが玄関のチャイムを鳴らした。エンドリアはドアを開けた。

「ドアの前で緊張したよ。エンドリア誕生日おめでとう。これみんなからの誕生日プレゼント」

「ありがとう。みんなによろしく伝えてね。ルナとヘレンもいるから上がって」

二人は家に上がり、ルナとヘレンに挨拶した。ヘレンが開口一番。

「二人ともごはんまだでしょう？」

「……」

「任せて、簡単なもの作るから。エンドリア、キッチンと冷蔵庫の中身を少しもらいますね」

またドアのチャイムが鳴った。今度は何だろう。荷物の宅配だった。差出人はライアン公爵。きっと誕生祝いの贈り物だ。これはあとで開けることにしてエンドリアはリビングに戻り、三人とお喋りした。ヘレンの料理が出来上がった。

「キャベツとベーコンのパスタとコンソメスープを作ったから食べて」

二人はお腹が空いていたみたいで感想も言わず夢中で食べた。エンドリアは冷蔵庫から人数分レモンジュースを用意した。

せき込むオスティンにレモンジュースを差し出した。これではレオと同じではないかと笑った。

ちょうどいい。帰りは四人で帰らせればそれぞれ進展するかもしれない。とエンドリアは企んだ。

「本当に、今日は本当にありがとうね。最高の誕生日を迎えられた。プレゼントもありがとう。心からお礼を言います」

最後にみんなで写真を撮った。四人は明日学校でと挨拶して家を出た。

家を出て四人は駅まで歩いた。ヘレンが「まだ、時間もあるからカフェでも寄っていかない？」と提案した。

店に入り席に座り、アイスコーヒーを頼んだ。エンドリアの誕生祝いが成功して四人は喜んでいた。

「もうここの学校に来て六ヵ月経った。いろいろあったな。最初は雰囲気悪かった。どうなることやら心配だったけど、ルナとヘレンがサポートしてくれて、いつの間にかバーベキューやボウリングに海まで行く仲の良い仲間になった」

イーソンがしみじみ語るとオスティンも続ける。

「レオの存在も大きいぞ。かなりのムードメーカーだよ」

ルナとヘレンは頷き、話を聞いていた。ルナは、「イーソンやオスティンも面倒見いいぜ。あのローガンをコントロールできている。ドジは治りそうにないけどな」と言った。

「カーターもなんだかんだ協力的だし、意外とうまくやってるよ」

「そういえば、最近ライブハウスに行ってないな。今度四人で行こうよ」

二人は頷き、内心はとても喜んでいた。四人は今までのことを話しながら、時折笑い声も聞こえた。この素敵な時間は四人のものだ。

その頃エンドリアは、男子からのプレゼントを開けていた。箱には可愛いポーチや入浴剤とハンカチが三枚入っていた。こんなセンスいいのを選ぶのは、もしやローガンかな。みんなに明日お礼を言おう。

ライアンおじ様からのプレゼントを開けた。中身は茶色いダッフルコートだ。手紙も入っていた。

エンドリア、一六歳の誕生日おめでとう。私たち仲間からのプレゼントを贈ります。少し早いけどコートを選びました。制服に似合うといいね。スクールライフを十分楽しんでください。

エンドリアはコートを着て鏡を見た。

とても似合う。喜んだあと、丁寧にクローゼットにしまった。最高の気分だ。

翌朝、登校の途中にローガンに会うと、彼はニヤリとした。

「エンドリア、誕生日おめでとう。どうだった？　俺様が選んだプレゼント。その顔でわかるぞ」

と言い、ガッツポーズをして喜んだ。彼は格好つけようとして余計な一言が多い。

「まあ、ありがとうございます。どれも素敵でした」

するとローガンはさらに声を出して喜んだ。

「早くしな、朝練でしょ」

教室でみんなに会って誕生日のお礼を言った。朝練が終わり、学科の授業も終わり、今日も立ち合いの練習に外出した。もう、負けることも減り、その上達ぶりは対戦相手がいなくなるほどだった。

今日の相手も戦場で活躍している剣士だ。ヘレンから始まり、剣士が木刀で体の正面を切りに行ったが木刀でかわし、体を側転させ、相手の脇腹に木刀が命中した。

ルナは間合いを取り、打ち合いをした隙に蹴りを入れ、体勢を崩したのを見逃さず木刀を体の正面で止めた。戦士は参りましたと言い、この場を離れた。

次の戦士は、ここに来て間もないが力試しにやって来たという。次はレオだ。お互い間合いを取り、レオの間合いに入り、木刀を振った。レオは木刀で跳ね返し、腹に木刀を振った。相手は倒れた。

「まだまだ、次お願いします」

イーソンはゆっくりと相手を見ながら集中し、一撃で相手の膝に木刀を打った。オステインも今までの立ち合いを見ていたので、木刀を下げ、相手の出方を見た。木刀を振り下ろしたと同時に背後に回り、背中を木刀で軽く叩いた。ジョージ先生は、みんなの成長はエンドリアが教えた基礎を毎日練習したからだと確信した。

さて最後はカーターとローガンだ。相手はここの戦士の中でも強者だ。カーターは足払いをされても体勢は崩れない。蹴りも入れられたが簡単にガードして、この隙に相手が木刀を振り続けたが、すべて木刀で跳ね返した。

相手の集中力が切れたのを見逃さずに素早く木刀を振り下ろし、木刀を振り落とした。戦士は負けを認めて立ち去った。見物人が集まってきていた。

ローガンは対戦相手を探した。一人の紳士らしい人物が現れた。スーツを脱ぎネクタイを外した。

ローガンは相手の気配が見えず間合いを取った。紳士は片手でローガンの間合いに入り、木刀を素早く振り抜き、ローガンは木刀でかわした。攻撃の手は緩めずローガンは防御した。ついに紳士は本気を出し、スピードを上げて両手で木刀を振り抜く。瞬間、ローガンはニヤリと笑った。この時を待っていた。

ローガンの振り抜くスピードの方が速かった。相手の手首の手前で止めた。紳士は敬意を込めて礼をした。ジョージ先生は紳士にお礼を言った。

グランド・アビエーション・スクールの一年生はここでは有名になっていた。ジョージ先生はみんなと握手をしてここを出た。生徒は教室に集まり、かけ声を出し喜び合った。

エンドリアは感慨深げだ。

「本当にみんな強くなったね。嬉しくて気持ちが高ぶっているよ。今日は帰りに何か食べに行かない？　レオ、場所任せるから決めてね」

「任せてくれ、今日はステーキにするぞ」

その頃ジョージ先生は、二年担当の剣術講師フォスター・アッシャーの部屋に向かっていた。中にはピーター先生と二年生の担当教官のワイアット・トーイとダグラス・ヨハン学長が揃っていた。

「今日はありがとうございました。一年生もエンドリアをはじめ強くなりました」

「いやいや先生のご指導がよかった。見事でした。あの若者のローガンは基礎がしっかりできている」

讃えるジョージにダグラス・ヨハン学長も続く。

「思ったより早く強くなりましたね。それでは次のプログラムに移りましょうか。アッシャー先生お願いします」

「ご承知だと思いますが今年の二年生は最強の戦士が揃っています。ただ大きな問題を抱えています。二つの派閥に分かれ、互いに仲良くする気がありません。三年の生徒を簡単に倒しています。今のままだとお互いの血を流すことになるでしょう」

先生は二年生のプロフィールを真剣に見ていた。強さは申し分ない。飛行実習も見事だ。諍いは、この先間違った道を進む恐れがある。

「やはりここはエンドリアの能力に頼るしかないかもしれない。どうですかジョージ先生」

「今の一年生は、エンドリアのおかげで基礎を学び、強くなりました。それとそれぞれの個性をみんなが尊重しています。仲も良く、この間は全員で海に行ったそうですよ」

「いいね、スクールライフを満喫している様子だ。今大事にすることは、仲間と共にグランド・アビエーションを卒業して正しい道に導くこと。これが我々の役目だ」

「今はライアン公爵が休戦協定を結び、ほんの少しの間、大きな戦争は起きない。時間はそう多くはない」

ピーター先生とジョージ先生は、エンドリアの話をアッシャー先生とワイアット・トーイ先生に伝えた。二人は愕然としばらく言葉も出なかったがアッシャー先生が言った。

「二年生の？　生徒同士顔を合わせることがないように教室が管理されていた理由がわかりました。重要人物ですね。ライアン公爵が慎重に事を進めたんですね。ソフィア家の子孫ということは、あのトランスフォーメーションを操る戦士は本当に存在しているんですね。それを知るのは、ここにいる四人だけですか？」

「もう、エンドリアが仲間に伝えていると考えた方がいい。それは仲間への信頼の証だよ」

フォスター・アッシャー先生は頭を抱えた。ワイアット・トーイ先生が提案した。

「二年生の成績も優秀ですが、ここは私からの提案ですが一年生と二年生が戦う場所を作ってみたらどうですか。エンドリアの存在が化学反応を起こし、いい方向に向かう気がします」

「エンドリア以外の生徒も強いです。私も何度も立ち合いをしていますが、何回も負けています」

フォスター・アッシャー先生はジョージ先生にエンドリアの強さを聞いてみた。

「強すぎる。私など相手にならない。それとライアン公爵も負けている」

あのライアン公爵に勝てるのだったら強すぎる。彼女の存在が、将来戦況を大きく変えるかもしれない。

「ワイアット・トーイ先生の言った通りにしましょう。もしかしたら、この生徒たちが未来を変えるかもしれません」

ダグラス・ヨハン学長が言った。

「私たちの大事な生徒を正しい道に導いてください。きっと素晴らしい未来が来るかもしれません。ここでのスクールライフや仲間の大切さが、いつかは大きな宝物になります」

四人は一年生が仲良く下校する姿を見て、満足げな顔をした。この光景は何度見てもいい。

「忙しくなるけど、これは我々に与えられた最高の仕事です。二年生の生徒も必ず一年生の生徒を見て間違いに気づくと思います」

夕焼けに照らされて力が湧いてきた。

一年の生徒は、レオを先頭に店に向かっていた。もちろんエンドリアとルナとヘレンはお喋りに夢中。ローガンとイーソンは肩を組み、口笛を吹き、カーターとイーソンは今日の出来事を楽しそうに話していた。

レオはすでに店の予約をしていた。さすが食いしん坊レオ。だけど憎めないんだ。

席に着き、ステーキが運ばれてきた。ステーキをナイフで切り、フォークで食べた。ソースにすりおろし玉ねぎとニンニクとレモンが入っていて肉も柔らかくて美味しい。

みんな食べ終わり、食後のアイスティーを飲んだ。

家に帰り、エンドリアは誰もいない家に「ただいま」と声をかけた。

みんなが予想していたより強くなった。間違っていなかったんだ、基礎の練習が剣術を大幅に上達させた。ライアン公爵の教えを伝えられたことに満足した。

ステーキは美味しかったけど、お腹がパンクしそうだ。

ストレッチをしてスクワットとクランチを二〇回三セットして、外を散歩した。効果は表れ胃袋は正常になった。家に戻り、ハーブティーを飲み、落ち着いて、今日の復習と明日の予習をした。そろそろ寝る時間だ。

第三章　上級生たち

一年生ＶＳ二年生

シャワーを浴びて髪をドライヤーで整え、エンドリアは鏡の中の自分に「今日も可愛いぞ」と言った。

二年生の教室ではトーイ先生とアッシャー先生が、「剣術の練習に一年生も混ぜる」と生徒に伝えた。生徒は不服そうだ。

「意味があるか理解に苦しみます」

「強い生徒はいるんですか」

「無駄な時間を過ごしたくない」と教室の雰囲気は悪かった。

二年生のユリアシア・レンドルとマドレーヌ・スカーレットは犬猿の仲だ。

「珍しいね。君が僕のところに来るのは何ヵ月ぶりかな」

厭味ったらしく言うレンドルにスカーレットは答えた。

「喧嘩をするのはいつでもできる。今日来たのは、この一年生を叩きのめして無意味な剣術の練習の相手をせずに済ませるため。お互いの利益のためだ」

「なるほど、僕はこの生徒を泣かせてあげればいいんですね」

「そうだ」

二人の会話は待ち受ける大事件の幕開けだ。

その日は突然やって来た。

剣術の練習も終わり早めに帰宅しようとしたカーターとオスティンが廊下を歩いていると、二人組がカーターとオスティンに木刀を寄越し、勝負を要求した。

カーターとオスティンは悩んだが、断れる雰囲気ではなさそうなので構えた。突きの木刀がオスティンの背中に命中し、体のバランスが崩れたところに正面から木刀が入りオスティンは倒れた。

カーターは間合いを取って構えたが、一人が合気道でカーターを吹き飛ばした。倒れているところに二人は木刀で叩きまくり、カーターも倒れた。

その頃ルナとヘレンは一人の女の子に道を尋ねられて背後から襲われた。二人は反撃したが力尽き、倒れた。

道場にいたレオとローガンとイーソンの前に怪しい男の子が現れ、木刀をレオ目がけて投げた。レオは撃ち返したが木刀は素早く男の子の手に渡り、後ろから来た三人組の一人に蹴りを入れられ、正面から木刀を食らい倒れた。

ローガンとイーソンは間合いを取った。二人は背中合わせで奮闘したが、四人との闘いは一方的に終わり、二人は倒れた。エンドリアは教室で帰る準備をしていた。

ローガンは最後の力を振り絞りfuture attackを唱えて未来へ移動し、男を一撃で倒した。素早く行動を移し、もう一度future attackを使い、小さな男の前に姿を移動したが、その男の木刀が伸びて腹に直撃した。そのまま意識が消えそうになったが、木刀で体を支えた。

「お前らここの生徒だよな、こんな戦いをして楽しいか。フェアじゃねえな、次に会ったら必ずぶちのめすからな」

背後から木刀が襲いかかり、ローガンも倒れた。

エンドリアは更衣室に忘れ物をしたので戻った。ルナがヘレンを肩に抱えながら歩いていた。

「どうしたの、大丈夫？　一体誰が」

「ここの生徒にやられたぜ。力不足だな」

それだけ言い、教室で手当てをしていたらカーターとオスティンも教室に来た。同じく誰かにやられたみたいだ。

エンドリアはルナに手当てを任せて、残りのレオとローガンとイーソンが気になり、教室を出た。道場に行くと三人は立ち上がっていた。

「誰にやられたの、教えて。今から仕返ししてやるから」

ローガンはエンドリアを抑えた。

「今はこの怪我を治すのが優先だ。落ち着けエンドリア、これくらい稽古だと思えばいい」

全員が教室に戻り、手当てをした。先生に言うべきか悩んだ。ヘレンはこのことは穏便に済ませて、態勢を整えようよと言った。みんなも同じ意見だった。

「なんとか立ち上がれそうだ。毎日の朝練と剣術の練習で鍛えられたおかげだよ」

と言い、みんなは笑った。

エンドリアは目頭が熱くなり、窓の外に目を向けた。夕焼けが目にしみた。

エンドリアはルナとヘレンが心配だったので家まで送った。自宅に戻り、怒りが治まらない。そんな時リトーがそっと現れた。リトーを抱きしめて泣いた。

数日後、ピーター先生とジョージ先生が二年生と一年生の剣術の練習を行うみたいだ。場所は外、木刀が用意されるらしい。かなり本格的だ。頭を狙うのは禁止。

昼食後、みんなは外のベンチがある場所に集まった。

「みんな、もう体は大丈夫？　次は集中して、絶対に気を緩めないでね」

「大丈夫。冷静な気分で戦える」

「よろしい、必ず基礎を忘れずにいてね」


その頃、先生たちは二年生の行動に目を光らせていた。もう二度と同じ過ちを起こさないように注意していた。

実戦の日が来た。二年生は二つのグループに分かれていた。

マドレーヌ・スカーレット派は、アクセル・ジェーン、アベラルド・ジャック、サイラス・レイラの四人。

ユリアシア・レンドル派は、チェルシー・リリー、スチュワート・バージル、アドニス・ライエルの四人。

二年生も合計八人だ。

ローガンがエンドリアに伝えた。

「あいつらが、俺たちを襲った連中だ」

エンドリアは全員の目を見て深呼吸した。

初めにカーターとオスティンが準備した。エンドリアは全員にアドバイスをした。

「怒りに身を任せては駄目。まず呼吸を整えること」

カーターはアベラルド・ジャックとの戦いに備えた。まず間合いを取った。カーターは木刀を収めて蹴りを入れたが当たらない。相手は正面当てをしたがカーターは避けた。木刀を素早く振り、お互い譲らない。

カーターはジャブを入れ、ローキックが入った。肝心の木刀が当たらない。隙を見せてると同時に木刀が入り、引き分けで終わった。

カーターは悔しそうだが、エンドリアは違った見方をした。相手に隙を作らせたことを評価した。

オスティンとアクセル・ジェーンの戦いが始まった。オスティンは防御に専念した。振りかかる木刀を跳ね返した。相手の汗が出た瞬間を見逃さなかった。見事に右肩に当たり、勝った。

マドレーヌ・スカーレットは焦り始めた。一敗一引き分けだ。こんな馬鹿なことがあるのか、甘く見ていた自分を嘆いた。まずい、あいつが見て笑っている。

ユリアシア・レンドルは冷たく言った。

「情けない連中だ。一年生相手に負けるとはお粗末です」

サイラス・レイラは焦っていた。負けられない、スカーレットが恥をかいている。不意を突かれ、レオの一撃でレイラは負けた。よしよし。ナイスだ、レオ。

仲間の拍手でレオは照れていた。これで勝ったのは二人。さあ、エンドリアの出番だ。

エンドリアは構えずマドレーヌ・スカーレットを見ていた。スカーレットはinstructionという命令魔法でタイガーを呼び出した。タイガーがエンドリア目がけて襲いかかったが、簡単に急所を狙い、仕留めた。

「そんな手は私には通用しない。私の大切な友達を傷つけた報いは受けてもらう。謝っても許さない」

スカーレットは驚いた。

（こんな簡単にinstructionを見破られたのは初めてだ。なんだこいつは）

次にinstructionでホーク（鷹）を呼び出した。エンドリアは目を瞑り、ホークも仕留めた。エンドリアはギアを上げた。スカーレットが木刀で振りかかったが相手が見えない。エンドリアは容赦なく木刀を脇腹に入れ、スカーレットは倒れた。エンドリアは顔面で寸止めして勝利を宣言した。

休憩になり、ジョージ先生とアッシャー先生は驚きを隠せなかった。特にアッシャー先生は顔色を変えていた。あのスカーレットを簡単に倒した上に、エンドリアのスピードが速くて見えなかったのだ。

スカーレットは完璧に負けた。冷静に見ても力もスピードも断然違う。笑うしかなかった。

エンドリア率いる一年生は盛り上がっていた。今までの練習の賜物だ。ルナとヘレンは笑顔でエンドリアを抱きしめた。ローガンは水の入ったペットボトルを持ってきた。

「三人のお姫様、お持ちしました」

みんなは笑い、ローガンは不思議そうな顔をした。ジョージ先生は遠くから一年生の成長を温かい眼差しで見ていた。

ユリアシア・レンドルは事細かく指示を出した。

サディストのレンドルに逆らえないらしいリリーは、正座して説教されていた。

「ご主人様の仰せのままに戦います」

まるで主人と従者の会話だ。

スチュワート・バージルとアドニス・ライエルはこの状況はまずいと感じた。あの女の子の存在が目に焼き付いている。手が震えて言葉が出てこない。アッシャー先生は呟いた。さあどうする二年生、このまま生きていけば間違いなく後悔するぞ。

一年生の士気は高まっている。休憩が終わりヘレンとスチュワート・バージルの熾烈な戦いが始まった。ヘレンの気迫は凄かった。

ヘレンは防御から攻撃にシフトを変え、一撃が入り、バージルは倒れた。バージルはよろめいて歩きレンドルの元に向かい、叱られるのを必死に耐えた。

ルナと対戦しているチェルシー・リリーは焦っていた。守りが全然できていない。勝負は簡単についた。ルナは手を上げハイタッチをした。レンドルは怒っていた。目の前で起きている戦いが情けない結果で終わっている。これは全部あの女の子のせいだ。

「僕が勝てば、この学校を支配できる」

ローガンは楽しくて仕方なかった。仲間と共に戦えること、日々練習を積み重ねて苦労したことを思い出していた。

「エンドリア。行ってくるよ」

「うん。心配してない」

アドニス・ライエルもここが正念場だ。負けられない。ローガンはライエルとの距離を取り、様子を見た。ライエルは throw と言い、木刀をライエル目がけて投げた。ローガンは木刀で振り払った。Return でライエルの手に木刀は戻った。

future attack を唱えて未来に飛び、ライエルとの距離は完全に縮まり、間合いに入って木刀を真横に振り抜き、膝に当てた。ライエルは膝を落とし崩れ落ちた。

「強くなったな。ローガン」

完全に相手の弱点を見抜き、間合いに入るところは彼の特技だ。

ユリアシア・レンドルの出番だ。背丈は子供のようで無邪気な顔をしているが、異様なオーラを持っていた。イーソンは防御に集中しようと考えた。戦いの幕が上がった。

レンドルはラグゼルドを唱えた。近くにある物体を猛スピードで動かし、イーソンに当たり、倒れた。

「僕は手を使わず戦うこともできるんだ。君は僕の相手に相応しくないね」とレンドルが笑った。

ルナとヘレンはイーソンの手当てをした。ローガンは戦いに備えようとしたが、エンドリアが止めた。

「ローガン、私に任せてほしい。あの子供に本当の力の使い方を教えてあげる」

エンドリアはレンドルを指名して最後の戦いが始まる。

レンドルは呼吸を整え木刀を握った。

エンドリアはミドルフィンガーの指輪を握り、トランスフォーメーションを纏い、銀色に輝いた。周りは驚き、この戦いの結末を真剣に見た。レンドルはラグゼルドを唱えた。大きな岩や木がエンドリアに向けて飛んでいく。エンドリアはエレメンタル・トランスフォーメーションを呼び出す。

「古の精霊たちよ!! 力を解き放て。風の精霊、シルフ」

辺りは強い風が吹き、エンドリアに向けられた岩や木が吹き飛んだ。まともに立っていられる者はいない。跳ね返ってきたそれをレンドルはなんとか避けた。

「あなたの周りにはシルフを呼んでいない。私が本気を出したらあなたは粉々になるよ。じゃ、とどめを刺すよ」

レンドルがラグゼルドを唱えると、木刀が伸び、エンドリアは大きくジャンプしてレンドルの木刀を二つに折った。レンドルは怯えて手が震えている。エンドリアの一撃でレンドルは吹っ飛んだ。ここにいる者は固まって動けない。エンドリアが言った。

「少年。憎しみや怒りを抱いて戦うのは間違っているよ。これからは真面目に生きなさい」

スカーレットは自分がしたことを反省していた。アッシャー先生とジョージ先生は、

「エンドリアは強い。ライアン公爵が言うトランスフォーメーションですね。間近で見たけど本気を出していない。これが軍隊も破壊できる技なのか」

二人は汗が止まらず流れていた。

ルナとヘレンは大喜びした。

「エンドリア、凄いわ」

「ごめん、少し本気出しちゃった」

舌を出した。周りにいた仲間は笑ってくれた。

「これで終わりだよ。ルナ、ヘレン」

三人は抱きしめ合った。レンドルは立ち上がり、ライエルやリリー、バージルに謝った。

スカーレットとジェーン、ジャック、レイラがレンドルのそばに来た。

「ごめんなさい、目が覚めた」

「一年生の生徒に謝りに行こうよ、私たちの完敗です」

スカーレットは手を差し伸べた。

この戦いがエンドリアを大きく成長させることになる。また戦いに敗れた者を正しい道に導くこともできた。ライアン公爵の教えを守った。

レンドルとスカーレットを先頭に二年生がエンドリアのそばに来た。

「謝りに来ました」

「いいよ。もう済んだことだし、もう一度鍛え直さないと駄目だな。しかしうちの姫は規格外の強さだな」

ローガンはタバコを吸って煙を吐き出した。

「コラ、ローガン。ここは学校だぞ。今すぐタバコを捨てなさい」

「はい、はい、姫、すいませんでした」

笑い声が大きく聞こえた。レンドルがエンドリアの前に跪いた。

「姫、私を家来にしてくれませんか」

「怖いんですけど、この少年」

「このあとご馳走させてくれないかな。美味しいケーキ屋さんにでも行かない？」

スカーレットの誘いにエンドリアとルナとヘレンは目を輝かせた。

「優しいお姉さんだね。もちろん行きますよ」

「エンドリアは強いだけではなく周りにいる者も惹きつけるものを持っていますね。それと二年生が大きく変わる場面を見られたので私は満足です」

アッシャー先生とジョージ先生は、静かにこの場から離れた。

風が少し冷たく感じられた。

更衣室で着替えて教室に着き、いつもと変わらない仲間がここにいる。校門で二年生と待ち合わせをしていたので、早めに行くことにした。

「人数は一六人か。やばくない？　店に入れるか心配だよ」

「その心配はいりません、もう予約しています」

相変わらずレオは気が利く。なぜかみんなにこづかれるレオだった。

二年生と合流して、女子同士仲良く話をした。スカーレットお姉様の制服がとても似合っていて綺麗だとエンドリアは思った。

意外に空いていた店内でどこに座ろうか迷うエンドリアを、スカーレットが優しくリードした。

ケーキを前にしたリリーは、喜びを大きな身振りで表現した。レンドルが諫める。

「エンドリアと距離近いぞ」

と叱られたが一番近いのはこの少年だぞ。エンドリアはレンドルを叱り返したが、言うことを聞かないわがままな子供で扱いに苦労した。

ケーキをレイラが一口食べて、「うわぁ～これ美味しい」と感嘆した。一年生に負けたのを機に絆が生まれ、六人の女の子は互いのことを話したりして盛り上がった。男の子の方もローガンを中心に盛り上がっているみたいだ。

「エンドリア、一年生の生徒はみんな強いよね。どんな練習してるんだい」

「簡単なこと、みんな力を頼りにしていて攻撃のことしか考えていない、肝心の基礎ができてない。だから私たちは朝と剣術の授業で基礎の練習をしているの」

「その、基礎の練習、私たちも参加していいかな。アッシャー先生にも明日相談してみるから」

「うん、いいですよ。応援しています」

「もっと、話をしたいけど、これから学校で会えるから、いろいろ教えてね」

「お姉様たちには、好きな人いますか?」

ヘレンの唐突な質問。

「コラー。一年生、今度ゆっくりお話ししましょうね」

笑いながら店を出た。お別れを言い、スカーレットとレイラは仲良く歩いた。

「こんなに気分がいいのは久しぶりだね」

「エンドリアとルナとヘレンも可愛かったね。まだやり直せると思うよ。レンドルも少し肩の力が抜けたみたいだった。子供の性格は直せないかも」

二人は肩をぶつけ合った。

ライエルとバージルは歩いていた。

二人は共に練習を重ねてきた仲間だ。

「スカーレットとレンドルはうまくいくかな」

沈黙が流れた。

「スカーレットは大人が嫌いだと思うよ。親の考えに反対していた。公爵が彼女の人生を苦しめている。何もかも壊したのはあいつらだ。怒るな。これからは俺たちでサポートしようぜ。もちろん困難なことはわかっている」

二人はライエルとリリーと合流し、四人は静かな木の下で座った。

「しかし一年生強かったな、俺たちも本気で練習してみようぜ」

「僕は弱かったな、精神的にもエンドリアの姫に完全に見抜かれていた。それに初めて怖さも経験した。もう、大丈夫だよ。スカーレットもうまく付き合うよ。本当に今日はごめんなさい」

レンドルはしょんぼりしている。

「ご主人様はたくさん辛い経験をしているから心配なんだよ」

リリーが言った。

「……」

ライエルも言った。

「俺たちも嫌な世界を見てきたけど、レンドルとならこの世を正しくできると今でも信じているぜ。それと一年生と共に成長できたら、これから面白くなりそうだ」

バージルがコーヒーを買ってきてみんなに配り、「俺たちの未来は自分たちで変える」と言ってポーズを取った。

レンドルは笑い、乾杯した。

この動乱の時代に希望を持つ若者が増えている。今はまだできることはなくても、ここで大切なことを学んで大人の階段を上ればいい

二年生は今日の出来事で変わり始めた。大きく変えたのはエンドリアとその仲間だ。

みんなで基礎練習

次の日、エンドリアはジョージ先生とアッシャー先生に呼ばれて部屋をノックして入った。

「昨日は素晴らしい戦いを見せてもらったよ。基礎の練習がここまで役に立って、先生は

とても嬉しい。ところで二年生のスカーレットとレンドルから申し出があって、基礎の練習に参加したいと言われ承諾したよ。エンドリア」

「私は構いません。二年生を観察したけど、まだ基礎の動作が足りません。基礎の練習をすればさらに強くなると思います」

「なら二年生も指導してくれるね。仲間が増えれば効率も上がり、立ち合いの稽古もより腕が磨かれる。うまくやっていけるかな?」

「大丈夫ですよ。昨日の帰りにケーキ屋さんに行っていろんな話をしました。素敵な時間でした」

先生も笑顔で答えた。エンドリアは部屋を出て、みんなのいる教室に戻った。

「二年生もこれから剣術の授業と朝練に参加することになったよ」

みんなは歓迎してくれた。

「まずはストレッチをして、各種の素振り三〇〇本を二セット……」

と、エンドリアは朝練のメニューを説明していった。

二年生から質問はなく、やる気満々だ。

エンドリアとジョージ先生とアッシャー先生がお手本を見せながら稽古が始まった。一年生は心配してないが、そろそろメニューを倍にしようか悩んでいた。

休憩に入り、二年生は鍛えている様子でなんとか形になった。

一応アドバイスをする。

「全員腰に力が入っていない。腕を振り下ろし、呼吸も整えるようにすること」

ジャックとライエルは素直に頷いた。

「これはいい練習になるな。しかし見ろよ、一年生、立ち合いの練習をしているぞ」

次のメニューは正面に対する応じ技だ。レンドルとスカーレット、レイラとリリーが組んで打ち合った。

「四人ともスピードも力も弱い。集中して」

レンドルとスカーレットはさすがに強いが、まだ足りない。この基礎を覚えればきっといい戦士になる。レイラもリリーも目が真剣だ。

エンドリアは目を閉じてジョージ先生とアッシャー先生と戦いの稽古をした。

二人の木刀がエンドリアの体を狙ったが、防御をしながら、反撃を待った。

二人は前後にいる。攻撃と同時に高くジャンプして隙を見つけて、木刀を素早く振り、二人は倒れた。二年生の生徒は息を止め、立ち合いを見ていた。スカーレットが息を漏らした。

「強いな。エンドリア」

最後に校庭を一〇周した。二年生はかなり疲れている様子だが必死に堪えていた。エンドリアは一年の生徒に今の二倍の練習をするよう指示した。

「この鬼姫」

「はい、はい、またローガンですね。女の子に鬼とはどういうことですか。はい校庭プラス一〇周確定」

「姫、すいませんでした。走ってきます」

なぜか一年生全員校庭に出たら、二年生も同じ行動をした。

「馬鹿、ローガン、みんなを巻き込みやがった」

(よし。みんな頑張っている。私も走るから待っていてね)とエンドリア。

こうして一年生と二年生の練習が始まり、お互いの距離が縮まり最高の仲間となる。

学科は毎日覚えることもあったが、ルナとヘレンに協力してもらい、やり遂げることができた。

飛行実習のドッグファイトも目標より早く上達した。もちろん週末はレオの整備工場の手伝いだ。もうエンドリア一人で整備ができるようになった。

とある休日の午後、ルナとヘレンは鏡を見ながら髪を整え、洋服を選んでいた。ルナはミモレ丈タイトスカートと白のロンTとGジャンにした。ヘレンはワンピースとパーカーを着て、鏡を見てこれに決めた。

二人は顔を見合わせてから「行くよ」と言った。

イーソンとオスティンは、待ち合わせより早く着いた。イーソンは太めのパンツに薄手のスエットにダウンジャケット。オスティンはジーンズに年季の入った革ジャン。

二人の会話はぎこちなく、長続きしない。

時間が経つのは当たり前、ルナとヘレンが現れた。

「ごめんよ。待たせたみたいだな」

「大丈夫、オレたちもさっき来たばかりだから安心して」

二人の声は面白いくらい声のトーンが高い。ルナとヘレンは笑った。とても穏やかな時間だ。

「二人とも今日も可愛いね」

ルナとヘレンは顔を赤くして「ありがとう」と伝えた。

ライブハウスは迫力ある音楽が響いていた。緊張していた糸が切れ、会話を楽しんだ。騒がしいライブハウス内においても四人の雰囲気は際立っていた。

下のフロアに行き、声を出しジャンプして体を動かした。ヘレンはエンドリアにライブハウスの写真を送った。

〈最高だよ〉

〈いいね〉とエンドリアは返信した。

〈エンドリアにも素敵な人が現れますように〉

ウインク顔のスタンプつきのメッセージをヘレンからもらったエンドリアは最高に喜んだ。大切な友達が素敵な人と過ごすなんてこんな素晴らしいことはない。

エンドリアは夕食を食べながら雑誌を読んだ。これから寒くなるので可愛いセーターやスカートが欲しくなる。「女子力磨くぞ」と呟いた。

一年生への感謝の会

朝練と剣術の練習は熱を帯び、一年生と二年生は共にいい汗をかき、心も体も鍛えられた。お互いを尊重し信頼する気持ちが生まれ、レオが店を選び、男の子は夕食によく出かけるようになった。

もちろん女の子も負けていない。スカーレットとヘレンが考え、いろいろ出かけたりカフェに寄ったり楽しい時間を過ごした。

エンドリアがダッフルコートを着て帰宅する準備をしていると、メールが来たのに気づいた。

〈もうすっかり寒くなったね。温かいココアでも飲みに行かない？〉

スカーレットお姉様だ。すぐに返信した。

〈もちろん、行きまーす〉

場所はメールで送られた。なんだろう、恋の相談かな。だけど私恋人いないんですけど。などと妄想を膨らませながらエンドリアは早足で店に向かい、カフェに入るとスカーレットが手を振った。

お辞儀して席に座り、ココアを頼んだ。ココアにはチョコレートシロップが溶けていて、甘くまろやかだ。

「エンドリア、大事な話をしてもいい？」

はいと言い、スカーレットを見た。

「私の名前はマドレーヌ、驚くかもしれないけど一国の王女なんだ。このこと二年生は知っている。小さい頃から悩んで苦しんだ。レンドルの両親を彼の目の前で殺したのは私の国の兵だ。首謀者の公爵は名前も姿も現さず、私の父親を操ってユリアシア王国を公爵の軍勢とマドレーヌの軍勢で滅ぼした。その翌日、私の両親も殺された。もし共に戦っても両者は滅びる道しか残っていない。残された私とレンドルは迷い苦しみ、ずっとそのことが頭から離れないの。今もそうなの」

スカーレットは大粒の涙を流した。今は聞くことしかできない、ただ無力感がエンドリアの胸を締め付けていた。

エンドリアにできることはスカーレットの手をそっと握ることだ。

「話を聞いてくれてありがとう。公爵のしたことは絶対許せない行為だけど、レンドルは悪くない」

エンドリアは自分がソフィア家の子孫であり、トランスフォーメーションを操る戦士ということを話した。スカーレットも話に耳を傾けていた。

「今は、私の大切なライアン公爵が打開策を探っているところで、各地で情報を集めていると聞いている」

二人はこの先を心配するより今の時間を大事にしたいと思った。

次の日、ルナとヘレンに昨日のことを話した。難しい問題に頭を抱えたが、なかなか良い案は見つからないまま数日が経った。

スカーレットとレイラが現れ、一年生への感謝を込めた会食を開くとスカーレットの家に招待された。

「もし、よければお手伝いしましょうか？」

「ヘレンの料理はプロ並みだぞ」

「人数も多いし、甘えちゃおうかな」

歓迎会の日は買い物に出かけた。量が多いので二年生の生徒もお手伝いした。レンドルがキッチンに首を突っ込んできた。

「姫、今日の料理は何ですか」

「駄目です。教えません、素直に手伝いなさい」

　リリーがうっかりばらしそうになったのを、なんとか食い止めた。


　その頃スカーレットの家でヘレンは料理の手伝いをしていた。ライエルとバージルはエンドリアとルナと食材を買いに出かけ、ジェーンとジャックは酒屋の配達を待った。飲み物を入るだけクーラーボックスに入れた。残りは箱のまま置いて、ローガンからのリクエストのビールは冷蔵庫に入れた。

「スカーレット、全員で集まるのは初めてだよな」

「そうだよ。一年生のおかげだね」

　家に着き、一休みを取った。調理はそれぞれ分担をして効率よく行っていった。野菜をエンドリアとルナとリリーが切り、下ごしらえをして冷蔵庫に一晩眠らせておいた牛肉をヘレンとスカーレットが中火で煮て調味料を入れた。

レイラはパンを切り、ガーリックチーズのブルスケッタを作って、エンドリアもお手伝いした。

　台所も真剣勝負。ヘレンはエビとチキンのドリアを作り終えた。スカーレットはほうれん草とベーコンのサラダを見事に完成させた。

「スカーレットとヘレンは料理うまいよね」

最後に牛肉を煮込んでいた鍋に野菜を入れてしばらく煮込んでポトフが完成した。女の子は喜び合った。

その頃、男子は外で強制的に待たされる。一年生を出迎えるためだ。約束の時間になり、一年生の男子が集まり、二年生も家に上がった。

気を使ったのか偶然なのか、ローガンは差し入れのシュークリームをスカーレットに渡した。

「一年を代表して美味しいスイーツを見つけました」

(本当にうまいんだよな、コイツ)とエンドリアとルナとヘレンは思った。意外に一年生がリードして二年生も笑い声が聞こえる。

レオの提案で学年を問わず、バラバラに座るようにしたら、話が弾んだ。レオの社交性には本当に驚かされる。

「俺のビール忘れてないよな、レンドル君」

「ありますよ」

みんながクーラーボックスからジュースを出し、ローガンはビールを手に入れた。「乾杯の音頭、俺がしてもいいよ」と言い出したので、エンドリアは蹴とばした。スカーレットが音頭をとる。

「それでは、一年生の皆様、これからもよろしくお願いします。乾杯」

料理を運び終え、スカーレットはポトフを器に入れ、レンドルの前に置いた。

「レンドル、大好きでしょう。ポトフ」

スカーレットは事前にレンドルの好きな料理をリリーから聞いていた。

「うん。美味しい」

「たくさん作ったから安心して食べてね」

レンドルは嬉しそうに返事をして、ポトフをたくさんお替わりした。

「この味、懐かしい」と呟いた。

レンドルとスカーレットは、この日を境に仲良くなった。エンドリアとルナとヘレンは目を合わせ、ウインクした。

「ポトフ美味しいね。牛肉柔らかい。マスタードをつけると最高にいい」

ルナとヘレンも頷き、美味しそうに食べた。

エビとチキンのドリアも小皿に入れて食べた。

「ヘレン様、ありがとう」

ガーリックチーズのブルスケッタもポトフと相性がいい。ほうれん草とベーコンのサラダも食べ、皆は大変満足した。宴は絶好調、最後はシュークリームを全員で食べた。

ローガンはビールを三本空けていた。外に出ると景色がとても綺麗だ。

「素敵な眺めだね」

「うん、凄く気に入っているの」

二年生はもう心配いらないね。エンドリアは安心すると急に眠気が襲ってきて可愛く欠伸をした。ヘレンに笑われ、見逃してくれと頼み、黙っているはずもなく、みんなに伝わってしまい可愛く照れた。すっかり冷え込み、夜空を見ながら帰った。

スカーレットはソファーに座り、心地よい時間を過ごせて眠りに入った。レンドルとライエルにレイラとジャックは話し合っていた。

「初めてだな、こんな楽しく盛り上がったのは。気分も良い」

「あ～、何か解放された気分だね」

「うん、ポトフ美味しかったね」

「また、いつでも楽しく過ごせるよ」

ゆっくりでもいいから素敵な大人に成長すればいい。

自宅に戻ったエンドリアはお腹も満たされそのまま眠ってしまった。

煌めく十二月、怒涛の三ヵ月

月日が経ち一二月の雪が降り始めた頃、ライアン公爵の飛行機がギドラインに着いた。グランド・アビエーション・スクールに車で向かい、ダグラス・ヨハン学長と会い、戦況の報告をした。二人は知恵を出し、なんとか時間を稼ぐ方法を考えた。

その頃エンドリアは剣術の練習をしていた。ヨハン学長とライアン公爵は成長したエンドリアを見ていた。

「各段に成長しているな。私の出る幕でもなさそうだが、この子と会うのはとても楽しみで今まで頑張ってきた」

「十分大人に成長しました。ライアン公爵に会いたいと思いますよ」

教室のドアを開けてエンドリアはライアン公爵に気づき、その胸に飛び込んで抱きつき泣いた。言葉では言い表せない再会だった。

エンドリアは人目も気にせず大粒の涙を零して、ライアン公爵はしっかりと受け止めた。

エンドリアは泣き止み、大切な友達を紹介した。一年生と二年生は緊張した表情で挨拶をした。

ライアン公爵は穏やかな表情で、公爵が壊した平和を心から謝罪して頭を下げた。

思いがけず公爵に頭を下げられて、学生たちは感動した。

若者が新しい世に作り変えることを信じたい。ライアン公爵は目を閉じ、オーラを放った。オーラはこの場にいる者を穏やかな気持ちにさせた。

「私は皆の味方です。エンドリアと共に良き道を歩んでください。きっと良い未来が来る。そのことを信じましょう」

ヨハン学長も話を聞いて目が潤んでいた。エンドリアは久しぶりにライアン公爵に会うことができて嬉しかった。仲の良い友達も紹介できたし気分は最高だ。

「ライアン公爵、今日はどこに泊まるか決まっていますか。良ければ私の家でお休みください。久しぶりに美味しい料理を作ります」

「甘えることにしよう。エンドリアと過ごすのを楽しみにしていたからね」

二人一緒に帰り、ライアン公爵は買い物も付き合った。エンドリアは悩んだ末、ハンバーグを作ることにした。久しぶりにライアン公爵と食卓を囲んだ。

ハンバーグ、サラダ、コンソメスープを作り、そしてパンを焼いた。ライアン公爵は、とっておきのワインを携えてやってきた。エンドリアは、その年代物のワインをグラスに注いだ。エンドリアはぶどうジュースでライアン公爵と久しぶりの再会に乾杯した。

エンドリアは学校での出来事をたくさん話して、ライアン公爵は耳を傾け、時に笑った。エンドリアから頼まれていた品をライアン公爵は取り出した。長辺が二〇センチほどの細長い箱にはリボンが掛けられていた。誰かへのプレゼントだろうか。エンドリアはそれを喜んで受け取った。

エンドリアは話し疲れ、ライアン公爵に温かく見守られながら眠ってしまった。

ライアン公爵はブランケットをエンドリアの肩にかけた。ワインを飲み、エンドリアを見ていた。(この子しかいない、この先、エンドリアと頼もしい仲間と、公爵との戦いが待っている)と公爵は確信した。

「もう少し、時間が必要だ」

公爵は真剣な目で、すやすやと眠るエンドリアを見つめた。雪はまだ降り続いていた。

翌朝、ギドラインの空港までついていったエンドリアはライアン公爵を見送った。

「エンドリア、お見送りありがとう。ここでしばらくの間お別れだ。いい友達にも巡り会えてよかったね。すっかり綺麗な女性になっていて驚いた」

「ありがとうございました。お体に気を付けてくださいね。これ、一足早いクリスマスプレゼントです」

ライアン公爵はありがとうと言いプレゼントを受け取ると、飛行機に向かい、旅立った。見送りのために集まった一年生と二年生の生徒は遠くから見守っていた。エンドリアが気づき、手を振り、仲間のもとに駆け寄った。

クリスマスの日、雪が少し降っていて幻想的だ。学校もいつもと違って見える。

夕方になり、ルナとヘレンとクリスマスプレゼントを交換した。ローガンが前触れもなく絡んできた。

「お姫様、今日も素敵ですね。一年と二年が懸命に知恵を出し合ったプレゼントです。遠慮なくお納めください」

三人は喜んでお礼を言った。ローガンはいつも面白い。

スカーレットお姉様からメールが入って、外の大きな木があるベンチに三人は向かった。するとそこにスカーレットが待っていて、「メリークリスマス♪♪」と言い、手を取り合い喜んだ。

教室を出て家に帰ろうとしたらイーソンとオスティンが教室に入ってきて、ルナとヘレンに目配せした。エンドリアは心の中で（キャー。頑張れ）と言って、教室から出たが、外から最高の瞬間を目撃した。教室の中では二組のカップルがプレゼント交換をしていた。早足で家に帰り、寒い中プレゼントを抱えて家に帰るエンドリアだが、心の中はぽかぽかだ。

お湯を沸かし、熱いココアで心を落ち着かせた。早速プレゼントを開けるとマフラーや手袋に雑貨が入っていた。手作りのクッキーも美味しそうだ。

みんなありがとう、大切に使うね。

玄関チャイムが鳴り荷物が届いた。ライアン公爵からだ。プレゼントの箱を開けたら、大人っぽいファッション誌で紹介されていたバッグが入っていた。

簡単な料理を作り、ケーキは人気の店で買い、クリスマスの時間を過ごした。ソファーに座りレモネードを飲みながらプレゼントのクッキーを食べた。

「う～ん、美味しい」

雪が降り積もる中、エンドリアはテラスで景色を眺めていた。


一二月最後の日、今期の成績表が配られた。

エンドリアの成果はというと、学科良し。飛行実習良し。剣術良し。射撃はまあまあ。

「明日からは休みだね。ルナとヘレンはどうするの？」

「特に予定はないよ。寒いし、まったり過ごすよ」

休みに入りルナとヘレンと遊んだり、スカーレットお姉様たちと買い物したりとリラックスできた。ライブハウスにも一年生と二年生で行き、盛り上がった。

いよいよ一年の終わりを迎え、ギドラインの展望タワーでも盛大なカウントダウンが始まる。もちろん、一年生と二年生は繰り出す。

エンドリアはコートにセーターに手袋で寒さに備えた。ルナとヘレンと待ち合わせして電車に乗り、目的地まで向かう。

ようやく目的地に着き、スカーレットやレイラにリリーと出会った。寒い中人が多いこと。男子が一番いい席を用意したらしく、展望台の手前付近、海が見える席に座った。辺りはイルミネーションがあり、意外に海辺付近は明るい。

「一年もあっという間だね。いろいろと波乱もあったけど……」

「来年も楽しいことあるといいね」

いよいよカウントダウンの時計が三〇秒前になり、周りは大きい声で騒ぐ者や口笛を吹く者がたくさんいる。残り一〇秒になり一斉に声を出した。

一秒から〇になり歓喜の声と大きな花火が打ち上がり、みんなで「Happy New Year」と声をかけ合った。

こんなに夜更かしをするのは初めてだけど友達と一緒に参加できてよかったとエンドリアは思う。イーソンとオスティンが温かい紅茶を買ってきて一口飲んだ。体が芯から温まる。

レンドルは、ライエルとバージルと楽しそうに話をしていた。ローガンは缶ビールを飲み景色を眺めている。それぞれが新しい年の訪れに思いを馳せていた。

エンドリアは家に着き、ストーブに薪を入れて火を点けてロッキングチェアに座り、ブランケットをかけて温まった。そのままウトウトと眠りそうになるところにリトーが現れ、優しくほおずりした。リトーを抱きしめてベッドのシーツと温かい毛布に潜り込んで眠った。

休みも終わり、新しい学期が始まった。学科の授業も難しくなり、飛行実習はここから三ヵ月間、一対一のドッグファイトでペアの相手を射程圏内に捉えられないと補習授業が待っている。

目が回る忙しさで遊ぶ機会も減った。週末、エンドリアはいつものようにレオの整備工場でお手伝いをしながら整備や飛行訓練の勉強をする。

苦手な射撃はライフルに代わり、訓練が続いた。一ヵ月が過ぎ、飛行実習でエンドリアは合格点をもらい、自信がついた。ペアはピーター先生だった。先生の機を上空で早く見つけ、旋回しながら上昇して先生の背後につき、レーダーで追跡した。照準内に入れると信号が鳴り、ピーター先生が負けを認めたのだ。

レオに褒められた。これもアドバイスをいろいろもらったおかげだ。

二月は、学校が終わるとルナとヘレンとエンドリアは図書館で猛勉強して試験に備えた。

「そうだ、ルナとヘレンの誕生日そろそろだね。イーソンとオスティンとはどうなの。うまくいっている？」

「まあ、今は忙しいけど、誕生日は家に招待する予定だぞ」

「よかったじゃん」と言い、エンドリアは二人の体をこづいた。

「私も早くいい人、見つからないかな。理想高いのかな」

と言いつつ、エンドリアはあまり深くは考えていなかった。

ルナとヘレンの誕生日に学校でプレゼントを渡した。二人とも喜んでくれた。


三月に入るとテストが週二回ありヘトヘトだ。三人はいつものカフェでケーキを食べ、エネルギーを蓄えた。

飛行実習も全員が目標を達成して、みんなで喜んだ。週末レオの家に出かけた。

「レオ、本当に今までありがとうね、いろいろパイロットのことや整備のことを教えてくれて助かった。これは一足早い誕生日プレゼントだよ。開けてみて」

レオが包みを開くと短剣が入っていた。

「この剣はソフィア家の大切な剣で、レオでも使えるよ。公爵の剣でも折れない。丈夫で軽いからレオの身長にはちょうどいいよ。本来の力を増幅する魔法がかけられているから練習してみて」

レオは子供のように喜んだ。

「レオ、剣は身を守るためにあることを忘れないでね」

剣にはソフィア家の文字が刻まれていた。

「ありがとう、エンドリア。大切にするね」


三月も終わりに近づき、テストの成績表が渡された。

今日は午前中で終わり、明日からお休みだ。レオが「今日の昼、みんなで食べに行こうよ」と言い出し、みんな賛成した。

「レオ、わかっているよね。カロリー」

レオが挙げた候補の中からヘレンの意見が大いに反映された結果、カレーの専門店に決まった。

「一年終わったぜ。早いようで短かったな」とルナ。

「楽しいこともたくさんあったよ」とイーソンが言うと、「勉強大変だったけど、休みの間は忘れられる」とカーターがぼやいた。

みんな笑い声が出た。八人のお喋りは止まらない中、料理が運ばれてきた。何種類かのカレーと香ばしいナンがいい香りで食欲が増す。

ナンにカレーをつけて食べると旨辛いが止まらない。レオはカレーのルーをおかわりしていた。食後のアイスティーが火照った口を冷やしてくれた。

「ここのカレー、美味しかったでしょう」

レオは満足そうに言い、みんなも星五をつけてレオログに投稿した。レオログは勢力を拡大して二年生も使い始めている。

その頃二年生は、レオログで見つけたポークソテーの美味しい食堂で料理を楽しんでいた。レンドルとスカーレットは仲の良い姉弟に見えた。八人はあと一年で卒業することになる。

「この一年を悔いの残らないように楽しみましょうね」

スカーレットが言った。レンドルも同じ気持ちだった。

休みも終わり、エンドリアたちは二年生に進級した。新学期の朝会で二人の先生を紹介された。カイン・ブライアー先生とワイアット・トーイ先生がそれぞれ自己紹介をした。新しい授業にバイクや車の運転と戦闘機の訓練が追加されて教科書も増えた。

早速、ピーター先生とブライアー先生に引率されて生徒は外のレース場に行き、バイクの乗り方を教わった。各自、乗れるようになったのでコースを走った。左手でクラッチを握り左足でギアを変えてスピードを上げたり、右手で前輪のブレーキを押したりして試した。ローガンとレオは経験があるみたいで競争して楽しんでいた。午後もバイクの授業が続いた。

その日の最後の授業は、ジョージ先生とブライアー先生とアッシャー先生が二年生と三年生に剣術の指導をする。真剣を持ち、その扱い方を学んだ。

エンドリアは一人で剣の状態を確認しながら華麗に動いた。ピーター先生と軽めの立ち合いをして、本物の剣と剣がぶつかる音が響いた。レンドルとスカーレット、ローガンは飲み込みが早く、他の生徒も必死に基礎を学んでいた。エンドリアを筆頭に究極の域まで己を高める。


数日後、初めて二人乗りの戦闘機に乗ることになった。エンドリアは何度もレオとギドラインで練習していたので相性はいい。耐Gスーツとヘルメットを着用して戦闘機に乗り、コントロールパネルのスイッチを点けて正常かどうか確認した。

レオは手際良く機体の状態も見て、滑走路に侵入して管制塔の許可を待った。エンジンの出力を上げてギアのブレーキを解除した。エンジン出力が離陸に適した推力まで自動的に上昇し、離陸滑走を開始する。機首を持ち上げた。

「コントロールパネル異常なし。エンジン安定。エンドリア上昇するよ」

「了解。見てよ。レオ、街が小さく見える」

トーイ先生から無線が入った。

「二人とも、いい腕だ。息もピッタリだな。俺の真似をしてくれ」

機体を斜めに旋回と急上昇・急下降時を加え、Gに耐える訓練をした。レオはエンドリアを見たが心配なさそうなので、機首を上げる指示を出した。

訓練は終わり滑走路に着陸した。エンドリアとレオはハイタッチした。毎日過酷な訓練は続いたが、弱音を吐く者はいなかった。

家では遅くまで復習と予習をしていた。一六人の生徒はここからさらに強くなり、今後の世界を守る戦士に成長する。

とある日、ヘレンはみんなを代表して言った。

「かなり限界に近づいていない？　私たち。休みの日にストレス発散しようよ」

「焼き肉。いいところありまっせ姉さん。ここは肉で栄養付けよう」

レオの目がいつもより輝いて見えた。

「行きますか。肉」と言ったヘレンは、男子から拍手を頂戴した。

当日。いつものメンバー、エンドリア、ルナ、ヘレンは悩んでいた。最近、乾燥して朝の洗顔だけではお肌を守れない。ということで化粧品売り場に行き、新しい化粧水を物色した。

「お肌の保湿は若い時からしっかりとしないと素敵な女性にはなれないわ」

三人は可愛い眼差しで化粧水を選んだ。三人は慌てて焼肉屋へ向かい、なんとか間に合った。

「ここの焼き肉、本当に美味しいぞ。何回来たか思い出せない」

女子三人が四人席に座ると、残る一席にちゃっかりレオが座った。メニューを見てレオは素早く注文した。

一時間食べ放題で価格も安いので周りはガッツリ系が好きそうな人が多い。人気の牛タン、カルビ、ロース、ミノに野菜が運ばれた。

レオは肉奉行を名乗っているだけあって焼くのがとてもうまい。次々と焼き、三人の女子に焼き肉を配り、ペースを見ながら自分も食べた。

ローガンとイーソンはビールを美味しそうに飲んでいた。イーソンが成人して一番嬉しいのは、仲間と飲めることだ。肉を焼き、食う、そしてビールを飲む。こんな幸せな時間はない。さすがはレオログ。

肉はとても美味しかった。野菜もたくさん取り、バランスを考えて食べた。さすがは男子。カーターは次々と肉を注文していた。

食べ放題終了の五分前には空いたお皿が天高く積まれていて、呆れて声が出なかった。

一時間が経ち、店を出た。もうお腹は満たされたというのに、男子一同は、もう一軒行く雰囲気なので適当に誤魔化した。

「お前ら、底なしの胃袋か」

ルナは突き放した。公園を歩いて焼き肉の消化運動をしてカフェに寄った。アイスコーヒーを飲みながらしばらくほっこり休憩タイム。外の景色と鳥の音色に心から安らぐ。

エンドリアは家に着き、静かな音楽を聴いて久しぶりの休日を体も心と、もう一つ胃袋も満たされ、過ごすことができた。

サバイバル訓練

バイクの運転にも慣れ、サーキットで競い合い、マウンテンバイクで山道を走る訓練もした。アクロバットなバイクの運転の技も教わった。

射撃の実技は外での訓練が始まった。四人チームで建物をすり抜け、目的地まで移動する。本物に近いエアガンで敵と攻防しながら最短で制圧する。何度も同じ訓練する日々が続く。

週末も訓練することになり、山でのサバイバルが行われた。ペアを組み、目的地までコンパスしか使えない困難な山で生き残り、生存力を磨くのが目的だ。

「土砂降りだよ。レオ」

エンドリアはレインコートに身を包み、歩く速度を速めた。

コンパスを見ながらレオは目的地までの距離を割り出した。

「食事がインスタントなんてヒドイよ」

思いのほかこの訓練はレオを苦しめている。果てしないと思われた険しい山を歩き、川に辿り着いた。雨は止み、晴天になった。

「ここで休憩しよう」

「了解」

水をリュックから出し、飲み干した。「生き返る」と二人は笑った。

レオは川の付近にある木を集めて火をおこした。エンドリアは湧き水を見つけ水を確保してレオがいるところに戻った。

「みんな大丈夫かな?」

「どこにいるかわからないけど、今まで過酷な訓練に耐えてきたから大丈夫」

二年の生徒は別々の場所にヘリで降ろされていた。焚き火で温めたケトルのお湯をインスタント食のカップに入れて出来上がるのを待った。

「いいよね。なんか思い出になりそう」

「うん、なかなか味わえないよ。ザ・サバイバルなのかな」

レオは川魚を獲り、そのまま焼き魚にした。川の流れる音を聞きながらインスタント食を食べた。レオは満足していない様子で三匹の魚を大事に焼いている。焼き終わると、エンドリアは熱々の魚を食べた。

「うん。美味しいよ」

レオは満足そうな顔をしながら魚を食べていたが、エンドリアはハンカチを渡した。

「ほら、これで口の周り拭きなさい」

レオは川の水で顔を洗い、ハンカチで拭き取った。

「もう子供なんだから」

エンドリアは遠くからレオの無邪気な姿を微笑ましく見ていた。

焚き火からケルトの音が響き渡り、マグカップにコーヒーを注いだ。二人はコーヒーを飲み終わると再び歩き始めた。

何時間も歩いて疲れが出たのでランタンを灯し、テントを張り、少し仮眠を取った。浅い眠りでレオに起こされ、目的地までまた歩き続ける。レオとは本当に相性がいい。肩の力を抜いて話せる大切な友達の一人だ。

ようやく目的地に着くと二人は雄叫びを上げ、ブライアー先生とジョージ先生が手厚く迎えてくれた。ストップウオッチを押しタイムを見た。

「早いし凄いな。この子たちは大人顔負けだぞ」

時間が経過して二年生が続々と目的地に辿り着いて、エンドリアとルナとヘレンは大喜びで抱きしめ合った。

「私たちが、これから家に帰ってすることは、シャワーを浴びて爆睡すること」

家に戻り、温かいシャワーを浴びて軽めの食事をしてソファーに座り、そのまま眠ってしまった。

朝は早く目覚めてテラスでコーヒーを飲みながら教科書を読み、時間を潰した。

顔を洗いパンを食べ、歯磨きをして制服に着替えて学校に行く。慌ただしい一日のスタートだ。

サバイバルの訓練の前日、日焼け止めを買っておいて正解だった。お肌のトラブルは未然に防げた。すべてお見通しのヘレンに感謝しなくては。

「ルナ、ヘレン、おはよー。日焼け止めのアドバイスありがとう」

「いいえ。昨日はシャワー浴びたら爆睡。全然起きられなかった」

「私も、同じ」

ローガンとイーソンが欠伸をしながら教室に入り、ヘレンのいるところに来た。

「サバゲー意外と面白かったよ。しかしレオとエンドリアは早かったたな」

「うちの相棒レオを褒めてあげてくれ」

「あいつ、こういうの、本当に得意そうだよな」

レオが教室に入り、ローガンが膝カックンをすると、レオはバランスを崩してもろに転んだ。ローガンは慌てて謝った。

カーターが教室に入り、この空気を作ったのはローガンの仕業だと直感で当てた。ローガンは救いを求めるかのようにカーターにすり寄って話題を変えた。

三人の女の子は冷たい目でローガンを見ていた。このヤンチャなお兄さんに天罰を落としてほしい。オスティンは不思議そうな目でこの光景を見ていた。二年生は全員集まり、いつもと変わらない朝の風景だった。

第四章　決戦

最終学年へ

　さらに月日が経ち、若者たちは逞しく成長していた。三年生もあと少しで卒業してしまう。エンドリアは何かできないか考えた。基礎の練習を毎日したので、これ以上教えることはもう何もない。ただこのまま別れてしまうのは寂しいと思った。

　こういう時は誰に相談しようかな。年上がいいかな、たまにはローガンにしてみようかなとエンドリアは迷う。一応心配なのでルナとヘレンには事前に相談はした。

「ローガンなら面白いこと考えるかもしれない。レンドルからも尊敬されているし、スカーレットお姉様も信頼してるみたいで意外だよね」

　確かに言えるかもしれない、三年生から好かれている。緊張していた関係が続いていたから、ローガンみたいな包容力があるタイプは合うのかもしれない。昼食を食べ、ローガンに時間を作ってもらい相談した。

「三年生の仲間と過ごした時間、とても楽しかったよね」

「いろいろ事情もあったけど乗り越えて新しい景色が見えたのかもしれないよ。そういえばエンドリアから直接相談されたのは初めてだな、この件任せてくれ。いい案がある」

「大丈夫?」

「俺、そんなに頼りないか」

「うん」

二人の会話は終わり、辺りが静まり帰った。

数日が経ち、図書館に二年生と三年生が集まることになった。

ローガンは立ち上がり、話し始めた。

「今日は集まってくれてありがとう。大事な話だから人目が少ない場所を選んだ。ここにいる三年生はあと少しで卒業するが、もう言葉で表せないくらい大切な仲間だ。

俺たちがここまで成長できたのはエンドリアのおかげだ。エンドリアに出会い、人生が大きく変わった。そこで俺たちはエンドリアと共にこの時代を変える必要がある。共に立ち向かう同志をここで立ち上げたい」

スカーレットも真剣に耳を傾け、言った。

「賛成。エンドリアとなら、この世界を変えられるかもしれない」

レンドルも「姫とならどんな試練も乗り越えられそうだ」と言う。

エンドリアは涙が零れた。

レオも立ち、「僕たちの名前をつけようよ」と言うと、全員が賛成した。

「名前か。Aries【アリエス】、牡羊座、これいいんじゃない。俺凄いこと考えてしまった」

ローガンの亡くなった妹が牡羊座生まれなので思いついたみたいだ。

「ローガンにしてはいい名前を考えたと思うよ」

ローガンが愉快に笑い、エンドリアとルナとヘレンは手を叩き合った。レオはステッカーやワッペンを作ることを提案した。仲間が集まり、いろいろな絵を描いたりした。

「ローガンありがとう」とみんなが感謝を伝えた。本人は今までにないくらい調子に乗って、レンドルや近くにいた人の肩に、優しくグーパンチをお見舞いしていた。

「今日は大切な日だ。街に繰り出しましょう」

レオが大声を出した。みんなも勢いに逆らえず、ごはんに行くことになり図書館を出た。金色の夕日が眩しかった。

レオとローガンが先頭に立ち、ロールキャベツの店に行くことになった。「最初に見つけたのは私だよ」とエンドリアは言いたかった。懐かしさと嬉しさが重なった。

Aries が立ち上がったことをエンドリアはライアン公爵にメールした。すぐに返事が来た。エンドリアが卒業したら一年間ライアン公爵のそばで仕事を手伝ってほしいという内容だ。ライアン公爵のそばなら安心できる。

次の日、エンドリアは二年生に伝えた。

「ライアン公爵のそばで過ごすことができれば、いろいろなことを教えてもらえるね」

「私たちが卒業するのにあと一年あるから鍛えてくれるし勉強にもなる」

今は耐える時間だ。焦らず正しい道を見つけてチャンスを待つ。三年生の道が開いた。

先生たちが朝の会議で意見を取り交わしていた。ピーター先生は言った。

「Aries の名前は素敵だね。ローガンらしいいいアイデアだ」

ジョージ先生も賛成した。ヨハン学長は一枚の手紙を読み上げた。ライアン公爵からだった。

ヨハン学長に送ります。とても大切なことなので慎重に事を進めてください。

私たちは最後のトランスフォーメーションを操る戦士を育て上げました。私でも敵いません。この先は運命に従います。この子を大切に育ててください。未来を変えることができる女の子です。

この子の周りには不思議と人が集まります。公爵にないものを彼女は持っています。誰にも真似できません。力を付け、大切な仲間を待っていますので時間をください。

ライアン公爵は未来を見ていた。エンドリアにこの先何度も危機が押し寄せてくるが、仲間と共に乗り越える力の存在を見ていた。

まずは三年生をライアン公爵に預けること。エンドリアを含め二年生にしっかりプログラム通りの授業を行う。この二点に集中し、生徒を鍛え上げる。

ライアン公爵の使者が現れた。ソフィアの剣を作るため三年生の一人ひとりの身体測定が行われた。

さらに使者は三年生の生徒と会話を重ねて剣の種類の本を見せ、オーダーメイドの剣を作るための準備をした。

数時間が経ち、使者は生徒からのオーダーを書き込んだノートをしまい、帰国の準備を整え、エンドリア姫に挨拶をしてソフィアに帰った。

「自分の剣ができるぞ」

ライエルは喜んでいた。

「ソフィアの剣のオーダーメイド、なんかワクワクしてきた」

口数の少ないバージルも興奮気味だ。レンドルは暗い顔をしていた。スカーレットが心配になり声をかけた。

「レンドルはユリアシア王国の血筋だから正統な剣が存在するのよね、私たちが取り返すお手伝いをするから心配しないで」

レンドルは嬉しそうな顔になり、三年生には卒業後の目標ができた。

やがて別れの季節が来て、三年生の卒業パーティーがエンドリアの家で盛大に行われた。ヘレンを先頭にエンドリアとルナが台所を占領して料理を作り、イーソンとオスティンが外に運んだ。ローガンが嬉しそうにビールを飲み、レンドルと肩を組んでいた。一応学年は一つ上だが彼には関係ないらしい。スカーレットもレイラとリリーと笑いながら会話を楽しんでいた。

「卒業となりゃビールくらい飲もうぜ。レンドル」

「一杯いただきます」と言ったところをエンドリアは阻止してローガンの頭を叩いた。

レオは料理を遠慮なく胃の中に入れている。集まった理由はもう一つある。Aries のオリジナルロゴステッカーの完成披露だ。

完成したロゴをローガンが鞄から出して、みんな集まった。

「凄く、かっこいいね」

「色もいいね」

ローガンは庭の端に行き、タバコを吸った。この光景を目に焼き付けているみたいだ。

すっかり日が暮れ、焚き火を付けて温まった。ロゴステッカーをそれぞれに配り終えると、三年生は帰っていった。

「私たちも三年生になるんだよ」

二年生は焚き火の周りに集まり、今まで起きたことを思い出していた。

「残りの一年を楽しもうよ。青春は一回だけだよ」

「おう。うん」

三年生の旅立ちの日が近づき、ライアン公爵の使者からソフィアの剣がそれぞれに贈られた。ギドラインの飛行場のバスターミナルでレンドル、ライエル、リリー、バージルとスカーレット、レイラ、ジェーン、ジャックの八人と向き合い、別れを伝えた。

「ここでの基礎の練習を忘れずに思い出してね。今後に絶対役立つから。それと剣は身を守るために振るうこと」

エンドリアはかすれた声で今にも泣きだしそうだ。

「またな。来年全員で会うぞ。スカーレット。レンドルを頼むな」とローガンは言う。

「任せて。私たち、大切な仲間だよ」

レンドルも、見た目こそ子供のようだけど立派な戦士になった。出会った頃が懐かしい。最初はハラハラしたこともあるけど、すべてエンドリアにとっては大切な思い出だ。

「Aries 出発」

レンドルもリーダーらしい頼もしいことが言えた。その姿が小さくなるまで、二年生は見送った。

ライアン公爵がいれば安心だ。

飛行場の外から見守り、飛行機が離陸した。今までの記憶が蘇り、涙が止まらない。

エンドリアは泣き止み、ルナとヘレンが駆け寄り声をかけ合った。雲間から太陽が出て眩しい。

先生も遠くから見守った。

「できることはすべてした。あの子たちは強い。心配する必要はありません」

強い言葉で卒業した戦士を信じた。


エンドリアは家に着いても何か寂しさが心の中に残っていた。リトーが突然大きい姿で現れて、暖かくエンドリアを包んでくれた。不思議な光が灯され心が穏やかになった。

「リトー。ありがとう」


不合格は一人もおらず、全員が優秀な成績で合格して、いよいよエンドリアたちは最高学年、エキスパートへの入り口に立った。

「さあ泣いても笑っても残り一年、頑張るぞ」

制服に身を包んだエンドリアは初めて制服に袖を通した時より、各段に大人びた。猛勉強し、休み時間も仲間と気になる点を確認して、課題やテストを次々と突破していった。

運転の授業は車になり、技術を覚えて学科と実技の練習をした。剣術も二年前と比べて凄く上達している。ルナとヘレンの剣が迷いなく空気を切り裂く音が大きく響いた。カーターやイーソンにオスティンも、肩に力を入れずに下半身でしっかり踏ん張ることができて剣を振る音もよく鳴り響いた。

間違いなく一番成長したローガンとレオの眼差しは、真の強さと優しさが伝わり、見ているエンドリアを感動させた。

成長した仲間に教えることはなく、エンドリアは道場を歩き回っていた。基礎の練習も早く終わり、着替えて教室に戻ると、仲間が待っている。この幸せな時間を満喫して家に帰る。「なんて幸せなんだろう」とエンドリアは心の中で呟いた。

数ヵ月が経ち、今年も熱いサバゲーの季節が始まった。日焼け止めが大活躍だ。もちろんパートナーのレオの奮闘で乗り越えた。相変わらず食通なのでインスタント飯は苦手で手を焼いているが。

ライアン公爵の使者が三年生の時より早く現れた。オーダーメイドの剣を作るため、それぞれの身体測定が行われた。嬉しそうにローガンはカタログを見ていた。使者の言うことには、剣が手に馴染む時間を待つため、早めに作るようスカーレットが勧めてくれたという。

「ありがとう。スカーレット」

使者はエンドリアに挨拶を済ませ、ギドラインからソフィアに帰った。

カーターとオスティンは興奮気味で喜んでいる。みんなのところに剣が早く届きますようにとエンドリアはお祈りをした。航空実習も熱を帯び、エキサイトな訓練はレオを喜ばせた。

ギドライン飛行選手権

休日にエンドリアがレオの家に行くと、あるレースの存在を教えられた。

「三年に一度開催されるギドライン飛行選手権に出よう」

「レオが前に言っていたプロペラ機でするレースだよね。ぜひ参加したい」

「二人一組で、各地から優秀なパイロットが集まるんだ。飛行機は完成したから練習しよう」

飛行機にAriesのロゴが貼ってある。機体の美しいフォルムに目を奪われた。

ピーター先生に伝えたら、喜んで校内での練習を許可してくれた。

仲間にも報告したら盛り上がった。負けたら許さんという空気が広がり勝たなくてはいけない雰囲気になり、二人は緊張した。

早速レオの家から飛行機を運び出した。Aries の最初の旅だ。飛行機の訓練が始まった。最初にレオが乗り、次がエンドリアの番だ。レオが機体とエンジンの様子を調べながら飛んでいた。

「この子はエンドリアみたいにお転婆だよ」

「お転婆は余計。じゃ、行ってくる」

操縦桿を握りラダーペダルを踏み旋回して、思わず「コラー。言うこと聞け」と叫んだ。最初は頑固で言うことを聞かない機だ。

コツがあるのかとレオに聞いたら、まず初日なので上出来だと言い、飛行機の整備を始めた。

二人の熱い冒険が続くのであった。

まずは予選を勝ち上がる必要があり、コースを頭の中に叩き込む。いつの間にか二人でいる機会が増え、レオは夢中で飛行機のエンジンとプロペラ機の状態を確認した。

三年生と先生も熱を帯び、応援に必要な物を作っていた。飛行機の訓練は休みの日も行い、学食の人も休日出勤して昼食の用意をしてくれた。もう学校を挙げてのイベントになり、二人は照れながら登校していた。

プロペラ機の特徴をレオが掴み、エンドリアにすぐに教え、二人は早く飛ぶコツを覚え見違えるほど成長した。レース前日に二人はレオの好きな店に行き、細やかな気遣いの料理を楽しんだ。

「体調もいい。明日は思いっきり暴れるぞ」

「私も暴れるよ」

二人は励まし合いボルテージは最高。レース当日、ギドラインはレースのため他の飛行機の離陸と着陸は禁止されている。しかし人がこんなに多いとは思わなかった。

「緊張してきた」

二人はトイレに行った。伝統と歴史があり格式あるレースであることが伝わった。花火が打ち上がり大会を盛り上げた。観客席に行き、驚いた。ダージル夫妻にニコラス整備工場の人やリースおじいさんもいた。

「孫とエンドリアが出るレースはこの目で見届けないと」

ルナとヘレンはもちろん、三年生全員と先生に囲まれた。ある男はカーターとオスティンに指示を出し、横断幕を広げだした。

「手作りなの？　凄い」

それにはエンドリアとレオの似顔絵とAriesのロゴが描かれていた。もう二人は緊張感もなくこのレースを楽しんでいた。ローガンはニヤリと笑い片手には缶ビール、もう一つはタバコに火が灯っている。

「レオはどうでもいい。姫の勇姿がこのビールと合う最高の肴だ」

付近の人の馬鹿笑いが聞こえ、ローガンの頭をこづいた。ローガンは切り札を出した。

エンドリアへ
レースのことはローガンから聞きました。近くから応援したいのですが任務があり、行けません。
二人の雄姿が見られないのが残念ですが遠くから応援しています。残りの学校生活を悔いのないようお過ごしください。共に過ごしたスクールライフは私たちの宝物です。レース頑張ってね。

卒業した仲間からの贈る言葉だ。嬉しくて、嬉しくて何度も読み返した。予選の始まるアナウンスが流れ、慌てて二人は観客席を後にした。

五組に分かれて長距離コースをいかに最短時間で飛ぶか、それぞれルートを組み立てるレースで操縦士の技量をテストする。

レオは気合を入れて顔を叩いた。レオの作戦はエンドリアが先行し、レオが引き継いで決めるというものだ。作戦は功を奏し、予選を勝ち抜いて決勝に進んでいく。観客席は盛り上がり、ルナとヘレンは鳴りものを片手に声を出していた。

「ありがとう」

二人は感謝を遠くから伝えた。

決勝まで五分に迫り、最初にレオが飛ぶことになり、集中した。レオはプロペラ機に囁く。

「お前は最高にできる仲間だ。限界まで付き合うよ」

レオはエンジンを最大現に引き出しデッドヒートの末トップを守り抜き、エンドリアにバトンを渡した。エンドリアは空高く駆け抜けそのまま一位になり、フラッグが上がりエンドリアとレオが優勝した。エンドリアとレオは大喜びだ。

最年少の記録が塗り替えられた瞬間だ。観客は総立ちで拍手とウエーブが沸き起こる。

二人は表彰台の一番高いところで、最高の笑顔でガッツポーズをした。

シャンパンをかけ合い、二人は優勝を祝った。先生はエンドリアとレオの姿に涙を流し喜んでいた。

「まさか、うちの生徒が優勝するとは」

多くの仲間が感動していた。優勝カップを手にした二人はみんなのいる観客席に向かい走った。大きな拍手で迎えられ、記念撮影した。

エンドリアとレオが出会って一番の思い出だ。

その夜はレオの家で盛大な祝勝会が行われた。リースおじいさんも先生とビールを飲み合い大騒ぎだ。ローガンはレオを尊敬の目で見つめた。

「お前、本当に凄いな。パイロットの腕は一流だよ」

嬉し泣きしたと思ったら大笑いをして喜んだ。カーターとイーソンにオスティンも仲間を誇りに思った。ルナとヘレンは料理を運ぶ手伝いをしていた。レオは料理を美味しそうに食べていた。隣で見ていたエンドリアは最高のパートナーの食欲旺盛なところを写真に残した。

「これを見ればつらい時も笑顔になれる」

二人は少し離れたところで夜の空を眺めていた。

「レオ、卒業したら戦いの旅に行くよ」

「もちろん、覚悟はできている」

夜空に一筋の光が駆けた。流れ星だ。エンドリアは願い事を唱えた。

エンドリアが家に帰ると、ライアン公爵からメールが届いていた。

優勝おめでとう。レースのことは先生から聞いていた。まず、スカーレットたち八人は逞しく成長している。大人顔負けの腕前だ。学校で覚えた基礎の練習の賜物だと思う。エンドリアに感謝する。

最後に、エンドリアとレオの旅に使う飛行機も完成しそうだ。レオにも伝えてほしい。卒業までの時間を大切に過ごしてください。

レオに明日報告しようとエンドリアは思う。

レースの疲れが出ているので、早いけど眠りに入った。

翌朝、レオに会い、ライアン公爵のメールの内容を伝え、一枚の写真を見せた。

「これ最新の飛行機だね。見るだけで守りに徹しているのがわかるよ」

レオは興奮して写真を見ていた。

学校は優勝した余韻が残っていて、教室には集合写真が飾られていた。仲間の笑顔が素敵な写真だった。

一〇月になり、車の運転はみんな慣れてレッスンも終わりに近づいてきた。

学科のテストも終わり、実技のテストだけとなり運転の練習をしたり、レオとコースを猛スピードで走り、競い合った。

実技はサーキット場でタイムを競うシンプルなテストだ。エンドリアは集中してハンドルを握った。ギアを変え、アクセルを踏んで加速した最初のスピンカーブはエンジンブレーキをしながら入り、さらにギアを変えて直線を走り、次のブレーキへアピンに向かい、車の音は鳴り響いた。

ヘアピンを抜けアクセルを出し一二〇Rと一三〇Rを抜けてコーナーまで行き、車のタイヤも限界まで耐えている。

「あと少し、頑張って」

S字コーナーに入り、ハンドルを回すスピードが速い、最後の第二スピンカーブを曲がり、バックストレートでアクセルを踏んでスピードを上げてゴールした。車をゆっくりと走らせ車庫に入り、ドアを開けた。レオのところに行き、感想を聞いた。

「まだまだだね」

「……………」

（この男、許さん）。

レオの座っていた椅子を傾けて転ばせた。あとでルナに聞いたら、実技も無事合格していた。

ピーター先生から声がかかった。

「ソフィアの剣が届いたぞ。早く渡したいから教室に集合してくれ」

みんな子供のように目を輝かせた。ピーター先生とジョージ先生は届いた剣をみんなに渡した。袋に包まれた鞘から剣を取り出す。みんな光り輝いた剣を持ち上げた。それぞれのオーダーメイドで作り上げた剣は同じものは存在しない。早速、道場に行き、剣の具合を確かめた。

「軽い。自分の手の一部みたいで扱いやすい」

カーターは自分の剣に満足していた。これからの練習に使うことになる。ローガンも気に入ったらしい。

レオは二本目の剣を手に入れて感動もひとしおだ。ルナとヘレンも喜びを隠せず、エンドリアに感謝をして剣を見せてくれた。

大きな贈り物

寒い冬が来て雪が降り始めた。

「もう残すところ三ヵ月で卒業だ」

エンドリアは温かいコートにマフラーを着けていた。クリスマスが近づき、ルナもヘレンも心なしかソワソワしている。ルナは以前からは考えられないほどメイクがうまくなった。

クリスマスイブは金曜日だ。イーソンとオスティンもいつもより大人な雰囲気だ。ゆっくりと雪が降り、イブを華やかに演出している。

エンドリアはライアン公爵から、帰りにレオの家に行くようメールを受け取った。レオと考えながら家に向かった。

ニコラス整備工場に行くと、リースおじいさんが何やら白い布で覆われた塊を見せてきた。

「エンドリア、クリスマスプレゼントが届いたぞ」

エンドリアとレオが布を外したら巨大な最新の飛行機が輝いていた。もう大興奮だ。見上げながら機体の周りを歩き、ドアを開けて中に入った。

「広い。新品の匂いだ」

コックピットに行き、二人の操縦席と後ろに補助席があった。操縦席に座るとクリスマスカードがあり、ライアン公爵のメッセージが書かれていた。

「しばらくの間、当機はレオの家でお世話になることになる。その間、この機に慣れること」と。分厚いマニュアルの本が二冊あり、明日読むことにした。機体の中を見たら部屋があり、二人は喜んだ。

「私の部屋はここにする。洋服ダンスやドレッサーもあるよ。レオ、ここ少し私仕様に変えて」

「うん、考えるよ。ここ見て、車やバイクを置く場所もあるよ」

「キッチンや冷蔵庫、シャワーに医療室やリビングもある。明日も来るから、レオ調べておいて」

時間も遅くなったので帰ることにした。エンドリアは雪が降る街を歩いた。家族や恋人が楽しそうに歩いていた。何気ない会話が楽しそう。

その頃ヘレンとオスティンは公園を歩いて、ベンチに座りプレゼント交換をしていた。オスティンはヘレンの頭を優しく撫でてキスをした。二人は寄り添い歩いていた。ルナとイーソンはカフェで楽しそうにしていた。

翌朝、エンドリアはレオの家に行き、マニュアルの本を読んだ。戦闘機と操縦は同じだが、新しい▲戦闘モード▲防御モード▲スピードモードと状況に応じて翼の形を変えることができるみたいだ。

操縦席は二人乗り（一人乗りも可能）で、席が左右に回転する。補助席も二つある。AIによるオートメーション運転が可能、Defense（ディフェンス）を張ることで一定期間防御力アップができる。

数少ないＡＩ重視の飛行機で、基本的にスピード重視のため、攻撃はミサイルを探知して迎撃するのがメインだ。九〇％近く敵からの攻撃を防げる。巡航小型ミサイル、クラスターミサイル、迎撃ロケットランチャー、三〇ミリのガトリング砲を装備している。Visualization（ビジュアライゼイション）レーダーで可視化して相手の飛行機の攻撃力・防御力がわかる。戦いを有利に運び、状況を分析することができる。

飛行機を上空や基地から呼び戻すことができて飛行機専用のスマートフォンがある（特殊な素材なので壊れることはない）。

スマートフォンの暗号で飛行機のＧＰＳが反応し、近くに呼ぶこともできる。

エンドリアは日が暮れたのに気づかないほど、マニュアルを夢中で読んでいた。レオは昨日から夜遅くまで読んでいた。

「この飛行機、最新の技術が投入されている。使い方もここに書かれているから付箋しておいた。まだまだ覚えることがあるからエンドリアも家で読んだ方がいいよ」

マニュアル本をバッグに入れ、帰ることにした。料理を作る時間が惜しく、途中でピザを買った。家に着きピザを食べながら本と格闘した。そういえばもう二人の存在を忘れていた。

カーターはローガンの家にいた。意外とさみしがり屋のカーターは、クリスマスを一人で過ごすのは耐えられなかった。ローガンが男鍋を作り、二人で食べた。

「俺、今まで知らなかったんだ。オスティンとヘレンが付き合っているの」

「遅!! けっこう前からイイ感じだったし、付き合うのは時間の問題だと俺は感じていたよ。お前、ヘレンのこと気にしていたもんな」

「なんでわかるんだ」

カーターの顔が赤いのは、酔いと照れくささ両方だったのだろう。空いたグラスにビールを注いだ。

「俺は鋭いから、空気で感じる。大人だもん。まあいいから今日は飲め」

「オスティンは性格もいいし。俺の大事なパートナーだぞ。なのに相談もしてくれないんだ」

「ヘレンはグイグイ攻めるタイプだから。もう忘れな。他にも女の子はたくさんいる。きっといい出会いあるよ。オスティンを責めるなよ。俺たちの仲間だ。それとエンドリアは駄目だからな。彼女はこれから想像を超える戦いに立ち向かうと思う。俺の直感だけど」

窓際でタバコを吸い、呟いた。

「オスティンとヘレン、今頃キスしてそう」

「お前、傷口に塩を塗るのかよ。……なんか話したら楽になったよ」

「そっか、そりゃよかった。締めの雑炊食べるだろ」

ローガンは鍋にごはんを入れて蓋を閉めた。

「この間ピーター先生の部屋に行って借りてきた年代物のウイスキーがあるから、これ飲もうぜ」

「それ盗んだだろ。お前って奴は本当に滅茶苦茶するな」

ローガンはグラスを二つ出して氷を入れ、ウイスキーを注いだ。

「いやー効く。冬にウイスキーはいいな。借り物だけど」

この二人のクリスマスは違う意味で思い出になりそうだ。


翌日もエンドリアは朝からレオの家に行き、飛行機のマニュアル本を片手に操縦席で模擬練習をしていた。レオは的確にメインスイッチやイージスの作動方法をエンドリアに教えた。本に付箋を貼り、復習できるようにした。レオは操縦席での勉強の時間を多く作ることにした。

すっかり昼になり、レオの母親ユリアが親子丼を作ってくれた。こういう時のレオは夢中になるとごはんのことは忘れるみたいだ。

「飛行機を見ながら食べるごはんは美味しいね」

と、二人は微笑み合う。

食べ終えたら、また操縦席で勉強した。夕暮れ時になり、エンドリアはルナとヘレンの家に行く約束をしていたので、レオと別れた。レオにプレゼントを渡すのを忘れていたことに気づき、引き返した。彼が喜びそうなビンテージのマントを用意しておいたのだ。

「レオ、クリスマスプレゼントだ」

「ありがとう。本当に嬉しいな」


エンドリアは早足で二人が待っている家に着いた。二人がとても綺麗に見えた。昨日、それぞれ幸せな時間を過ごしたのだとわかって、エンドリアは二人に軽い肩パンチをお見舞いした。コートとマフラーを脱ぎ、ダイニングテーブルに座った。

「エンドリア、今夜の夕食はすき焼きだ」

「わーい。素敵だよ」

「特別な日に似合う料理だ」

温かいすき焼きがコンロと一緒に食卓に並べられた。

鍋の中はしらたき、長ネギ、白菜、春菊、焼き豆腐、メインの牛肩ロースがぐつぐつと煮込まれ、香りも最高だ。もちろん溶き卵を添えてごはんと一緒に食べた。

「すき焼き、美味しい。お肉も柔らかい。ヘレン様ありがとうございます」

「どういたしまして」

ルナも美味しそうに食べていた。食べ終わりアイスティーを飲んだ。

「二人ともデートはどうでしたか?」

エンドリアは興味津々だ。

「オレは街中を歩いてカフェで過ごしただけだよ」

「ふーん」

ヘレンは目を細めてルナの顔を見た。

ルナは笑いながら楽しかったよと言い、「次はヘレンあなたの番」とばかりに見つめる。

「キスしたよ」

突然で、エンドリアもルナも声が出ない。キスの二文字でエンドリアとルナは体の配線が完全にショートした。時間の経過が長いように感じたが短かった。

「クリスマスに最高のプレゼントだね」

二人はヘレンをこづいた。ヘレンは照れながらアイスティーを飲み、フワフワした気持ちを落ち着かせた。

「ヘレン、オスティンのこと大好きだもんね。よかったね」

「うん。ありがとう」

ルナは果物を用意してくれた。オレンジは食べやすいサイズに切られアイスティーとの相性もいい。三人のお喋りは止まらなかったが、遅くなったので帰ることにした。

次の日もレオの家に行き、マニュアル本と飛行機の勉強をした。

連休に入り、エンドリアとレオは飛行機の勉強を続けて、ギドラインの空港で飛行練習を何度もして調子を確認した。予想を超える速さとイージスの作動確認をした。

今年もみんなでカウントダウンに行くことになった。展望タワーを抜け、海が見える場所の席をカーターが一足早く確保していた。

「来年はもう卒業だよ。いろいろありすぎて今は懐かしい思い出だね」

「レオのおかげで体重が増えた」

レオはまずい空気を察知してイーソンとオスティンを誘い、ジュースを買いに行った。近くにお菓子屋があったが、買うとあとでひどい目に遭いそうなので我慢した。温かいミルクティーを配り、一年が終わる五分前になった。

ローガンとイーソンはビールを飲みながら楽しそうに会話をしていた。いよいよカウントダウンが始まった。

「十、九・八・七・六・五・四・三・二・一・〇」

「Happy New Year」

大きな花火も上がり、会場は盛り上がった。エンドリアは夜空に放たれる花火を見て平和な日が来ますようにと祈った。

休みも終わりテストの日が続いた。バイクと車の教習が始まり二週間で免許が取れた。二等航空整備士の資格はレオのところで実務経験をして、家で勉強して学科の試験は合格した。実技テストはギドライン近くの空港で航空機の機体構造・整備・点検・修理をはじめとした知識のテストがある。

本番の日、エンドリアとレオは会場に向かった。テスト会場は各地から受験者が集まり人気の職業だと感じた。テストも無事終え、合否はメールで知らされる。

「疲れた。ここんとこテスト続いているし、甘いものチャージしたいよ。レオ」

レオは立ち止まりレオログを使い始めた。老舗のスイーツ店を見つけた。

その店は混んでいたが、幸い二人分空いていて、案内された。豊富なメニューに目移りする。

「どれも美味しそうだよ。悩むな～」

ここは手堅く一番人気の苺のマカロンを頼むことにした。

「これ、絶対美味しい」

一口食べ、美味しさのあまり言葉も出ない。素晴らしいスイーツと出会えたことに感動した。アイスコーヒーの苦さと苺のマカロンの甘さでバランスが取れてちょうどいい。

「しばらくここから動きたくない」

「違うスイーツ頼もうか」

「これ以上私を太らせないでくれ」

二人は満足して店を出て家に帰った。

数日後、合否の連絡が来た。エンドリアはレオに「合格」とメールで報告した。レオは「楽勝」と送り、あとで怒られた。

残すはパイロットの学科だ。飛行時間の距離はクリアしているし、飛行経験は三年なので目標は達成している。そのため実技試験は免除される。

二月に入り、学校のテストの日々とレオの家で自分たちが旅に使う飛行機の勉強をした。全員が夜遅くまで学科の問題集と格闘している。グランド・アビエーション・スクールでは航空テスト期間中は他の国から試験官が来る。

厳重で公正なテストを行うためである。テスト内容は航空気象、航空力学、管制情報、航空機操縦法、システム、航空法規、運航方式と幅広く問題も難しい。今まで勉強した成果を発揮しなければならない。

七日間のテストが終わり、全員力尽きた。机から動ける者はいない。試験官が笑顔で「ご苦労様」と言い、答案用紙を鍵のかかった鞄に入れて学校を出た。ピーター先生は教室に入り、労いの言葉をかけた。

「みんな、お疲れ様でした」

生徒は全員、机の上に顔を埋めて眠っている。先生は「戦士の束の間の休息だな」と言い、黒板にメッセージを書き残して教室を出た。

一時間が経ち、目覚めたヘレンは黒板を見た。

『若者よ。ここで共に学んだ仲間が最高の宝物です』

「みんな起きて」

眠い目を擦りながら、次々に起きた。生徒たちは目の前に書かれている文字を大切に胸の中にしまった。

「終わった。出せる力はもうないぞ」

次の日は特別に休みなので遅刻の心配をすることもなく心と頭を休めることができた。


その頃オリバー侯爵とアーチ伯爵にアラン男爵と、そして一人の男とstar light（星の光）のメンバーはメイソンの国にいた。

赤い刃の軍勢がメイソンのアーレン一族を滅ぼすほどの戦争が終結していた。メイソンは北部にある寒い国で、近年、赤い刃の軍勢が押し寄せ、メイソン国は敗北。大統領制は保持されたものの、今や赤い刃の領地となり、アーレン族の残党は山奥に逃れていた。

アーレン族の人柄は優しく、身長は二メートルを超える。生まれついての戦闘民族でありながら赤い刃との熾烈な戦いに負けたのである。

そこにいた一人の男は、元はメイソンの戦闘部隊として活躍していた優秀な兵士だった。

「私はメイソンのレイン・マートル大統領に会いに行く。アーチ伯爵とアラン男爵と starlight のメンバーで北部のアーレン一族の生き残りを探してくれ」

「君は残ってくれ」

「それでは報告を待っている」といった簡潔なやり取りが行われた。

北部まで険しい道のりだがジープ二台で現地に向かった。

夜中、オリバー侯爵は大統領の執務室のある屋敷に向かった。屋敷の兵士に名前を名乗り面会を求めた。裏口に案内され部屋を訪ねた。

「お久しぶりですね。ブルックス・オリバー侯爵です。体調が悪いと聞きましたが大丈夫ですか?」

「医者には職務は止められているが、今の状況だと無理をしても生き残る道を作るのが使命だ。民の平和が一番大切だ。しかし平和な国が赤い刃の連中に壊されてしまった。赤い刃の望みはアーレン一族の軍勢を取り込み自軍を強化することだった。

アーレン一族の首領のダン・スコッティーは断固断り、戦争になってしまった。説得したがどの道、無駄な血を流す戦争には参加することはできないと悩んだ末の結論だった。

悔やんでも悔やみきれない。そして多くの仲間が死んでしまった」

「辛くて苦しい決断でした。ですがまだ希望を捨ててはいけません。必ずチャンスがあるとライアン公爵は仰せですので諦めないでください。それとライアン公爵から一人の戦士と star light のメンバーを赤い刃の軍勢に入れてください」

「赤い刃の軍隊が、アーレン一族の戦士を戦力として欲しがっているか調べさせた。ミケローアでの戦いが近づいている。なんとか阻止してほしいとライアン公爵に伝えてほしい。先ほどの話はなんとかなるだろう。赤い刃は一人でも兵士が欲しいみたいだ。側近に手配させよう」

ミケローアは、メイソンからかなり南西にある、水資源が豊富な美しい国だ。赤い刃は豊富な資源を狙っているのだろう。

公爵は屋敷を出てホテルに帰った。

北部は戦争の爪痕が生々しい。戦士や子供や女性の死体があちこちに放置されたままだ。中には母親が子供を守りながら死んでいる姿もあった。アーチ伯爵とアラン男爵は怒りを抑えることができず涙が溢れて、手は震えていた。

「一番弱者が先に死んでいく。惨いことだ」

「もう少し山の方に行こう」

足取りは重く辛い時間だった。行くところどころで家が破壊されていた。

しばらくすると、人の気配を感じた。大男が立ちはだかった。

「そなたたちは何者だ」

「安心してください、ライアン公爵の使者です。ダン・スコッティーに会わせてください」

ライアン公爵からの手紙を渡した。

「ここでしばらく待ってください」

大男は山の霧深い中に消えていった。しばらくすると戻ってきて麓に案内された。starlight のメンバーはここで待機することになった。

「ここが私共のアジトです」

山の木で完全に隠されている場所だ。綺麗な川もあり、樹齢何千年にもなる木が何本もある。木々の間を歩くと、人が隠れている様子の建物が何軒もあった。なんとか生き延びた者がいて救われた気分になった。首領の館に着いて扉を開けた。ダン・スコッティーが目の前に現れた。

「よくぞ、辺境の地に来てくださいました」

優しい笑顔で迎えてくれた。

「何もできなくて申し訳ございません。大切な仲間を失い、心からご冥福申し上げます」

「ライアン公爵はお元気ですか。もう何十年も会っていない。数少ない正義の心を持った公爵ですね。お会いしたらお伝えください。アーレン一族は滅びていませんので安心してください」

二人は涙を流した。

「作戦は進んでいます。必ず赤い刃の息の根を止めます」

両手の拳は固く握られていた。

アーチ伯爵とアラン男爵は森を出て、オリバー侯爵のいるホテルに戻って報告した。

「アーレン一族の一部は生き残っています。ダン・スコッティー様もご健在の様子。ライアン公爵のことを気にかけていました」

「私から伝えておこう。重要な話をマートル大統領から聞くことができた。ミケローアに赤い刃の軍勢が向かうそうだ。アーチ伯爵はここに残って赤い刃の情報を集めてくれ。アラン男爵は一足先にミケローアに行ってくれ。私はギドラインに行き、エンドリアと他の生徒に会ってくる。別々の行動になるが健闘を祈る」

三人は別れ、風のように消えた。

オリバー侯爵は飛行機の無線でライアン公爵と打ち合わせをした。

「ライアン公爵様、新しい情報を手に入れました。ミケローアが次の標的です」

「予想していた通りだ。オリバー侯爵、手は打ってくれましたか？」

「すでに動いています」

「よろしい。それではギドラインへ行き、エンドリアと他の生徒に会いに行きなさい」

「エンドリア姫、さらに強く成長したみたいですね」

「想像を超える強さだ」

次のカードを切り、着実に作戦は進んでいた。

追試大作戦～卒業

数週間が経過してテストの結果が配られた。

「合格だ。全科目で優秀な成績を収められた。ヘレン、ありがとう。勉強手伝ってくれたおかげだよ」

「おめでとう。私もルナも合格したよ」

三人は手を取り合い喜んだ。暗い顔をしている者が二人いた。ローガンは二科目で、カーターは一科目不合格で追試がある。ローガンは気にもせず人前で大泣きして、カーターもつられて涙を流していた。

ヘレンは見かねて励ました。

「まだ追試があるんだから、それまでの間勉強教えるから心配しないでよ」

「ローガン、泣くのはよせよ。みんなで協力して合格させるから」

テストが終われば授業は少なくなるので、ローガンとカーター以外の六人が、二人に付きっきりで教えた。

休みの日はカーターの家で、オスティン、ルナ、ヘレンが容赦なく勉強を教えた。エンドリア、イーソン、レオはローガンの家で頭が壊れるくらい教科書の内容を叩き込ませた。二人の家が近いのもあって、ヘレンとルナが昼食を作り、ローガンの家までオスティンが届けた。

昼食の休憩時間以外はローガンとカーターは眠気と戦い、机で勉強した。時にはヘレンとエンドリアは鬼と化し、眠気覚ましに鞭で彼らの机を叩く場面もあった。

追試当日、「エンドリア。俺、緊張してきたよ」と、ローガンは自信なさげに言った。

「深呼吸。もうやることはないよ。あとはローガン自身で頑張るの」

追試の間エンドリアたちは図書館で時間を過ごした。追試が終わった二人はヘラヘラした顔で周囲の調子を狂わせた。

数日後、待ちに待った追試の結果、二人は緊張して今にでも倒れそうな雰囲気だ。

配られた答案用紙には合格の印が押されていた。ローガンとカーターは大喜びして抱き合った。

「二人ともおめでとう」

喜びの輪が広がった。

「じゃ、お預けにしていた合格祝いに行こう」

どさくさに紛れてレオは言った。先生も教室の後ろから生徒の喜ぶ姿を見守った。

「いや～楽勝だったよ」

エンドリアはローガンを蹴とばした。

「もう心配させやがって、みんなにお礼を言えよ」

「本当に素晴らしい年下の仲間に感謝しています。このご恩は忘れません」

ローガンは胸を張って言った。

カーターも「オスティンとルナにヘレンに付きっきりで勉強教えてもらったおかげで合格できたよ」と言う。

「みんな合格したんだから今日は食べて騒ぎましょうよ」

レオが突き進む先は中華料理屋だ。

レオが料理を一時間コースで頼んだ。料理が運ばれ、小皿に取り分けた。

「麻婆豆腐、旨辛」

「凄く美味しい」

ローガンにイーソンとカーターはビールを飲みながら中華料理を堪能した。

「カーター、無事、合格できてよかったな」とローガンが上から発言をすると、一斉に

「お前が言うな」が響いた。

小籠包や春巻きに炒飯が運ばれ、テーブルは料理で賑やかになった。

「ヘレン、春巻き美味しいよ。小皿貸して」とオスティン。

「ありがとう」

二人の仲が良さそうな雰囲気が素敵だった。

エビチリが来たらヘレンが新しい小皿に入れてオスティンに渡した。幸せそうな二人をエンドリアはうらやましく思う。

ローガンを中心とした席にはビールの空ジョッキが並べられた。一時間が経ち、お腹は満たされた。八人は海が見える場所に行き、波音を聞き静寂な時間を過ごした。

もう卒業まで時間が限られている。少しでも仲間といたいと思い、遅くまで懐かしい話で盛り上がった。三年間の思い出が八人の心に刻まれた。卒業まであと数日。本当にここまでみんなに囲まれて過ごせたことに感謝した。


翌日、エンドリアはダグラス・ヨハン学長に呼ばれた。

「見事です。よくぞここまで成長しました。この貴重な時間はあなたの今後を左右する運命的な出会いです。どうか忘れずに、大切に鍵をかけておいてください。エンドリアがこの世界の運命を変えると信じています」

傍らに立っていた先生も同感して頭を垂らし、涙をぬぐっていた。

晴れ晴れとした卒業式。教室でピーター先生から卒業証書が一人ひとりに渡された。黒板には「卒業おめでとう」の文字と学校や木々が並んだ絵が描かれていた。

エンドリア、ルナ、ヘレンは大泣きして、共に過ごした時間を思い出していた。他の生徒も三人のお姫様の姿を見てもらい泣きしていた。

そこに教室のドアを開けて一人の男が現れた。ブルックス・オリバー侯爵だ。

「エンドリア。卒業おめでとう。三年も見ない間にすっかり大人の女性になって驚いた」

「オリバー侯爵、お久しぶりです。お変わりはない様子なので安心しました」

エンドリアは久しぶりの再会で嬉しかった。

「今日ここに来た理由はもう一つある。そうだ、初めまして。ブルックス・オリバーと言います。みんなのことはエンドリアから聞いています。少し長くなるが聞いてほしい。

公爵の停戦協定は破られている。ライアン公爵をはじめ私たちの同志の star light のメンバーが各地で情報を集めたところによると、大きな戦いが近いうちに始まることを突き止めた。そこで戦いの戦士を集めている。私たちにどうか力を貸してください」

頭を深々と下げた。みんなの目は真剣だった。

「俺たちはエンドリアと共に戦う覚悟は決めています」

「Aries と一六人の仲間です」

「すでに Aries の八名は大事な任務に就いています。桁違いの強さと仲間思いの勇敢な戦士です。Aries と star light は同盟を結びます。エンドリアとレオ以外のメンバーは戦いに備えてください。ライアン公爵の使者が数日後に迎えに来ます。少しの間、休息をとってください。ギドラインでの最後の生活を仲間と共に過ごしてください」

「エンドリアとレオは別の任務があるのでライアン公爵の指示を待ってください。名残惜しいと思いますが新たな冒険が始まります。若者が結束すれば私たちに大きな風が吹きます」

オリバー侯爵は礼を言い、教室を出た。

少しの時間でも学校の空気を吸いたいと思い、帰る者は誰もいなかった。

チャイムが鳴り、「行こうよ。みんな帰るよ」

ヘレンは言葉を振り絞って言った。

「三年間ありがとうございました」

一同は校庭に出た。

「夕焼け綺麗だよ」

「綺麗だ」

「本当に楽しかったな」

「うん」

「私たちは最強の仲間だ」

校門で写真を撮り、帰ることにした。オリバー侯爵からメールが来た。

「ゆっくりお話ができないのが残念です。エンドリアの友達は素敵な人がたくさんいましたね。私はもう旅立つことになりました。また会う機会もあると思いますので、その時は学校生活のことをゆっくり聞かせてください」

その頃、先生もエンドリアと生徒の卒業を心からお祝いしていた。

「これから彼らの冒険が始まりますね。生徒と過ごせた時間は私の財産です。特にエンドリアはこの先の運命を変える存在です。この目で見たいです。平和と希望が溢れる世界を再び戻す運命の申し子」

ヨハン学長と先生は窓から見える夕日を見ていた。


次の日はささやかなパーティーをエンドリアの家で開くことになった。ルナとヘレンは昼食の準備を手伝ってくれた。ミートボールのトマト煮込みとマッシュポテトのグリル野菜のせにクリームチーズとバゲットと春雨スープを用意した。

男子生徒が集まり、天気もいいので外で食べることにした。椅子の準備をして焚き火台に薪を入れ、火を点けて体を温めた。男子はまだまだ食べ盛りなので多めに料理を作っていた。案の定、鍋は空になった。

食後のレモネードを飲みながらエンドリアは話し始めた。

「大事な話をするね。ルナとヘレンは前に聞いたと思うけど、もう一度気を引き締めるために話をすることに決めたから聞いて。

公爵は基本一四色あるうちのいずれかの色のオーラの剣を持っている。

代々伝わるオーラの剣は体の一部となり、何倍の攻撃と同時に防御のオーラの色を持つことができる。

オーラの剣は公爵にしか扱えないとされていて剣の色も本人次第で変えることができる。攻撃方法もそれぞれ違う。

オーラの剣には特殊な波動がある、そして、波動にも種類があり良い波動と悪い波動がある。オーラの剣は邪悪な剣に塗り替えることもできる、公爵とオーラの剣が道を間違えると二度と元の正義と秩序を保つことができなくなる。

悪い波動を使うと相手を殺傷できる能力が普通の倍以上になる。殺傷できる範囲も数百メートルにのび、相手を傷つけることができる。波動は攻撃範囲を広める力がある。至近距離から攻撃できる者はいない。

このオーラの剣を公爵に贈ったのはソフィア家の祖先たちなの。

公爵には剣を与えられて長い歳月、平和と秩序が守られ、良い波動が使われていた。生命を癒したり、瞑想して未来を見たり。

ライアン公爵の場合、特に防御が強いオーラがあると聞いている。昔の公爵はそれぞれの国で朝日が昇る頃に剣を掲げて波動を出し続けることで、争いが起こらないようにしていた。

しかし今はDark Moon（ダークムーン）の存在や私利私欲にまみれた公爵が現れて、平和と秩序が壊れた。人間に正しい道を教えるはずの人が悪の道に取り憑かれた。もう誰も止められないところまできた。

そして私はソフィア家の正当なる子孫でトランスフォーメーションを操る戦士。この戦いを終わらせるため、小さい頃から訓練を重ねてきた。戦いは私たちに有利に動いている。私の存在を敵の公爵は知らない。

それに今まで共に鍛えた仲間がいれば怖いものはない。少しの間、離れ離れになるかもしれないけど目的は一つ、平和と希望をこの手で取り戻す。

公爵という位だと「contract」という呪文が使え、古の魔法の契約ができるの。契約書（布）に名前と血をつけて仲間にする。すると不思議なオーラに包まれる。オーラに包まれた剣を持つ者同士は連帯感が強まる。良くも悪くも公爵次第で正義の道に行くか、悪くなるかはわからない。契約を交わすと公爵のオーラにより人並み外れた力が与えられる。他の者も侮れないけど今まで鍛えた訓練を忘れないで」

一同は静まり返り、戦いの足音が近づいてきた。

「エンドリア、先に行っているぞ」

「今までの訓練の成果を出してくる」

長い時間話をしたので、エンドリアは喉が渇き、レモネードを飲んだ。

「明日、空港行くからね」と言い、みんなが家を出た。

前日の夜にライアン公爵からメールが来て、すべてを仲間に話しなさいと言われていたのだ。次にソフィアに帰るべく、レオと飛行機で待ち合わせるのが最初の指示だ。

空港に集まり、仲間としばしの別れの時が来た。ライアン公爵の使者が来て案内される。

全員が円になり、手を出し重ねた。

「すべてのことを学んだ今、戦う相手は公爵。私たちAriesが時代を変えてみせるの」

高く拳を突き上げた。空港を後に六人の戦士は戦いの場所に向かった。

「みんな、必ず会おうね」

飛行機が離陸していき、エンドリアとレオも指令も出され、準備を整える。

二人は数日残り、飛行機の実戦練習をして完璧に近いくらい覚えることができた。レオは毎日遅くまでマニュアルを読み、暗記していた。エンドリアはニコラス整備工場のリースおじいさんとレオの母親ユリアにお礼を言った。

「旅立ちの日が来ました。今までありがとうございました」

「気にしなくていい。レオをよろしく頼みます」

家の近くまで来たのでダージル夫妻にもお礼を言い、家に着き、必要な荷物をまとめてソフィアに帰る準備をした。別荘としていつでも戻れるよう荷物は残した。

昼になり外食を済ませて飛行機に載せる必要な食料品や飲料水のメモをレオに渡した。

エンドリアは飛行機でソフィアへ旅立った。

ソフィアへ帰還

ソフィアに着くと、ライアン公爵とオリバー侯爵が出迎えた。夕暮れ時、久しぶりの食事と楽しい思い出話で食卓は笑顔が絶えなかった。

次の日、ソフィア家の子孫の精霊が集まる場所に行き、心を静めた。リトーが現れ、肩に乗った。

「古の精霊よ。私が正しき道を作ります」

辺りの木々が揺れ、風が吹き、エンドリアは思わず目を閉じた。全身から力が溢れてきた。ミドルフィンガーリングと体からまばゆい銀色の光が放たれた。

「古の精霊、ありがとうございます」

リトーは体が大きくなった。エンドリアが抱きつくと、リトーはエンドリアの体の一部に戻った。体も軽く、木々に囲まれた森を歩き、宮殿に着いて厳重に管理されているソフィア家の武器を持ち出した。

武器は炎と光で作られた代々伝わる剣、槍、弓、二段の警棒。それと鎧と兜をライアン公爵の飛行機のガラスケースに入れた。

宮廷でライアン公爵に呼ばれた。

「赤い刃のオーウェン・フレディー公爵の暗殺を命じる。彼の兵は少ないが脅威の一角だ。各国を味方につけ、兵の人数は読めない。最新の兵器や戦闘機、大型・中型の飛行機を保有して多くの地域で勝ち続けている。

メイソンに行き、エオウィン・アーチ伯爵とstar lightのメンバーが手配は整えている。マキシム・デーン伯爵の暗号コードを探し出してパソコンからデータを奪いなさい。細かい指示は現地で聞くように。必要ないとは思うがソフィア家の短銃と銃弾を用意しなさい」

ソフィア家の人に別れを言い、ライアン公爵の飛行機でエンドリアはレオと待ち合わせする。

その頃、レオは支度に取りかかっていた。Aries の飛行機の戦闘準備ももう少しでできる。エンドリアから言われた食料品や水を機内に運び込んだ。最後に祖父と母に別れを告げる時が来た。母親から父親の形見のネックレスを渡された。

父が戦死した時に母親に託した大切なもの。父親に見守ってもらうよう母は願った。

祖父のリースからは命を守るのに必要な有名なクラシックな短銃二丁をもらった。装弾数は一五発もある。弾薬もケースで渡される。店でも購入可能みたいだ。

「おじいさん、ありがとう。大切に使うね」

「取り扱いも楽だし、レオにちょうどいいと思ったから探し出した掘り出し物だぞ」

エンドリアが待っているから早く行きなさいと言われた。

以前ライアン公爵はグランド・アビエーション・スクールに行く前にリースとレオの母親に直接会って、今後の世界の運命にレオが必要なことを聞かされていた。

エンドリアとレオはとても優秀な戦士で二人はとても仲が良い。実力は未知数だが息が合った二人は最強かもしれない。また、二人は仲間を増やす能力も備えている。これから、旅に必要な人間と出会うだろう。またエンドリアの身に危険が迫ったらレオや仲間が助けてくれるはずだ。ライアン公爵には少し先の未来は見えていた。

エンドリアとレオと仲間が未来の平和と安定の道を作ってくれると信じていた。

リースと母親はライアン公爵の説得に心を打たれた。必ずレオも平和のために戦い、多くの生き物や大切な仲間を守ることができると二人に言い聞かせた。

母の気持ちは確信に変わっていく。息子も大切な友達ができて、暗黒の時代に希望の光が灯されると信じた。涙が止まらない。

息子の成長に感心していた。時が来た。息子の旅に胸を張って送り出そうと母は決心した。

「リースおじい様、お母様行ってきます」

「体には気を付けてね」

飛行機はギドラインの空港の倉庫にあるので、旅の荷物を持ち、空港まで歩いた。レオはエンドリアと初めて会った時のことを思い出していた。

空港に着き、機体に異常がないか調べた。

「問題なさそうだ」

コックピットと繋いでいるノートパソコンでデータを調べたが機体は良好だ。機体のドアから入りコックピットに座った。メインパネルのスイッチを押して電源を入れた。エンジンスイッチをONにし燃料コントロールスイッチを入れて燃料を送り、点火してエンジン始動。ゆっくり機体が動き、連絡誘導路に向け機体を動かした。

滑走路で待機し、管制塔から離陸の許可が下りてエンジンの出力を上げた。エンジンの動作に異常はなく、ギアのブレーキを解除した。同時にオートスロットルのスイッチを入れる。スラストレバーが自動的に動き、エンジン出力が離陸に適した推力まで自動的に上昇し、離陸滑走を時速三〇〇キロで加速する。機首を持ち上げた。飛行機は空高く上昇し、安定高度まで辿り着いた。

「エンジン良好。機体安定。メインパネル正常。ナビゲーションモニター正常。これからエンドリアのところに向かう」

待ち合わせの空港まで四時間でライアン公爵の飛行機につく。これからはエンドリアと旅に出る。ワクワクとドキドキが止まらない。早くエンドリアに会いたい。

Aries は速度を上げ、空に飛び立った。四時間後に着き、滑走路に降りた。Aries が飛行機の信号機により滑走路にアレスティング・ワイヤーで機体を引っかけ着陸した。

エンドリアとの再会を喜んだ。ライアン公爵も温かく出迎えた。エンドリアは荷物を Aries に運んだ。武器は部屋の中のガラスケースに入れ、鍵をかけた。エンドリアから詳細を聞いてすぐに飛び立つことになった。

「ライアン公爵、行ってきます」

「レオも頼りにしているぞ。それではいい知らせを待っている」

コックピットに座り、離陸の許可が出た。

「Aries NO18 発進します」

滑走路が下りカタパルトで離陸した。凄いＧで体が鉛のようだ。飛行機は上昇し安定角度を保つ。

二人のミッション

五時間が経過し、二人はAries の操縦席にいた。二人の息はピッタリだ。

「計器、エンジン異常なし」

「敵機らしいのをレーダーが捉えた」

メイソンまで一日半くらいかかる。行く手を邪魔するものが現れた。

「敵機一機」

「敵機から高速でミサイルが発射。イージス作動」

ミサイルランチャーが発射されたがイージスが作動し、ガトリング砲が発射され打ち壊した。

「速度を上げてスピードモードに切り替える」

飛行機の翼の角度が変わりスピードが上がる。

この場は争わないで逃げ切ることにした。オートメーションにしてコックピットを離れた。機内のソファーに座り少し寛いだ。

「それでは食事の準備をしますかね」

エンドリアは簡単なパスタを作り、ダイニングでレオと食事をした。

「レオ、あまり手の凝った料理は我慢してよね」

レオの我慢がいつまで続くか心配だ。お湯を沸かしコーヒーを淹れて飲んだ。

「意外と快適に過ごせるね」

「オートメーションで機体が振動を最小限に抑えてくれる。あと僕が少し手を加えたよ。オートメーションで飛行中、敵がレーダーに映るとディフェンスが自動的に作動する。あとその町の美味しいところもわかる最新のレオログも完成した。これで快適な食事が楽しめる」

「わかったよ。一〇時まで起きて寝ましょうよ」

「あと、時計だけど最新の機能が付いているのと改良してお互いの場所がＧＰＳでわかるのとAriesをオートメーションで動かす機能を付け加えたよ」

「凄いのを作ったね。Ariesを呼び出せるのは便利だね」

時計から映像が出てキーボードを打つ。パソコンの操作と一緒だ。あと接続コードとＵＳＢが繋がる機能もコンパクトで持ち運びが楽だ。

二人は眠ることにした。朝のタイマーを五時三〇分にした。

アラームが鳴り、飛び起きた。部屋から見える景色はまだ暗い。リビングに行くと、レオも眠そうな顔で現れた。

朝はパンと目玉焼きにした。食べ終え、歯を磨いて顔を洗った。コックピットに行き、朝日が昇るのを見た。

Ariesがメイソンを捉え、滑走路をＡＩで最適な高度と速度まで調べていく。オートメーションにした状態で機体が動いていく。

タワーコントロール航空交通管制に着陸の指示が入った。Ariesの機首が下がりフラップが下がっていく。時間にして五分で着陸の予定となった。

管制の指示で定められた周回手順・着陸手順を省略することができた。アプローチまたはレーダーと呼ばれる管制官による誘導（レーダーベクター）であり、通常その空港のコントロールゾーンに入り、ＩＬＳ（計器着陸装置）に乗るか管制塔の管制官（タワーと呼ばれる）に引き継がれるまでの間、機方位と高度・速度などを指示して誘導されることになった。

「Ariesをオートメーションから手動に切り替える」

star light格納庫の場所の指示がエオウィン・アーチ伯爵の仲間から送られた。格納庫まで一〇分くらいかかりそうだ。

二人はコックピットで声をかけ合った。

「最初の任務だから緊張するよ」

「大丈夫、集中して仕事をするだけ」

star light のアジトは古い建物だが厳重に管理されている。中に入ると最新の整備機械があり飛行機も何機もあって広いことがわかる。小型のロボットがＧＰＳで Aries を移動させる手伝いをした。機体の先端部分と停車スペースにドッキングした。

ようやく船内から降りることができた。star light のメンバーから手厚い歓迎を受けた。

「エンドリアとレオですね。ご苦労様です。ホテルを用意していますので車で移動してください。ホテルにも我々の仲間がいます」

ホテルまでの運転はレオがしてくれた。エンドリアは外の景色を見ていた。外の景色はガラス張りなどで光るビルがいくつもある。近代国家だけど何か呪縛みたいなものがあるのに気づく。

「夕食は早めに済まそうよ」

「了解」

「ホテルのラウンジに夕食のバイキングがあるみたいで美味しいみたいだよ」

すでに調査済みで、ここでもレオログは活躍している。

「調べたな」

「もちろん」

笑いが止まらない。レオといると少し気が休まる。

予約したホテルに一七時頃に着き、部屋に荷物を置き、ホテルのラウンジのバイキングに行った。レオは大急ぎでお皿に食べ物をのせて回っていた。

エンドリアは軽く済ませたかったのでパンとサラダにスープにした。食べ終わったあと部屋に戻った。

夜まで部屋で待機中、赤い刃のメンバーの写真と舞踏会に行くまでの手配・準備がメールで届いた。ホテルのフロントから電話が入り、エンドリア宛てに届け物が来たと伝えられ、フロントに行くと、リボンのかかった大きな箱に公爵からの手紙と仮面舞踏会の招待状が添えられていた。部屋に戻り、箱を開けた。

「素敵な紺色のイブニングドレスと可愛いパンプスだ。私に似合うかな」

嬉しくてすぐ着てみた。サイズもピッタリで鏡に釘付けになった。隣の部屋のレオに電話して見せびらかした。

「いいだろ、大人の女性に変身だよ」

「はいはい。よかったね」

レオからの贈り物をもらった。

「仮面と無線機はＡＩとナビが導入されていて、会った人の情報が瞬時にわかるのと、どの道を辿るかを仮面から伝えられる。無線機から指示を出すから危険な真似しないでね」

まったくレオは時々偉そうになるな~とエンドリアは思う。

「信号機さえあれば建物の中の状況がリアルタイムにわかるからエンドリアの仕事だよ。僕は建物の外でサポートするよ」

信号機は手に入る予定だ。レオが作った仮面は素晴らしくお洒落だ。

レオは star light が用意してくれた古いバンの車を運転し目的地まで行く。舞踏会の建物付近の死角となる場所で待機した。周辺には star light の仲間が周りを守っている。エンドリアが使命を果たしたあと、乗り物を star light が用意してあって合流地点で会う約束を決めていた。

バンの中にはPCの画面がいくつもあり、最新のホストコンピューターも搭載されていた。エンドリアを援護するためレオが作った透明の超小型GPS搭載のドローンをいくつか用意している。エンドリアはお迎えの車でホテルから出発した。

城に近づくとレオから無線が入った。

「マキシム・デーン伯爵が主催している仮面舞踏会に参加して、デーン伯爵の部屋に侵入して暗号コードを入手するのが目的だからね」

入り口でチケットを渡し、城内を歩くことにした。レオからの無線も順調に聞こえる。

レオが城の外で内部の案内をいくつかのステルスの超小型ドローンのテクノロジーでサポートする。人や動物にも気づくことができないくらい小さいサイズのドローン。

「そのまま直進して、角を左に曲がって人混みを避けながら右に曲がる」

「ＯＫ。アーチ伯爵発見」

「アーチ伯爵、直進する紺色のイブニングドレスがエンドリアです」

「了解」

エンドリアはエオウィン・アーチ伯爵と会うことができた。短い会話とを交わしたあと信号機が渡された。

「レオ、信号機を手に入れた」

「エンドリア、信号機のスイッチを時計に繋いで」

この信号機で部屋の全体の詳細がわかる。エンドリアから送られた信号機のデータに時計をＰＣに繋ぎ、レオのパソコンで信号機の電波を解析した。レオは部屋全体の状況がわかった。エンドリアの仮面に部屋全体の状況がわかるデータを送った。

最上階までの最短距離と、ナビで護衛がいる場所や小型ドローンで隙ができそうな時間帯を調べ上げた。アーチ伯爵からの無線が入り、デーン伯爵のスピーチする時間があると言われた。これはチャンス。敵に気づかれず、部屋に入れることをレオが伝える。エンドリアは最上階のデーン伯爵の部屋まで仮面からナビゲーションを頼りに着くことができた。

「部屋の前にいる。レオ開けて」

「任せて」

部屋に入るには暗号が必要だが、信号機から暗号を解析して遠隔でレオが開けることができた。エンドリアはドレスと仮面に包まれ、緻密な行動とレオのサポートと無線で部屋に侵入することに成功する。

部屋にあるデーン伯爵のPCのUSBに接続し、レオにダウンロードできるようにしたが暗号を解析するのに時間がかかる。

「レオ、どのくらいでできそう？」

「最短で二、三分」

レオはパソコンのモニターを見ながら言った。ホストコンピューターが解析していた。

「よし、これで開けそう」

暗号は複雑だったがPCに侵入することができた。

「USB差し込んで」

「いい子だ。来たぞ。遠慮なくいただきます」

データをメモリーに入れることができて、赤い刃の暗号コードも手に入れることに成功する。手に入れた暗号コードの解読には、デーン伯爵の情報が必要だ。

赤い刃との次の戦いの計画を立てられる。戦力の人数や戦闘機と飛行機が何機あるかといった内容だ。

「レオ、部屋を出た。指示して」

「大丈夫。ドローンが行く先を見張っている。ナビに映すよ」

「ありがとう、人の気配はなさそう」

ナビを見ながら慎重に歩いた。

「出口のところまで来たからもう大丈夫。レオも早くこの場から逃げて。交信終了」

「それじゃ、あとで会おう」

レオたちは逃げる準備に取りかかった。しかし襲撃に遭った。レオはバンから降り、壁際に隠れ、短銃を撃った。

証拠を残さぬため、仲間がレオのバンを爆破させた。

赤い刃の敵兵が集まり、レオとstar lightの仲間は応戦した。

レオの銃弾は敵の肩に命中。敵兵はディフェンスを張っていたので銃では戦えない。剣の戦いになりそうだ。仲間が剣で襲われた時、レオは腕に装備していた機器から短剣が出て二人の敵の剣を二つに折り、もう一人の相手も、もう一つの剣で退かせた。周りにいた敵は驚き、一目散に逃げた。

優勢な展開だがレオはこの場から逃げることにした。急いで合流場所まで車で行く。

エンドリアは部屋を出て城を脱出、star lightの仲間二人と会い、仮面とドレスを脱ぎパンプスを渡した。ジーンズとTシャツに着替え、靴を履き手にグローブをはめた。

逃げる途中で仲間が切られた。賞金稼ぎや名もない剣士が現れて剣で攻撃されたが、警棒ですべて跳ね返す。暗闇なので顔はわからないが集中して人の気配を感じていた。素手で戦う者もいた。パンチをかわしながらエンドリアの右の蹴りが相手の膝に当たり体勢が崩れた。続いて左からの廻し蹴りが敵の顔面に命中して、そのまま倒れた。もう一人が襲いかかるが、背負い投げで倒した。何人かが剣で襲いかかるが、エンドリアには通じない。エンドリアは警棒で防御しながら反撃に出て、敵は何人かが倒れた。相手が身動きできない隙を見て、用意されたバイクでスピードを出して車を勢いよく抜いていく。

バイクは得意なので曲がる時は膝が擦りそうなくらい傾いていた。倉庫に着き、バイクから降りてヘルメットを外した。

star light の合流の倉庫に戻る。レオは一足早く戻っていた。

「成功だね」

二人は手を叩いた。

「レオ、ＵＳＢ」

パソコンに差し込みデータを保存してフォルダーを作り、ライアン公爵に暗号のメールを送った。

新たな地、ミケローアへ

デーン伯爵は次の日、ミケローアに中型の飛行機で出発した。飛行機の格納庫には戦闘機を一〇機保管。中型・大型の飛行機に対して戦う構造になっている。対航空ミサイル、弾道弾迎撃ミサイル、追撃砲、ロケット・スラスター、クラスターミサイルなどを装備している。

エンドリアとレオには、ライアン公爵から次のミッションがメールで伝えられた。ミケローアの戦いに向かい、同志と共に平和を取り戻す旅に出ることだった。

すでに六人のAriesの仲間が戦いに参加している。ライアン公爵とミケローアのオーウエンとは旧知の仲。

「久しぶりに仲間に会えるね」

事前に知らせたAriesに載せる品が用意されていた。

アンソニー・ライアン公爵の知人などにより飛行機の倉庫に食料品や水が届けられた。

整備の時間に二日くらいかかる。レオとエンドリアはAriesの整備に余念がない。エンジン・イージスの作動状況を確認した。

最新の車とバイクが運ばれ、格納庫に入れた。

「カッコいい、二人乗りのスポーツカーだ。バイクも速そうだ」

昼食は簡単なものにした。エンドリアがサンドイッチを作った。

「夜はラーメンを食べに行こうよ」

「まだ昼だぞ。サンドイッチ食べ終わっていないのに夕食の心配ですかレオ君」

レオは黙って食べていた。作業を続けて夜になり、レオが決めていたラーメン屋へ行った。

「レオ、並んでいるよ」

「人気の店は人が集まる。つまり美味しいところに間違いないよ」

二人は人気の塩ラーメンを食べた。レオはチャーシュー丼も頼んだ。

「美味しかったね。ラーメンは塩だよね」

レオは久しぶりの料理に出会えて満足した。食事を済ませたので飛行機の部屋で睡眠を取った。

翌朝はミケローアまでの飛行をAriesのナビゲーションで確認することにした。

一番早く到着する時間と距離を割り出すのに三〇分くらいかかった。朝は目玉焼きとパンとコンソメスープにしてコーヒーを飲んだ。レオが作るコーヒーは美味しい。

昼にはAriesと共にメイソンを離れることになるとエオウィン・アーチ伯爵の友人に伝える。

エンドリアとレオはコックピットの入り口の扉でセキュリティの確認をした。

「レオ、ドアの暗号コードは morning sunshine（朝日の光）にしたから覚えてね」

船内に入る時はこのコードが必要だ。また、二人の顔と目と指紋認証がないとエンジン始動はできない。

格納庫から takeoff（テイクオフ）を航空交通管制に伝えた。

エンジンの推力を上げて格納庫から滑走路に入り、準備をした路上でエンドリアが七割程度に手動でエンジンの推力を上げてみて、エンジンの動作に異常がないことを確認する。それから、ギアのブレーキを解除した上でオートスロットルのスイッチを入れる。

オートスロットルが作動すると、スラストレバーが自動的に動き、エンジン出力が離陸に適した推力まで自動的に上昇し、離陸滑走を開始する。この時、エンドリアは、機首上げに備えて左手で操縦桿を持ち、万一の離陸中止（RTO）に備えて右手でスラストレバー上部に手を添える。

同時にレオ副操縦士（右座席）は、左手でスラストレバー下部を支える。アンソニー・ライアン公爵の飛行機から無線が入る。期待を込めた言葉を伝えた。

「Aries の友よ、平和と調和を取り戻せ」

速度は急上昇し離陸した。

「メインパネル・エンジン正常。高度安定。スピードモードに切り替え、これからミケローアに向かう」

あっという間にメイソンを離れ、空の中に吸い込まれていく。日が暮れて星が見えてきた。この時間はとても好きだ。空には幾多の星が満ちて、命を作り育む。そして亡くなる者が星に生まれ変わる。何年、何十年、何百年と過ごしていく。

ミケローアでは戦いが始まっていた。その頃六人の戦士は戦い続けていた。ディフェンスが解け、銃声が止み、「至近距離の戦いになるぞ」と声が飛んだ。

剣を掲げ、敵と距離が縮まった。ローガン、イーソン、カーター、ルナ、ヘレンは、ミケローアを守ろうとしている白い戦士と共に戦い、仲間のエンドリアを待った。この六人がミケローアの要となり、前線で活躍していた。

「なめるな、これくらいの戦いで俺たちを倒せるか」

次々と斬り倒し、赤い刃軍は退いた。コトルト陣営に戻り、ひと時の休息が与えられた。

「ローガン、カーター、大丈夫か？　先頭で戦い疲れてないか」

「これくらい、基礎の練習に比べたら問題はない」

笑い声が出た。ルナとヘレンがスープとパンと水を運んでくれた。

「温まるから食べてね」

焚き火に当たりながら六人は食事をしていた。

「学生の頃を思い出すね」

「そうね。いろいろな焚き火をしたよ」

兵士がビールを差し出してくれた。ローガン、イーソン、カーターはビールを一口飲み、

「この味は美味い」と満足げだ。三人は静かに酒を飲んでいる。

ルナとヘレンは憎しみを抑えきれない気持ちでいた。ローガンはタバコを吸いながら二人の悲しそうな姫を見ていた。

「助けられるのは、もう一人の姫だな」と呟き、テーブルにあるビールを手にした。プルタブを開け、飲みながら星を見た。


エンドリアとレオの飛行機は悪の公爵オーウェン・フレディー公率いる都市ミケローアへ空を切り裂き突き進んだ。

ミケローアまで行くには二日くらいかかる。途中にはフレディー公爵率いる飛行機もあり困難な旅が予想される。

少しの間はAriesで休息ができた。エンドリアはレオの好きなカレーを作った。

「カレーできたよ。味はお母様から聞いているからたくさん食べて」

カレーの優しい香りがしてレオは子供のように喜んだ。

「ありがとう。エンドリア」

皿のごはんにルーがかけられ、大盛りで食べるレオ。

食事をしたあと二人はソファーで寛ぎ、白い戦士と赤い刃のフレディー公爵の存在について話し合っていた。

ミケローアは格式のある国だ。戦士も多く存在していて公爵と平和条約を締結していたが、約束は簡単に破られた。最初の戦いで多くの人が犠牲になった。ライアン公爵とミケローアの王宮は古くからの付き合いがあり、気にかけている国の一つだ。

少しの間守り切る時間が必要なため、六人の戦士を送り込む。戦いは有利に運び、持ち堪えた。

赤い刃はフレディー公爵とデーン伯爵を待ち、戦況を変える準備を整える必要があった。

ミケローアに到着するまで六時間になった。エンドリアは部屋のベッドに入り、少しの時間眠りについた。警報が鳴った。Visualization（ビジュアライゼイション）・レーダーが発動。解析の結果がモニターに映し出された。

「赤い刃の飛行艦隊だ。マキシム・デーン伯爵やフレディー公爵の飛行機もある」

レオがいち早く起き、Aries のコックピットについていた。

「敵機発見。行動予測をデータや射程範囲の詳細が出るまで五分くらいかかる」

エンドリアはコーヒーを作り、レオと飲んで目を覚ます。

「敵の攻撃力・防御力を割り出す」

解析の結果は防御力がAriesのイージスで跳ね返すことができる。

「このままの方角で突き進む。エンドリア、飛行機を防御モードに切り替えて」

静かな空が大きく変わろうとしていた。今はこのまま突き進む。

「ミサイル確認。イージス作動」

緊急態勢で敵の包囲網が近づくと同時に敵からの攻撃が始まった。ディフェンスを張るのと同時にイージスのＡＩが作動し、クラスターミサイル、迎撃ロケットランチャー、三〇ミリガトリング砲が敵の放射弾や短・中距離弾道ミサイルをことごとく破壊した。

「ダメージなし、機体は正常。引き続きイージス最大に発動」

Arieの機内には臨界態勢のアラームが鳴り響いている。コックピット内のメインパネルの画面は砲撃の予想位置を瞬時に当てていく。Ariesのイージスが砲撃と広範囲の追撃ができる追撃ミサイル、追撃機関砲を発射していく。

「射程距離から離れる。防御モードからスピードモードに切り替える」

戦闘範囲から次第に離れ、Ariesはスピードモードに切り替える。赤い刃の飛行機と違いスピードが速いので距離も離れ、三〇〇〇キロくらいの差に広がった。一〇分間ほどは追いつかれず、一息入れられる。

「敵機追撃の気配なし。オートメーションに切り替える。一息入れよう、レオ」

エンドリアは改めてAriesの性能に驚いた。

「マジでやばかった。Aries のイージスとスピードは凄い」

「エンドリア、お腹空いた」

予想もしない返事が来て体が動かない。レオの魔法が直撃した。

「はい。いい子だからこの機内食で我慢しろ」

しぶしぶ食べているレオに拳骨をお見舞いした。

その頃ライアン公爵の飛行空母から戦闘機が飛び立った。フレディー公爵の飛行機に狙いを定め、戦闘が始まった。

フレディー公爵の飛行機からも戦闘機が飛び立つが、ミサイルが被弾して乗組員が消火に追われていた。戦闘機は周りを警戒していたが、やがてレーダーから戦闘機は消えて逃げていった。

エンドリアたちはすぐに操縦席に戻った。「ミケローアが肉眼で確認できた。敵に悟られずに急旋回する」

「ナビゲーション確認。着陸予想時間一〇分。ミケローアの首都の滑走路確認」

「管制塔 AriesNO18、着陸の許可お願いします」

Aries が上空を旋回している時にミケローアの管制塔付近の建物から赤外線が Aries の船体を調べていたが star light の仲間とわかり許可が下りた。

「Aries NO18の許可を認める。第一滑走路から着陸してください」

「了解。着陸の準備に取りかかる」

「レーダー、滑走路捉えた。着陸に入る」

着陸した機体はトーイングトラクターで移動して格納された。

「レオ、用事を済ましていくからみんなによろしく。このバイクを使うね」

「僕は仲間がいるところに顔を出すね」

行く先はライアン公爵から聞いている。二〇分くらいの距離だ。ナビで目的地を設定すると映像が映った。

合流場所はレオログで調べた、首都から少し離れた美味しいステーキ屋「ザ!!ハングリー」で待ち合わせをする。二人はバイクとスポーツカーで別々に行動した。

ミケローアは水資源が豊富な平和な国であったが、オーウェン・フレディー公爵の赤い刃の軍勢が都市から離れた町を攻めてきて戦いが激化していた。だが、白い戦士と呼ばれている剣士と新たに加わった六人の戦士が町のコトルト付近で攻防を繰り返していた。

白い戦士はコトルトに陣営を張り、滑走路から戦闘機が何度も出撃している。コトルトは首都への生命線だが、離れたところには赤い刃の戦士たちが陣営を作り半年になる。頑丈な建物も作られ、最新のミサイルや機関砲も設備されていた。

白い戦士はこの場を死守しなくてはならない。この攻防で互いの血が流れた。ミケローアの守護神アイザック・オスカー剣士もいる。白い戦士も強者がいる。中には銃を得意とする者もいて頼もしい存在だ。エンドリアとレオは密かにオスカー伯爵の援護に行くようにアーチ伯爵から連絡されていた。

敵のダラン・カーソン侯爵は槍の名手。槍は巨大な力で敵を圧倒する。

マキシム・デーン伯爵は歴史ある美術館から呪われた鏡を盗み、狂気とされた古の獣を呼び起こす。マキシム家は古代の邪悪な化身の呪文ができる凶悪な伯爵。もちろん剣も達人だ。

フランシス・マルコム子爵は優秀な戦闘機のパイロット、幾多の戦場で功績を収めた。最初の一〇分の戦いで五機の戦闘機を撃破したという伝説のパイロットだ。

スコット・ニール男爵は策士で有利な戦いを常に考えている。

まだ、本格的な戦いが始まっていない。両者粛々と準備をしている。

エンドリアはいち早くバイクでミケローアのアジトの star light の建物に行く。

「エンドリアです」

「おー、エンドリアは見違えるほど成長したね」

アラン男爵は懐かしい再会に涙を流した。

「アラン男爵様、お会いできて嬉しいです」

エンドリアの笑顔が眩しかった。

「子供の頃のことを今も思い出すよ。そこのソファーに座りなさい。今紅茶を用意するからね」

一人の戦士が現れた。

「エンドリア様、ダニエル・グレイソンといいます。アラン男爵のお手伝いでここにいます」

エンドリアは頷いた。

「グレイソン子爵様ですよね。ライアン公爵からお話は聞きました。戦況をお聞かせください」

「エンドリア様の仲間の六人の活躍と白い戦士の兵が予想を超える強さで敵を退けました」

「エンドリア、冷めないうちに紅茶を召し上がれ」

「ありがとう。アラン男爵様」

「ライアン公爵から頼まれ、この戦いの収束に向けて情報を調べていた。オスカー伯爵に連絡し、アラン男爵とこの戦いの勝利に向けての準備に早い段階から動いていた。

ほぼ互角の戦いだったが、エンドリアの六人の仲間の活躍により戦況が変わった。エンドリアがミケローアに着くと同時に赤い刃のデーン伯爵が到着した。

フレディー公爵の艦隊は、ライアン公爵の戦闘機で損傷を与えたので一日くらいの時間は稼いだ。マキシム・デーン伯爵は艦隊に守られてすでにここに到着した」

ライアン公爵の知恵が上回っている。どちらがどちらに降参するか、結論を出す猶予を与えたのはなぜか。まだ公にはしてないが、人質となっているアイザック・シャーロットの母君が、心配の種だ。

最初の戦いで城を留守にしていたところ、フレディー公爵の手下のニール男爵がオスカー軍の少ない城の護衛を調べていた。作戦は手薄な時間帯を狙い、シャーロットの母君を連れ去ることに成功した。フレディー公爵の汚い作戦により主導権を握られることになった。フレディー公爵の赤い刃の軍勢が優勢、人質まで取られている」

「汚い。なんて卑怯なやり方なの」

エンドリアは怒りが収まらずテーブルを叩いた。

「エンドリア様、まだチャンスはあります。私は今から赤い刃のもとに戻ります。スパイとしての業務があるので、そろそろ戻らねばなりません。あと数名の star light のメンバーもいますので、シャーロットの母君の行方を捜しています」

アラン男爵と今の状況の話を聞いた。多くの同胞や白い戦士たちから犠牲が出ることになる。

アラン男爵が「シャーロットの母君は命に代えても救う」とエンドリアに伝えた。自分を犠牲にする覚悟をもった眼だった。

ダニエル・グレイソンは公爵の血筋だ。父ダニエル・ライリーは、赤い刃の公爵の不意をつく卑劣なやり方により剣で倒された。エオウィン・アーチ伯爵が子供だったグレイソンを屋敷から救い出したのだ。ライアン公爵もグレイソンを支えた。

その後も幼い頃から剣術や武道の練習を積み重ねた。彼は正しい道を導いてくれたライアン公爵に感謝していた。力もライアン公爵と同等に強い。エンドリアの今後の戦いで必要となるだろう。

子爵の青い目がとても綺麗だ。

「あの子も苦しんでいる。助けてあげてくれ。ここにライアン公爵が調べた戦況の書状がある。これをミケローアの宮殿のアイザック・オスカーに渡してくれ」

「アラン男爵様、話してくれてありがとう。彼もこの旅に必要な存在だよ。この戦いに勝つことができたら紹介するね」

エンドリアの温かい眼差しがアラン男爵を安心させた。

「アラン男爵様、仲間と約束があるので行きますね」

その頃、レオの運転するスポーツカーは速度を上げ、コトルトの陣営に向かっていた。戦争の爪痕は残っていたが最新のナビで目的地まで誘導してコトルトの陣営に着いた。周りの兵士が騒がしい雰囲気になった。

「レオなの？　久しぶりだね。元気にしていた？」

ヘレンが懐かしそうに言う。

「うん、普段以上に飢えている以外問題ないよ」

「馬鹿。相変わらずだね。エンドリアは一緒じゃないの？」

「うん、別行動」

「今日は六人とも休みなのでレオが『ザ!!ハングリー』でエンドリアと待ち合わせしているんだ。みんなも来ない？　人数の変更もできるから行こうよ」

「いいね。あそこの肉、美味いと聞いたぜ。中隊長に聞いてくるよ」

ローガンは足早に消えていった。

「レオ。いい車乗っているな」

「借り物だよ。運転しやすいよ。ここまで飛ばして一〇分で着いた」

「無茶な運転したな」

レオは涼しい顔で辺りを見回した。

ルナ、ヘレン、カーター、オスティン、イーソン……疲れた様子だが、目だけは輝きを失っていない。

「許可下りたよ。着替えるのに少し時間くれ」

オスティンが運転する車は六人乗りのジープだ。レオは先頭を走り目的地に着いた。

懐かしいエンドリアに会えた。ルナとヘレンとエンドリアは抱き合って泣き止まない。

「大丈夫。大丈夫だから。私が来たからもう大丈夫。まずは栄養つけようね」

「久しぶりの外食だ。好きな物食べようぜ」

カーターが頼もしく見えた。店内は戦争とはかけ離れた賑やかな雰囲気だが、ほとんど兵士が占めていた。レオは人気のステーキの大盛りサイズを頼んだ。

「みんな大変な任務、お疲れ様でした」

「学校以来だね。八人で集まるの」

久しぶりの再会に乾杯した。

「ビール冷えてて美味い」

「うん、やっぱりいいよ。仲間と共に一緒にいられるのは最高だ」

「別行動だけど、任務はどうだった」

「任せてよ。エンドリアを全力でサポートしたよ。ただ、インスタント食品は苦手かな」

「レオ君、私いろいろ料理したよね。今の言い方だと何も作ってないみたいで、みんなも誤解するぞ」

「エンドリアのカレー、美味しかったよ」

「カレーだけかい」

二人の会話を聞いた六人は大笑いした。こんなに笑ったのは久しぶり。

「ルナ、ヘレン、安心して。フレディー公爵のことは私に任せてくれない？　たくさんの尊い命を奪い去った罪を償わせるには、赤い刃を滅ぼす以外方法はない」

「エンドリアが言うのなら任せる」

「ふむ。料理が来たみたいだよ」

料理が運ばれてきてステーキを美味しく食べた。たくさんのポテト、サラダやオニオンスープも美味しい。ローガンとイーソン、カーターは冷えたビールのジョッキを飲んでいた。男子は肉の追加をした。

「明日だけど、アイザック・オスカー様と面会があるんだ。みんなも来てもらえないかな？　今後の作戦を伝えたいの。とても重要な言付けをライアン公爵から預かっている」

・

アラン男爵は、この戦いは母君の救出がカギを握ると言い、なんとしても救出をという考えだ。赤い刃の敵の中にグレイソン子爵と star light の仲間がいる。今のままだと赤い刃が優位だ。アラン男爵は悩み続けた。

「隠された部屋が見つかれば」と言い、ライアン公爵の指示を待つアラン男爵は敵の姿に変えられる。その間に敵を欺き、母君を救出する。

可能性は極めて低い。エンドリアとレオに六人の戦士たちが戦いの主導権を握り、赤い刃の爵位の仲間を打ち砕く。

ダニエル・グレイソン子爵が赤い刃の中でスパイ活動して常に連絡を取り合い、敵の行動を筒抜けにしていた。ライアン公爵からメールが来た。添付資料を見て勝ち目の風向きが変わってきたと確信した。グレイソン子爵に詳細を送り、部屋の場所を探すように指示を出した。

「久しぶりに美味い肉食えたよ」

エンドリアは六人と別れてホテルに戻った。嬉しさと疲れが同時に襲い、ベッドで眠ってしまった。

人質救出作戦

次の日にミケローアの宮殿に行き、エンドリアとレオをはじめとする八人の戦士はアイザック・オスカーと面会した。

オスカー伯爵はエンドリアと仲間に敬意を表した。マキシム・デーン伯爵がミケローアに来ていることを伝える。戦いは困難な状況で兵力も少ない。オスカーの妹アイザック・エマリーが話の途中から部屋に現れた。彼女も鍛え上げられた戦士で、八人を温かく迎えてくれた。

「アイザック・オスカー様、初めましてソフィア・エンドリアです。それと私の大切な仲間です。お渡ししたい書状があります。オスカー様にライアン公爵から大切なことが書かれているそうです」

「ありがとうエンドリア、書状を読ませてもらうよ」


「親愛なる同志、アイザック・オスカー。今、私の同志が戦いに参加して大きな成果が出たと思う。さらにソフィア家の正当な後継者ソフィア・エンドリアが成長して赤い刃の軍勢を叩きのめす。彼女は巨大な力を使いこなすので先頭に立たせてほしい。

人質になっているシャーロット母君の居所もアラン男爵とグレイソン子爵が今懸命に探しているところだ。我らに勝利の風が吹き始めた。戦の準備を整えろ」

これを読んで、オスカーは戦士たちの前に出た。

「母君の居所がわかったみたいだ。戦の前に決起会を開くので、みんなも参加してください」

期限は残り一日に迫ってきた。それぞれの仲間が持ち場を与えられ、戦う。レオは上空の制空権を取る。赤い刃の最新の戦闘機と戦う。ミケローアにも戦闘機があるが、旧型の戦闘機だ。

ここはエンドリアの古の戦士としての力が試される。仲間が集まった初めての戦い。エンドリアとローガンにカーターが先陣を切って戦い、次にオスカーと、その妹エマリーが両側面から攻撃していく。オスカーにはルナとヘレンがついて、エマリーにはイーソンとオスティンだ。

制空権を手に入れる。この作戦でフレディー公爵を打ち負かす。

その晩、戦士たちの決起会が始まった。エマリーが話しかけてきた。

「エンドリアですね。兄上から話を聞きました。強力な味方がいるので安心して戦います」

「光栄です。赤い刃の軍勢をこの国から追い払います」

二人は年齢もあまり変わらない。エマリーはエンドリアにいろいろな話を聞かせてくれた。父や母、小さい頃の兄の話、聞いていてとても微笑ましい。エンドリアは彼女が大好きになった。

父は病死して、母はフレディー公爵の人質になっている。母君をなんとしても助けねばならない。アラン男爵が夜の窓際に現れた。

「母君を救う方法が一つだけあるぞ。エンドリアが仮面舞踏会で手に入れた暗号コードだ。ライアン公爵が数日かけて赤い刃のホストコンピューターに侵入し、シャーロット母君が人質になっている基地の牢獄がわかった。今は元気にしているらしい。

グレイソン子爵、star light の仲間が見つけ出した。救い出したらすぐに救援の信号を送る。できるだけ持ち堪えてほしい」

「わかりました。アラン男爵様の成功を祈っています」

アラン男爵は風と共に消えていった。

「オスカー様、シャーロット母君の居場所がわかりました。今仲間が救出に向かっています」

「ありがとう。エマリー、母君は無事みたいだ」

「よし、戦いの風向きが変わってきたぞ」

ローガンは喜んだ。

「レオ、空の戦いはお前と白い戦士のパイロットだ。大変だと思うけど頼んだぞ」

「うん、頑張るよ。明日のためにたくさん食べたし胃袋は異常ない」

「さすがはレオ。食欲が逞しい」

仲間と最後の夜を過ごし明日の戦いに備えた。エンドリアとレオもお互いの力を信じて仲間と共に戦いに全力を尽くす。


最後の一日はAriesで過ごした。部屋の中のガラスケースに納められた武器を眺めた。エンドリアの炎と光で作られた剣、槍、警棒、弓、鎧がある。この剣と鎧を使うのは初めてだ。最小限に攻撃を抑えるため普段は警棒を使っていた。人をできる限り傷つけたくなかったから。

空気が張り詰めて息が詰まる。今まで本当の戦いをしなかったし、本気を出してトランスフォーメーションを使ったらコントロールができるか不安だった。

部屋に戻り、エンドリアは深い眠りについた。

レオは空での戦いを考えていた。自分の最大の使命、戦闘機で制空権を守ることだ。白い戦士の戦闘機はミラー・ファントムの古い旧式。レオはマルコム子爵という優秀な戦闘機パイロットのことをエンドリアから聞かされていた。

パイロットなら皆知っている。この戦いに勝つにはなんとしてもマルコム子爵を撃破しなくてはならない。白い戦士にエース級のパイロットがいるらしい。戦隊を作りたいと考えた。

マルコム子爵との戦闘に備えて、さらにシミュレーションを何度もした。戦闘のシーンをＰＣで解析し弱点を考えた。先鋒の戦闘機の後方で Aries で最大限のイージスを使い、味方をサポートする。

「砲弾やミサイルは準備できている」

いろいろと疲れ、レオもベッドに向かった。

戦いの日がきた。エンドリアは鎧を纏い、剣は両方の腰にある。いつもの警棒も左側に忍ばせてある。戦いの場所にAriesで移動した。

「レオ、行ってくる」エンドリアは無線で呼びかけた。

「こちらもスタンバイする」

二人の仲間が歩いてきた。

「ローガン、カーター、最初にトランスフォーメーションを使うから少し下がっていて」

辺りはフレディー公爵の赤い刃の軍勢数千が集まっていた。

「三人で何ができる」

兵士たちは笑った。赤い刃の銃身が向けられ、一斉に放たれた。エンドリアは目を閉じ深呼吸した。手と指先を揃えて心臓の鼓動が変わる。

「エレメンタル・トランスフォーメーション。古の精霊たちよ‼　力を解き放て。風の精霊——シルフ」

弾丸を跳ね返した。

「ローガン、カーター、行くよ」

「はい、姫」

半分くらいの赤い刃の戦士たちが飛ばされた。陣営の真ん中が開いた。トランスフォーメーションを操り直進、空への跳躍とスピードは誰もついていけない。鍛えられた警棒で次々と敵を倒していく。神が怒り天候が変わり始めた。ローガンとカーターも銃を撃ち続け、敵を倒していく。ディフェンスを張っている。時間は四〇分。

戦いの中からマキシム・デーン伯爵が現れた。鏡の中から呼び起こした古の生物のレッドマイヤーが出現している。巨大な体で体長は一五メートルくらい、八本の手足で攻撃してくる。二本の手には呪われた鎌を使う。

「こいつは俺が相手する。Fresh Power」

カーターは強度な筋肉になり、蹴りとパンチを繰り出した。

「この化け物！」

レッドマイヤーの鎌がカーターに向かうが防御に徹した。レッドマイヤーの攻撃と同時に背後につき、右足を切りつけた。

両足はよろめき膝が地についたところをカーターの蹴りが右脇腹を直撃して、顎とガードが下がり、右手の剣が頬と腹を切り裂き、レッドマイヤーは倒れた。そのまま塵となり、消えた。

赤い刃の戦士たちが一斉にエンドリア目がけて銃を連射させた。エンドリアは両手を構えディフェンス・トランスフォーメーションを使った。エンドリアに向けた弾はそのまま当たらずにいた。

デーン伯爵は驚きを隠せなかった。こんな戦い方をする人間がいたのか。しかも女だ。

エンドリアは聖なる剣を振り抜いた。凄まじい威力に敵が倒れていく。

「凄い。聖なる剣」

空では、レオと白い戦士たちの戦闘機と、マルコム子爵率いる戦闘機との空中戦が始まった。Aries NO18 は後方からマルコム子爵たちの攻撃をイージス迎撃ミサイル迎撃機関砲で跳ね返す。その隙にレオたちの戦隊が赤い刃の戦闘機を撃退する。

意表を突かれた形で赤い刃の戦闘機は崩れていく。次に白い戦士の戦隊が猛攻撃する。Aries NO18 は敵のミサイル防衛（MD）システムを対地上の防衛ミサイルで破壊した。

ここで赤い刃は戦闘機を半分くらい失った。レオの作戦が功を奏した形だ。

無線でエンドリアは聞いていた。ここが勝機だ。

デーン伯爵は驚きを隠せなかった。

「この戦いになぜ？　援護する理由はなんだ。オーウェン・フレディー公爵の赤い刃のことを知っての反逆か」

「お前に話すことは何もない。覚悟しろ。ローガン頼む」

「エンドリアは先に行け」

「お前の相手は俺だ」

スコット・ニール男爵は、エンドリアのことを調べていた。この者は白い戦士ではないと知っている。

「古のトランスフォーメーションを操るものはソフィア家の子孫しかいない‼　この場所

になぜいる?」

まだ戦いは始まったばかり。戦局は白い戦士側に流れていた。オスカーとエマリーの白い戦士たちとAriesの仲間が銃と剣で赤い刃の戦士たちを反撃し、たちまち敵陣営は後方に退却した。たった一人の戦士と空で戦う飛行機の存在により作戦変更する必要が迫られた。


赤い刃の陣では、焦りが生まれている。

「デーン伯爵、その女はトランスフォーメーションを扱う戦士です。気を付けてください。今フレディー公爵の艦隊が来ましたので我らに有利になります。オスカーの母を皆の前で処刑します」

「わかった、この小僧を倒してすぐに態勢を整える」

「倒す? お前何寝ぼけているんだ。Future」とローガンがデーン伯爵の肩に剣を向けた。

だが、かわされた。

「お前、不思議な能力使うな。なら本気を出すぞ」

二人の剣がぶつかり、戦いが続く。

「オスカー様、敵が後退します」

ルナとヘレンは剣で敵を蹴散らした。

「カーター、来てくれたの」

「これも姫の作戦だよ」

カーターはFresh Powerを使い、敵数人が吹き飛んだ。イーソンとオスティンに何人も襲いかかるが、相手にはならない。オスティンはflash handを使い敵の目を眩ませ、エマリー率いる軍勢が敵を切り裂いていく。

ニール男爵はシャーロット母君のところに行ったが、牢屋が破られていた。

「すぐに歩兵を集め、見つけ出せ。そう遠くにはいないはずだ」

アラン男爵が敵兵に姿を変えていた、star lightの仲間と共にシャーロット母君を牢屋から救出して基地から連れ出していた。

「アラン男爵様、近くに敵の気配を感じます」

救出して作戦していたところまで向かう途中に、ニール男爵と歩兵に見つかった。

変装したアラン男爵とグレイソン子爵にstar lightの仲間が襲いかかる。アラン男爵には気づいていない。アラン男爵はワーク・ウルフ（人狼）に変身し、ニール男爵と赤い刃の戦士たちに襲いかかった。不意を突かれたニール男爵に深手を負わせた。

「しばらく動けないはずだ」

「アラン男爵様は先に行ってください。ここに来る兵隊を食い止めます」

赤い刃の戦士たちの仲間が次々と現れ、star lightの仲間が殺された。フレディー公爵の軍勢が現れた。

「一度しか言わない。ここから先は通さない」

グレイソン子爵は剣を大きく振り、波動が敵を直撃し、大勢が倒れた。

「シャーロット母君、あと少しで味方が現れます」

「アラン男爵、怪我は大丈夫ですか？」

先ほどの戦いで肩に傷を負わされた。

「私の心配は無用です」

アラン男爵から救援の信号が送られた。アラン男爵が母君の救出に成功した。Ariesが信号付近にオートメーションで着陸し、エンドリアと合流する予定だ。距離もそう遠くない。


ダラン・カーソン侯爵は「コンタクト」を唱え、アラン男爵とシャーロット母君の居場所を突き止めた。アラン男爵から一〇〇メートルくらい離れたところにいた。

「お前にはこの槍がお似合いだ」

カーソン伯爵は右手に異常な力を入れた。意志を持った異常な速さと力に満ちた槍がアラン男爵の体を貫いた。

「グッ」

アラン男爵はシャーロット母君を守ろうと手を出した。シャーロット母君は浅い傷で命に別状はない。

アラン男爵がワーク・ウルフから元の姿に戻った。デーン侯爵の笑い声が聞こえた。周りにいる者は凍り付いた。

エンドリアはアラン男爵とシャーロット母君のところまでトランスフォーメーションを使い、そばに着いた。

アラン男爵の傷口は広く、息も絶え絶えで、治せない状態だった。Ariesが付近の赤い刃の兵士たちに機関砲を撃ち、エンドリアの近くには誰も入れない状態にした。グレイソン子爵も現れた。

「エンドリア様、早くこの場から逃げてください。あとは私にお任せください」

すぐ乗り込み、二人を救出してその場を離れた。グレイソン子爵はダラン・カーソン侯爵に向け、波動を放った。

「お前、許さないぞ。よくもアラン男爵様を」

二人の戦いが始まった。

デーン伯爵との闘いはローガンが有利になった。

「さて。終わりにしよう」

デーン伯爵は汗が滲み出ていた。

ほんの少しの隙が勝敗を分けることになった。ローガンは最後の力を振り絞りfutureを呼び起こした。

ローガンの剣がデーン伯爵の背を貫き、その身体は塵となって消えた。

「噂通り本当に強かったな」

肩で息をしていた。汗が滲み出ていた。タバコに火を点けて吸った。

「最高の一服だ」力を使い果たしたローガンは呟いた。

医療室に二人を入れたが、アラン男爵の脈が消えかかっていた。男爵はエンドリアに話しかけた。

「もう私の時間は限られている、私の部屋に手紙があると伝えてくれ」

エンドリアの手を握り、笑顔で彼女の成長した姿を喜んだ。

「この先も険しい道だが諦めないでくれ。平和を取り戻してほしい」

そう告げると、アラン男爵はだんだん意識が薄らいで、その目は遠い故郷を見ていた。

目の先には家族の姿が映っていた。

アラン男爵はそのまま塵となりこの世界から消え、星となった。

「アラン男爵様」

エンドリアの目から大粒の涙が零れる。ミケローアの付近まで空母で来ていたアンソニー・ライアン公爵も contact によりアラン男爵の死に気づいた。また大切な仲間が死んで心を痛めた。「涙」が続く。

ソフィア家でエンドリアが小さい頃、アラン男爵はよく遊んでくれた。その光景が蘇り、涙が止まらない。

シャーロット母君も傷を負っていたが、すぐに点滴と背中の傷の処置をして安定した脈に戻り、眠っている。アラン男爵が身代わりになったおかげで助かった。Aries から無線でレオたちにシャーロット母君の無事を知らせると、オスカーやエマリーたちの歓喜の声が響き渡った。

エンドリアはミケローアの首都に戻り、シャーロット母君を無事に帰すことができた。手当てが必要だったので護衛が病院まで運んだ。

総力戦

優しいアラン男爵の笑顔を思い出した。エンドリアの顔から笑顔が消え、リトーを呼び出した。

「私を戦場の中心まで運んで」

リトーは鳥から大きな角が生えた猛獣になり、エンドリアを乗せて羽ばたいていく。

Aries はレオたちのいる空に向かった。

「味方の戦闘機の数が減っている。まずいぞ」

リトーが上空からスピードを上げ、目的地付近でエンドリアは飛び降り、戦闘態勢に入った。

「グレイソン子爵、この場から離れて」

グレイソンは大きくバク転して離れた。

エンドリアはダラン・カーソン侯爵に接近し、地の精霊を呼び出す。

「エレメンタル・トランスフォーメーション。古の精霊たちよ‼　力を解き放て、地の精霊——ノーム」

大地が響き、地震が起きた。近くにいた者は立てずにいる。エンドリアのノームは敵に壊滅的なダメージを与えた。ダラン・カーソン侯爵は空に飛び、間一髪で逃げた。

エンドリアの集中力が高まった。さらに大地が震え、空の色が変わり怒りに満ちた。

「エンドリア様、ダラン・カーソン侯爵は私にお任せください。さあ、急いでください。フレディー公爵の気配を感じます」

ダラン・カーソン侯爵とグレイソン子爵の戦いがヒートアップしていた。槍は容赦なくグレイソン子爵を攻撃する。

「お前はまだわからないのか？　今まで時間を稼いだ。ブルー・ソード、解放」

剣から青いオーラが光り輝き、剣を振り抜いた。ダラン・カーソン侯爵の槍を折り、グレイソン子爵が「お前の最後だ」と言うと、その勢いのまま体を十字に切り裂いた。カーソン侯爵は塵となり消えた。

オスカーやエマリーは赤い刃の戦士たちを追い詰めていく。上空ではレオの戦闘機と白い戦士の戦闘機が新たなフレディー公爵の戦闘機の援軍に、不利な状況に追い込まれていた。

その頃ライアン公爵の空母から八機の戦闘機が離陸しようとしていた。

「レンドル、ライエル、ジャック、レイラ、リリー、ジェーン、バージル。ミケローアの戦場に向かう。五分でレオの援護をする」

戦闘機に乗り込んだスカーレットが七人に呼びかけた。

「レーダー捕獲。発進する」

空母のカタパルトが動き、マッハの速度でミケローアへ飛び立った。

フレディー公爵が一人乗りの赤いホバーバイクで現れた。伝え聞く戦士が若い女性で意外だったが、想像以上の強さに驚いた。

赤い刃のオーウェン・フレディー公爵は波動を使い、オスカーやエマリーの白い戦士たちを切りつけた。

「お前がフレディー公爵だな。私はソフィア・エンドリア。お前を倒しに来た。今まで多くの人や動物を傷つけた罪は死んで償ってもらう」

「さて、試させてもらう」

オーウェン・フレディー公爵は「Paralysis（ファラレシス）」の魔法を呼び出した。

「どこまでも汚い奴だ」

白い戦士や Aries の仲間が麻痺の魔法にかかり、体が痙攣している。

「エンドリア様、処置の魔法を使いますのでここから離れます。あとはよろしくお願いします」

「ありがとう。リトーはみんなを守って」

リトーは敵に向けて大きな翼を広げると、羽の針が敵を蹴散らした。

グレイソン子爵は青い剣を突き上げ「magic release（マジックリリース）」を唱え、苦しんでいた仲間と白い戦士は青い光に照らされ、麻痺は解除された。

「見てヘレン。エンドリアがフレディー公爵と戦っているよ」

二人は戦いで疲れている様子だ。最後の戦いを見届けた。

上空ではマルコム子爵が白い戦士の戦闘機を何機か撃退していた。レオの戦闘機がスピードを上げてマルコム子爵に近づき、ドッグファイトとなった。相手の側面について機関銃を横に向けて連射したが、上空に急上昇し当たらなかった。お互い一進一退の空中戦だ。レオは雲の中に入り姿をくらまして反撃に出るつもりだったが読まれていて、背後につかれた。赤い刃の戦闘機が邪魔してくる。この数では勝ち目はない。

イージスから一〇ミリガトリング砲が発射されていく。Aries NO18 のコックピットでは敵から発射されたミサイルをモニターが解析して、Aries からロケットランチャーが発射された。

「Aries の弾薬がなくなり始めた」

一度引き返し弾薬を補充するか、とレオが悩んだその時。

「レオ。聞こえる？　一分持ち堪えて！　こちら現在マッハの速度で飛行中。ミラー・ファントム・ステルスだから今から送る信号でレーダー更新してね。敵の戦闘機はレーダーが見えている」

「レオ、心配ないぞ」

「戦隊は二手に分かれ、赤い刃との戦闘態勢に入る」

「一〇秒で戦闘機の補足レーダーで捉える」

編隊長はスカーレットとレンドルだ。

「ありがとう。みんな来てくれたんだ」

レオは無線で、「白い戦士の同志よ、仲間が来るからあと少しの辛抱です。必ず勝利します」と告げた。

一分が経過した。八機の戦闘機が戦隊を組んで現れ、戦闘態勢に入り赤い刃の戦闘機を撃破した。

赤い刃の戦闘機は背後を狙われ、多くの戦闘機を失う。ミラー・ファントムはステルスのため敵も気づかない。最後の局面のドッグファイトの戦いでは、八人の戦闘機の登場により、白い戦士が有利になった。

スプリットSの応用を使い、戦闘機は高度を急激に下げ、そのまま一八〇度回転して通常の上下に戻り、飛行進路が逆転した。コックピットからは、上よりも下の方が見えにくいので、急激に高度を下げることにより、マルコム子爵の射程範囲に入りレーダーが完全にロックし初めて空対空ミサイルを発射して命中させ撃破した。

この時、Ariesと白い戦士たちが完全に制空権を握った瞬間だった。レオのパイロットとしてのデビューは華やかな結果で終わった。空から地上に攻撃をシフトすることができ、地上で戦っている兵士たちも頼りになる戦いに変わった。

しかしオーウェン・フレディー公爵の波動により白い戦士の兵士が次々と倒れていく。白い戦士の戦闘機がフレディー公爵を狙い一〇ミリガトリング砲を発射したが、防御のオーラにより跳ね返される。フレディー公爵は戦闘機に波動を出し墜落させた。

連続でエンドリアに向けて波動を使ったが、ディフェンス・トランスフォーメーションで跳ね返す。お互いの距離が縮まり、ここからは二人の戦いになる。エンドリアは聖なる剣を振り抜き、フレディー公爵はオーラで耐えた。聖なる剣が炎の色に変わる。

フレディー公爵の剣さばきは計りしれない。剣が動くたびに大きな波動が起きる。エンドリアはディフェンス・トランスフォーメーションを使いながら巧みにかわして波動は外れる。

今度はパワー・トランスフォーメーションで攻撃に切り変えると、フレディー公爵の剣が防御に回ることになった。

「凄い、これがトランスフォーメーションを操る戦士」

グレイソン子爵は戦いの行方を真剣に見ていた。この戦いが彼の成長を加速させることになる。

フレディー公爵も波動を使いながら隙をうかがっては同時に剣でエンドリアを攻めるが、聖なる剣の破壊力は凄まじい。時間が経つにつれエンドリアのパワー・トランスフォーメーションが圧倒した。

エンドリアは攻撃の手を緩めない。左右、上からと剣の威圧は時間が経つにつれ凄まじくなる。フレディー公爵の息が乱れ始めた。

「私の大切な仲間を傷つけた。お前の命はここで消える」

もうこの戦いを終わらせる時間がきた。エンドリアの剣がフレディー公爵のオーラの剣と体を二つに切り落とした。フレディー公爵のオーラが消え塵となって消えた。

ルナとヘレンが泣きながら抱きついた。

「終わったよ。もう二人は苦しまなくていいよ。私たちがこの先の未来を作ろう」

エンドリアの一言でルナとヘレンは救われた。ローガン、カーター、イーソン、オスティンも三人の姿を見ながら涙を流した。「姫、ありがとうな」とローガンは呟き、三人のもとにみんなで駆け付けた。

「終わったな、エンドリア。みんながいるミケローアに行こうぜ」

「スカーレットたちも来ていたなんて作戦で聞かされなかったね」

「さすが。ライアン公爵」

「早くこの汚れと汗と髪の毛を洗い、シャワーを浴びて綺麗にするんだ」

「もちろんだわ」

笑いながらミケローアに向かった。

エンドリアの勝利だったが本人は喜んでいなかった。戦いにより多くの血が流れたからだ。

一刻も早く平和を取り戻す必要がある。

「勝ったぞ。俺たちの勝利だ」

白い戦士たちが雄叫びを上げていた。

赤い刃の戦士たちが退却した。勝利の瞬間に誰もがこの時間を喜んだ。ミケローアに平和が戻った。

エンドリアはリトーの背中に乗った。レオの飛行機から、グッドサインが贈られた。

Aries NO18は後方に控えていた。

ミケローアの首都の滑走路に着き、レオと会うことができた。レオの笑顔が眩しく頼もしかった。

Ariesの仲間も駆け付けた。スカーレットにレンドル、ジェーン、ジャック、ライエル、レイラ、リリーとバージルだ。

「この鳥はエンドリアの友達？」

「リトーっていうの」

「姫の仲間がまた増えたな」

リトーは優雅に挨拶するように鳴き声を出してエンドリアの体の中で消えた。みんな不思議そうに見ていた。

「エンドリア、久しぶりだね。ずいぶん派手に戦ったみたいだね」

「姫、次回は僕も地上で戦うぞ」

ローガンにカーター、イーソン、オスティン、ルナとヘレンは、「助けてくれてありがとう、みんなが駆け付けたおかげでレオも助かったな」と口々に言った。

「弾薬がなくなりそうだったので焦った。本当に感謝しています」

「あの有名なパイロットのマルコム子爵を撃ち落とすとは凄かったな。レオ」

レオは照れながらも喜んだ

「まあ、このへんにしてオスカー様に挨拶しに行こう」

オスカーやエマリーの白い戦士たちも城門で迎えてくれた。

「本当にありがとうございました。Aries と共に戦った人に感謝を申し上げます。ここで命を落とした勇敢な戦士のことも忘れません」

アンソニー、ライアン公爵の飛行機が到着した時、エンドリアはライアン公爵の胸の中で泣いていた。しばらくしてようやく泣き止むと、アラン男爵の最期をかすれた声で語った。

「彼は正義感溢れる大切な仲間だ。非常に残念だ。Aries の同志よ、厳しい戦いだったが無事でよかった。本当にあなたたちは立派な戦士だ」

照れ笑いする皆を見て、エンドリアの胸に学生の頃の思い出が蘇った。

「ホテルを用意しています。シャワーを浴びてサッパリしてください」

皆がシャワーを浴びている間、グレイソン子爵はライアン公爵に呼ばれた。

「エンドリアの戦いをこの目で見ました。想像していた以上に強いです」

「私が参戦しなくても勝てると確信していた。これで世界にトランスフォーメーションを操る戦士と一六人の戦士が現れたことが知れ渡った。諸国に警戒されることになる。グレイソンはエンドリアとレオの旅を手伝いなさい」

「はい、命に代えても二人をお守りします」

ライアン公爵は大切な仲間を失ってしまったが、ミケローアと母君は守られた。

「彼も正義のために戦った。死は必ずいつか訪れる。どう生きるかが重要だ。アラン男爵のことは永く語り継がれるだろう」


彼は星から必ずエンドリアを見守っていると言った。エンドリアは空を見上げてアラン男爵に感謝した。

エンドリアとライアン公爵とグレイソン子爵は、アラン男爵の住んでいた部屋に入り、隠された手紙を見つけて、家族のもとへ送らせた。


その足でシャーロット母君がいる病院にお見舞いにいった。意識もあり元気な様子だった。アラン男爵の死に心を痛ませていたが、心から感謝された。

「アラン男爵様に助けられました。彼はミケローアの英雄です」

三人は元気を取り戻し、病院から出てミケローアの宮殿に向かった。

その晩は大勢の白い戦士たちの仲間と宴で賑わいを見せた。エンドリアとレオや仲間も喜んでいた。ライアン公爵はオスカーやエマリーと楽しそうに話をしていた。Aries の男子はビールを飲み、料理を楽しんでいた。

「私もビールをいただいても構いませんか?」

「もちろんだよ。早くここに座って。俺はローガンです。よろしく」

ローガンはグレイソン子爵の戦いを見ていた。強さも桁外れだ。

「なんか兄貴みたいな存在だな。乾杯しましょう」

「冷えていて美味しい」

注がれ注ぎつつ全身にお酒の酔いが回り、心地よい時間だ。グレイソン子爵は Aries たちと語り、意気投合していた。

「ローガン、あんまり飲みすぎるなよ」

エンドリアは軽くジャブを入れた。

「姫、これは歓迎会だよ」

「もう、自分の都合のいいように言うんだから。リリーもほどほどにね」

「うん、なんか今日は気分がいいんです」

「お前、酒の飲める年齢だからって調子に乗るなよ」

「レンドル、うるさいぞ」

二人の会話は成立していない。スカーレットが慌てて二人の間に立った。

「エンドリア、リリーは酒飲むと性格変わるんだ」

「わかったよ、ドSとドMが崩壊したわけね」

二人は笑う。

レイラとルナにヘレンが美味しそうなマルゲリータのピザを持ってきた。

「最近チーズ食べていないよ」

「どれ、食べてみますか」

シンプルなトッピングでトマトの酸味とバジルの爽やかさにまろやかなチーズが相まって、口の中に旨味が広がる。

「やばい、本当に美味しいよ」

アイスティーを飲み干し、従者たちが新しい飲み物を用意してくれた。

「なんか学生の頃とあまり変わらないね」

「ね。この感じがたまらなく好き」

素敵な食事が次々と運ばれ、とても美味しい。レオは空腹だったので夢中で食べていた。

メインの肉が焼かれ、次々と運ばれた。

久しぶりに会う仲間とエンドリアも料理を楽しんだ。

「ここの肉は格別に美味い」

「本当に美味しいね」

グレイソン子爵が歩み寄ってきた。

「エンドリア様、ライアン公爵から指令があり、あなた方の旅に参加することになりました」

「一人でも多い方が旅も楽しくなるよね。よろしくね。私、グレイソンと呼んでもいいかしら」

「もちろんですとも」

「レオ、新しい仲間が増えたよ。部屋がもう一つあるから準備してあげますね」

「ニコラス・レオです。レオと呼んでください。美味しい食べ物の旅もあるので楽しみにしていてください」

グレイソンもレオの一言で笑いに包まれた。

「レオ、楽しみにしているよ」

新しく仲間が加わり、さらに強いチームとなる。

宴も終わり、エンドリアとそしてライアン公爵にグレイソン子爵は、テラスで綺麗な夜の星を眺めていた。今宵の星は一際輝いていた。

第一部　完

著者プロフィール

SEIICHI（せいいち）

1972年3月5日生まれ。

東京都町田市出身、神奈川県相模原市在住。

PowerPoint・Word・Excel・illustratorを使って資料やDM・チラシを作成するのが大好き。営業職をしていた時はブログを定期的に更新していた。今でもシナリオハンティングをしながら街中の出来事や気になることのメモを取っている。

趣味は、愛車でのラーメン店・食堂巡りと、漫画を読むこと、映画鑑賞。書店で素敵な本を探すのが大好きで、天気のいい日は公園で読書にいそしんでいる。


イラスト協力会社／株式会社ラポール イラスト事業部

Transformation（トランスフォーメーション）「16人の戦士」

2023年7月15日　初版第1刷発行

著　者　SEIICHI
発行者　瓜谷 綱延
発行所　株式会社文芸社
〒160-0022　東京都新宿区新宿1－10－1
電話　03-5369-3060（代表）
03-5369-2299（販売）

印刷所　図書印刷株式会社

ISBN978-4-286-24132-6